Ein Tag im Oktober

Albin Beck, aufgewachsen im Kreis Ehingen, ist gelernter Bankkaufmann, zuletzt war er Direktor einer genossenschaftlichen Bank. Seit Anfang der 90er-Jahre veröffentlicht er Kurzgeschichten, Glossen und Radio-Features. 1994 erschien sein erstes Buch mit wahren schwäbischen Mundartgeschichten, das sich gut 15 000 Mal verkauft hat. Insgesamt erzielten seine fünf Mundartbücher eine Auflage von 35 000 Stück. „Ein Tag im Oktober" ist sein erster Krimi.

Albin Beck wohnt in Ehingen. Er ist verheiratet und hat drei erwachsene Kinder.

Albin Beck

Ein Tag im Oktober

Oberschwabenkrimi

www.bvd.de

Bibliografische Information der Deutschen Bibliothek
Die Deutsche Bibliothek verzeichnet diese Publikation in der Deutschen Nationalbibliografie; detaillierte bibliografische Daten sind im Internet über http://dnb.ddb.de abrufbar.

Gesamtherstellung:
Biberacher Verlagsdruckerei GmbH & Co. KG,
88400 Biberach, Leipzigstraße 26

1. Auflage · ISBN 978-3-947348-30-5

1

Der Anruf kam zur Unzeit.

Der Biberacher Kommissar Peter Herrmann wollte sich gerade in den Feierabend verabschieden, als die Kollegen aus Riedlingen einen Überfall auf die Volksbank meldeten. Es sei auch geschossen worden. Die Kontrollen aller Ausfallstraßen seien bereits veranlasst, eine großräumige Ringalarmfahndung eingeleitet.

Ausgerechnet heute! Seine Frau feierte ihren 57. Geburtstag und für den Abend hatten sich einige Gäste angesagt.

Mehr enttäuscht als wütend signalisierte Herrmann seinem jungen Assistenten Krumbiegel, dass er sich für die Fahrt nach Riedlingen bereithalten solle. Dann rief er seine Frau an und teilte ihr den neuen Sachstand mit. Luise Herrmann kannte solche Situationen schon seit über dreißig Jahren, trotzdem reagierte sie jedes Mal enttäuscht und verärgert.

Auf der Fahrt nach Riedlingen saß Herrmann schweigend auf dem Beifahrersitz. Ein gewisser Unwille wegen der verpassten kleinen Geburtstagsfeier verleidete ihm heute das Sprechen. Normalerweise unterhielten sie sich während der Fahrt, außer wenn den Kommissar ein Problem intensiv beschäftigte. Es regnete und im Scheinwerferkegel tanzten auch einige Schneeflocken. Nichts Außergewöhnliches an einem 27. November.

Kurz bevor sie Riedlingen beim Milchwerk erreichten, kontrollierten zwei Beamte alle stadtauswärts fahrenden Pkws, wie die Biberacher zufrieden feststellen konnten.

An der Bank erwarteten die beiden schon einige örtliche Polizisten und informierten sie kurz über das Geschehen vor Ort und über die bereits eingeleiteten Maßnahmen.

In der Bank waren nur noch Vorstand, Abteilungsleiter

und das Schalterpersonal anwesend. Frau Zeller, die vom Räuber bedrohte Angestellte, die dem Gangster das Geld herausrücken musste, fehlte. Sie war mit einem Schock ins Krankenhaus eingeliefert worden und durfte heute nicht mehr vernommen werden. Der erste Überfall in der langen Geschichte der Bank. Und dann der Schuss, wenn auch nur in die Decke. Die Aufregung war natürlich noch immer groß. Die Angestellten standen ziemlich fassungslos beieinander und diskutierten. Zwar wurden sie regelmäßig geschult über das Verhalten bei Überfällen, aber die Gefahr war doch weit weg, war hypothetisch - zumindest in den Köpfen. Und plötzlich nun war diese Gefahr Realität, waren sie konfrontiert mit dem Undenkbaren, schaute Frau Zeller dem Tod direkt ins Gesicht. So ein Vorkommnis steckt man nicht einfach weg, selbst dann nicht, wenn man nicht unmittelbar betroffen ist.

Die Angestellten im Schalterbereich hatten von dem Überfall nichts oder nur am Rande etwas mitbekommen. Aufgeschreckt hatte sie erst der Schuss in die Decke. Ihre Vernehmung brachte keine brauchbaren Hinweise. Interessant waren dagegen die Bilder der Überwachungskamera. Herrmann beschäftigte sich lange und intensiv mit deren Auswertung. Mit so etwas Ähnlichem, mit so einer verblüffend ähnlich verkleideten Person glaubte er es schon einmal zu tun gehabt zu haben. Nachdenklich grübelnd, fuhr er mit seinem Assistenten aufs Revier, wo sie mit ihren Kollegen die Lage und die weitere Vorgehensweise besprachen.

Es war schon ziemlich spät, als sie sich auf den Weg machten, zurück nach Biberach. Morgen, bei Tag, wollten sie wiederkommen. Der behandelnde Oberarzt im Krankenhaus hatte ihnen am Telefon auch signalisiert, dass Frau Zeller dann vermutlich vernehmungsfähig sein werde.

Herrmann kam nach Hause, als die Geburtstagsgäste gerade aufbrechen wollten. Er überredete sie noch zu bleiben. Aber es kam keine rechte Stimmung mehr auf. Die Gespräche stockten oder dümpelten so dahin. Herrmann versuchte die Herrschaften noch einmal zu einem Glas Sekt zu animieren. Vergeblich. Er wirkte heute aus unerklärlichen Gründen wie ein Fremdkörper. Der Abend war wohl schon gelaufen als er zurückkam. Es interessierte nur noch, was in Riedlingen geschehen war. Nach kurzer Zeit schon verabschiedete sich einer nach dem anderen, die Geburtstagsrunde löste sich auf.

Als alle Gäste gegangen waren, genehmigten sich der Kommissar und seine Frau noch ein Glas Sekt. Herrmann testete auch alle Kuchen durch, die seine Gattin zum Geburtstag gebacken hatte. Kalorien interessierten heute nicht. In zwiespältiger Stimmung ließen sie den Tag ausklingen.

2

Am andern Morgen fuhr Herrmann mit Krumbiegel erneut nach Riedlingen. Die abendlichen Straßenkontrollen waren wieder aufgehoben worden. Sie hatten keine Ergebnisse gebracht. Also war jetzt Detailarbeit angesagt.

In der Volksbank herrschte normaler Geschäftsbetrieb. Die Beamten der Spurensicherung hatten ihre Arbeit weitgehend abgeschlossen. Lediglich im Außenbereich waren noch einige Spezialisten zugange.

Kommissar Herrmann und sein Assistent meldeten sich zuerst bei den Vorständen im ersten Obergeschoss. Die drei Mitglieder des Gremiums besprachen gerade den Überfall vom Vortag und berieten über mögliche Konsequenzen. Mehr aus Höflichkeit als aus Überzeugung setzten sich Herrmann und Krumbiegel kurz zur Vorstandsrunde. Zu ihrer Überraschung erfuhren sie, dass Frau Zeller, die Antagonistin des gestrigen Bankräubers, heute wieder pünktlich zur Arbeit erschienen war. Nach dieser unerwarteten Nachricht wollten sie sofort mit ihrer Vernehmung beginnen. Der Vorstand stellte ihnen ein Besprechungszimmer zur Verfügung. Kurz darauf erschien Frau Zeller, sehr präsent, sehr offen, rundgesichtig, rotwangig, mittelgroß, eine Frau, die mit strammen Waden und schlanken Fesseln mitten im Leben stand. So der übereinstimmende Eindruck. Die ganze Person strahlte Energie, Tatkraft und Entscheidungsfreude aus. Zumindest äußerlich war von einer Traumatisierung als Folge des Schreckensszenarios vom Vortag nichts zu spüren.

„Guten Tag, Frau Zeller. Dass wir Sie heute hier antreffen, nein, also das hätten wir wirklich nicht erwartet", begann der Kommissar das Gespräch.

„Warum? Mir ist nichts passiert, ich muss nichts auskurieren."

„Gott sei Dank. Trotzdem, so viel Pflichtbewusstsein trifft man nicht alle Tage. Ihr Arbeitgeber wird sich sicher erkenntlich zeigen."

„Mal sehen. - Ich habe die ganze Nacht den Bankräuber gejagt..."

„...und nicht gefasst, leider," unterbrach sie Herrmann. „Aber diese Arbeit nehmen wir Ihnen jetzt ab. – Nun zur Sache. Gestern konnten wir ja nicht mit Ihnen reden...."

„Ja, die Rot-Kreuzler haben mich gleich ins Krankenhaus verfrachtet. Ich wollte das gar nicht... obwohl, der Blick in dieses... in dieses Kanonenrohr ist mir schon höllisch durchs Zwerchfell gefahren. Aber ich habe meine Entlassung aus der Gewalt der Medizinmänner noch gestern Abend durchgesetzt."

Die Kriminaler amüsierte die plastische Ausdrucksweise der Angestellten. Herrmann fasste den Wissensstand der Polizei kurz zusammen:

„Der Täter kam circa fünf Minuten vor 17 Uhr und verlangte Geld mit vorgehaltener Pistole. Die Überwachungskamera zeigt einen Mann mit Strumpfmaske, Sonnenbrille, Jeansjacke, Jeanshose, vermutlich Turnschuhen Marke Adidas. Die Pistole trug er in der Linken, in der Rechten eine Plastiktüte. Also wahrscheinlich ein Linkshänder. Als er glaubte, andere Schalterangestellte seien auf den Überfall aufmerksam geworden, schoss der Räuber in die Decke. Dann raffte er das Geld auf der Theke zusammen, stopfte es in die mitgebrachte Tüte und rannte hinaus. - Die Angestellten, die ja vom Überfall gar nicht viel mitbekommen haben, bestätigten diese Darstellung weitgehend.

Wir haben uns gestern natürlich die ganzen Örtlichkeiten hier genau angesehen. Über mögliche Täter, über Verdächtige, gibt es logischerweise noch keine Erkenntnisse. Entscheidend werden jetzt Ihre Aussagen sein. Sie können uns, vermutlich als Einzige, detailgenaue Auskünfte geben.

Stimmt das, was ich eben vorgetragen habe, gibt es dazu von Ihrer Seite Ergänzungen?"

Die Angesprochene überlegte kurz:

„Also Turnschuhe… weiß ich nicht. Aber er trug Handschuhe, schwarze Handschuhe."

„Und sonst?"

„Er war unheimlich aufgeregt, er zitterte und fuchtelte mit der Pistole herum wie ein Anfänger."

„Wie lief der Überfall aus Ihrer Sicht ab?"

„Der Kerl war furchtbar nervös, wie gesagt, reif für die Psychiatrie. Er hatte seine Stimme verstellt, tief, wie der Knecht Ruprecht. Ziemlich hastig sagte er: ‚Geben Sie alles Geld raus, dann passiert Ihnen bestimmt nichts'. Das ‚Raus' klang echt schwäbisch, so wie Schwaben in unserer Gegend Gaul, Maul oder faul sagen. Ein Norddeutscher hätte vermutlich gesagt: Geben Sie alles Geld her und nicht raus oder: Rücken Sie alles Geld heraus. Aber auf Grund seiner Sprechweise kann ich ihn nicht einordnen. Seine verstellte Stimme… schwierig."

„Also Schwabe möglicherweise. Und sonst ist Ihnen nichts aufgefallen?", bohrte Herrmann weiter. „Die Tüte, eine Aufschrift, ein Emblem?

„Ich glaube nicht, aber sicher kann ich es nicht sagen."

„Der Kerl sagte also: ‚Geben Sie alles Geld raus, dann passiert Ihnen bestimmt nichts.' Wissen Sie das ganz genau."

„Ganz genau. Die halbe Nacht ist mir der Satz im Kopf herumgegeistert."

„Ungewöhnlich", murmelte Herrmann nachdenklich und knabberte an seinem Bleistift, ehe er weiter fragte. „Wissen Sie eigentlich schon exakt, welche Summe der Täter erbeutet hat?"

„Ja, ziemlich genau 5000 Euro."

„Nicht gerade eine Riesensumme", wunderte sich Krumbiegel.

„Das hat mit unserer Betriebsorganisation zu tun. Wir haben vor einigen Jahren die sogenannte bediente Selbstbedienung eingeführt. Die Kunden können dabei an den Automaten Ein- und Auszahlungen vornehmen, Konten abfragen und Auszüge ausdrucken lassen. Wenn jemand Hilfe benötigt, stehen die Mitarbeiterinnen bereit, die hinter diesen halbhohen Möbeln arbeiten. Das erklärt auch, dass vor dem Schuss kaum jemand etwas vom Überfall mitbekommen hat. Ich habe nur eine kleine Kasse hier für Sorten, also Auslandszahlungsmittel, Hartgeldrollen oder wenn jemand zum Beispiel Münz- in Papiergeld umtauschen möchte. Die Hauptkasse befindet sich da hinten. Der Kassier sieht die Kunden auf seinem Monitor, kann ihnen die Türe öffnen - oder auch nicht.

Normalerweise habe ich keine 5000 Euro in meiner Kasse. Aber unmittelbar vor dem Überfall hat Frau Schießl, eine Verkäuferin des Fischgeschäfts Lommel, 3000 Euro einbezahlt. Ich kenne Sofie, also Frau Schießl, gut. Sie hatte es sehr eilig und schob mir daher das Geld über die Theke, statt es am Automaten einzuzahlen. Das Lommel-Geld verbreitet immer einen penetranten Fischgeruch."

„Dann müssten wir die Beute ja riechen können", lachte Krumbiegel

„Mit einer Hundenase, ja."

Die Frau besaß bei aller Ernsthaftigkeit auch eine gesunde Portion Humor.

„Der Täter hat plötzlich die Nerven verloren, das Geld auf der Theke zusammengerafft und fort?", fragte Herrmann.

„Es war so: Zunächst bin ich zu Tode erschrocken. Als er dann sagte: dann passiert Ihnen bestimmt nichts, wurde ich ziemlich ruhig und habe das Geld langsam auf der Theke gestapelt. Er ist immer nervöser geworden, vor allem, als ich ihm gesagt habe, die Zeitschaltuhr im AKT, im automatischen Kassentresor, gibt nur alle fünf Minuten 2000 Euro frei und der Aufsichtsrat kann jede Minute auftauchen, um die Kasse zu prüfen. Da hat er das Geld geschnappt und ist ab durch die Mitte. – Ihnen kann ich es ja sagen: wir haben gar keinen AKT mehr."

„Das nenne ich Courage", lobte Herrmann und Krumbiegel ergänzte: „Sie müssten von der Versicherung eine Prämie bekommen und die Polizei müsste sie ehrenhalber zum Oberkommissar befördern."

„Oberkommissar Zeller… hörte sich gut an, wenn es mit einer Zuwendung verbunden wäre."

„Diese Frau Schießl hat vom Überfall nichts mitbekommen?", drängte Herrmann weiter.

„Bestimmt nicht. Sie hat mich heute Morgen schon angerufen."

„Wir werden trotzdem mit dieser Frau reden. – Gibt es sonst noch etwas, was uns eventuell weiterhelfen könnte?"

„Im Augenblick nicht. Ich glaube alles Wesentliche habe ich gesagt. Aber eine Kollegin, Susanne Braun, hat mich heute Morgen angesprochen. Sie hat eine interessante Beobachtung gemacht. Mit ihr sollten sie einmal reden. Ich kann sie hereinrufen."

3

Natürlich wollten die beiden mit der Dame reden. Jetzt, wo sie noch ganz am Anfang der Ermittlungen standen, griffen sie begierig nach jedem Strohhalm.

Frau Zeller kam mit besagter Frau Braun zurück, einer hübschen jungen Dame um die zwanzig, die abwechselnd mit einer Kollegin unter anderem für Kontoeröffnungen zuständig war. Gestern bediente sie einen Mann, der ihr irgendwie suspekt vorkam. Der Mann betrat die Bank gegen 15 Uhr, also etwa zwei Stunden vor dem Überfall. Er eröffnete zunächst ein Girokonto und später mietete er noch ein Schließfach.

„Wieso kam Ihnen dieser Kunde verdächtig vor?", fragte Herrmann die junge Dame.

„Tja, wieso…", Frau Braun wiegte den Kopf, überlegte kurz und begann dann etwas stockend zu berichten.

„Also… der Herr fiel schon durch sein Äußeres auf: mittelgroß, gepflegt, silbergraue, volle Mähne, an beiden Händen klobige Ringe, eleganter, brauner Mantel, Krawatte - wie ein Bänker aus der City of London. Ich bediente gerade einen Kunden, als er eintrat. Er sah sich um, las dann „Kontoeröffnungen" und stellte sich brav hinten an. Als er an der Reihe war, ließ er einer Frau großzügig den Vortritt. Während er wartete, schaute er sich überall um, spähte nach rechts und nach links, hatte fast keine Zeit, als die Frau, der er den Vortritt gelassen hatte, ihre Geschäfte erledigt hatte."

Hier unterbrach sie ihre Schilderung und entnahm einer Klarsichthülle einige Papiere.

„Ich habe hier die Kontoeröffnungsunterlagen. Das Prozedere, als er das Konto eröffnete, wirkte ein bisschen... ein bisschen kurios. Ob er deshalb der Frau den Vortritt ließ oder weil er sich alles genau ansehen wollte, weiß ich natürlich nicht. Jedenfalls überlegte er jedes Mal lange, bis er eine Antwort gab. Selbst beim Namen dauerte es einige Sekunden, bis er endlich Otto Böhm sagte."

„Darf ich die Unterlagen einmal sehen?" Der Kommissar unterbrach die Ausführungen der Angestellten und griff nach den Papieren. Er blätterte sie kurz durch, staunte über die Unmenge von Fragen, die bei einer einfachen Kontoeröffnung beantwortet werden müssen und die die gesetzlichen Datenschutzbestimmungen teils wie Hohn erscheinen lassen. Dann zog er ein Papier heraus, auf welches Vorder- und Rückseite des Personalausweises kopiert waren.

„Das mit dem Ausweis war auch so eine Sache." Frau Braun begann wieder zu erzählen, dabei musste sie im Nachhinein noch schmunzeln. „Er wollte mir das Papier einfach nicht aushändigen. Ein paar Mal fragte er: ‚Muss das wirklich sein?' Ich sagte ihm, das sei Vorschrift, es gäbe nach dem Geldwäschegesetz für mich keinen Spielraum. Endlich, nach langen Diskussionen, überreichte er mir seinen Ausweis. Das hat mich zunächst etwas stutzig gemacht. Nach dem Überfall ist mir das dann wieder richtig bewusst geworden und heute Morgen habe ich es meinem Abteilungsleiter und Frau Zeller erzählt."

„Das war genau richtig. Wir werden diesem Gentleman natürlich auf den Zahn fühlen. Lassen Sie uns jetzt erst einmal diese Ausweiskopie ansehen. Der Herr ist... Moment... 45 Jahre alt. Er ist in Landau in der Pfalz geboren und wohnt – wenn er noch dort wohnt .– in Meckenbeuren, in der Bodenseestraße. Seine Größe: 175 cm. Das würde passen, seine Augenfarbe: grün."

„Auf die Augenfarbe habe ich nicht geachtet", warf Frau Braun trocken ein."

„Das werden wir nachholen“, bemerkte Krumbiegel sachlich.

„Und wo wohnt der Herr?“, fragte Herrmann und suchte in den Papieren die Unterschrifts- und Vollmachtskarte.

„Auch das hat er sich lange überlegt“, antwortete die junge Angestellte. „Schließlich meinte er: Lassen Sie es einfach offen. Ich hole meine Auszüge bei Ihnen ab. Später kann ich mir ja ein Schließfach zulegen.“

„Es gab natürlich noch keine Umsätze auf dem Konto. Bei der Kontoeröffnung hat er 20 Euro einbezahlt und für die nächsten Tage einen größeren Betrag avisiert. Eingegangen ist bisher nichts, logischerweise. Was bei ihm ein größerer Betrag ist, darüber kann ich nur spekulieren. Gefragt habe ich ihn nicht.“

„Woher das Geld kommen soll, hat er nicht gesagt?“

„Nein.“

„Wenn der Mann wieder auftaucht, verständigen sie bitte sofort die Polizei. Wir müssen wissen, wo dieser Mister wohnt.“

Herrmann war die Sache wichtig.

„Es sollte natürlich unauffällig geschehen. Machen Sie mit ein paar Kollegen ein geheimes Zeichen aus. Sobald Sie dieses Zeichen geben, hat jemand die Polizei zu benachrichtigen. Wenn irgend möglich, sollten Sie den Herrn ein bisschen warten lassen, ein bisschen hinhalten, um der Polizei etwas Zeit zu verschaffen. Wir werden darüber nachher auch noch mit dem Vorstand reden. Sollte dieser… dieser Neukunde in den nächsten… na, vielleicht zwei, drei Tagen nicht erscheinen, müssten wir andere Maßnahmen ergreifen.

Herr Böhm ist selbstverständlich nach wie vor unschuldig. Mit seinem etwas ungewöhnlichen Verhalten hat er sich aber verdächtig gemacht. Ob er als Täter oder Helfer in Frage kommt, werden die weiteren Ermittlungen ergeben.

Gibt es sonst noch etwas Wichtiges, ein besonderes Merkmal, Sprache, Outfit?“

Frau Braun schaute zu Boden, umfasste dann mit Daumen und Zeigefinger ihr Kinn und überlegte angestrengt. Nach einigen Herzschlägen legte sie los:

„Ja, natürlich, er trug eine auffallende, dunkle Hornbrille. Hat man heute nicht mehr. Gesprochen hat er... wie soll ich sagen: gepflegtes Schwäbisch oder schwäbisches Hochdeutsch. Sonst...? Nichts.

Aber er hat noch ein Schließfach im Tresor gemietet. Es ging ähnlich wie beim Konto. Erst ließ er sich alles erklären und dann wollte er es sich noch einmal überlegen. Keine halbe Stunde später stand er wieder da und hat die Sache perfekt gemacht.“

„Hat er gleich etwas reingelegt?“, interessierte sich Krumbiegel.

„Ja, ein kleines Päckchen – sehr... wie soll ich sagen... sehr junggesellenhaft verpackt.“ Sie lachte und fuhr dann fort:

„Ich habe ihm noch eine Zusatzversicherung angeboten, weil Schließfächer dieser Größe nur bis 20000 Euro versichert sind. Aber das wollte er nicht.“

Herrmann diskutierte mit Krumbiegel, dem Juristen, ob man wohl die Öffnung des Schließfachs verlangen könne. Sein Fazit: eher nicht zum jetzigen Zeitpunkt.

„Der Herr müsste doch mit der Überwachungskamera erfasst worden sein?“, fragte der Kommissar.

„Ist er, aber nur beim ersten Mal, kurz und ziemlich deutlich“, antwortete Frau Braun beflissen. „Als er wiederkam, um die Sache mit dem Schließfach perfekt zu machen, ist er nur von der Seite und von hinten zu sehen. Man hat den Eindruck, er habe bewusst den Sichtbereich der Kamera vermieden. Sie werden sich die Bilder ja noch ansehen.“

Herrmann wollte noch wissen, ob sie sich vorstellen könne, mit einem Spezialisten ein Phantombild dieses Herrn Böhm zu erstellen. Sie antwortete mit einem zögerlichen Ja. Das Ausweisfoto war schon mindestens zwanzig Jahre alt, verschwommen, vergilbt, wie ein Bild, das lange in der Sonne lag. Daher war es nur bedingt zu gebrauchen. Auch auf den Bildern der Überwachungskamera waren Gesichtsdetails nur schwer zu erkennen.

„Noch eine Frage: würden Sie diesem Herrn einen Bankraub zutrauen?“, wollte Krumbiegel wissen.

„Bankraub... hm... eher Betrug oder so was Ähnliches.“

Danach packte der Kommissar seinen Notizblock ein „Das war's“, nickte er Frau Braun anerkennend zu und überreichte ihr seine Karte: „Wenn Ihnen noch etwas einfallen sollte... Einstweilen vielen Dank.“

4

Herrmann und Krumbiegel sprachen daraufhin noch einmal kurz mit Frau Zeller und gaben auch ihr eine Karte mit der Bitte um Benachrichtigung im Falle eines Falles. Anschließend informierten sie den Vorstand über ihre Gespräche mit den beiden Damen und über das geplante weitere Vorgehen. Dann schauten sie sich noch im Außenbereich der Volksbank um. Die Lage der Bank war für einen Überfall ideal. Hinter dem Haus ein großer, langgezogener öffentlicher Parkplatz, mit relativ wenig Betrieb. Der Donau entlang, im Schutz von Büschen und Bäumen, konnte man problemlos untertauchen. Bundesstraßen waren leicht und schnell zu erreichen.

Nachdem die beiden das Gelände rund um die Bank und den Parkplatz noch einmal inspiziert hatten, fuhren sie in die Innenstadt zum Fischgeschäft Lommel. Die Befragung von Frau Schießl brachte sie aber nicht weiter. Die Frau hatte vom Banküberfall nichts mitbekommen.

Auf der Rückfahrt zur Dienststelle nach Biberach gab

sich Herrmann nachdenklich. Sein Assistent versuchte zwar einige Male ein Gespräch in Gang zu bringen, erntete aber nur mürrisches Gemurmel, das typische Verhalten, wenn den Chef etwas intensiv beschäftigte. Krumbiegel wusste, dass er jetzt zu schweigen hatte. In den wenigen Monaten seit seinem Dienstantritt hatte er zumindest das gelernt. Bestenfalls hätte er noch ein widerwärtiges „Quatsch“ oder „Unsinn“ ernten können.

Auf dem Revier ließ sich Herrmann umgehend die Akte „Herbert Rogalla“ bringen. In Sachen Otto Böhm waren ihnen die Hände gebunden. Außer einem vagen Verdacht hatten sie gegen ihn nichts in der Hand. Vorerst konnten sie nur warten, bis der Herr wieder auftauchen würde.

Herbert Rogalla hatte vor über vier Jahren in Buchau die Volksbank überfallen und war dafür vom Landgericht Ravensburg zu 40 Monaten Gefängnis verurteilt worden. Wegen guter Führung kam er nach 28 Monaten frei. Zur Zeit des Überfalls in Buchau wohnte er noch in Riedlingen und arbeitete gelegentlich im Autohaus Steiner als Lagerist und Mädchen für alles.

Mit der Akte zog sich der Kommissar in sein Dienstzimmer zurück. Er wolle nicht gestört werden, sagte er seinen Vorzimmerdamen. Nicht gestört hieß: nur bei schweren Fällen durchstellen. Er blätterte die Akte durch und frischte seine Erinnerung an den Buchauer Überfall wieder auf. Ganz intensiv studierte er die Videoaufnahmen aus Riedlingen. Wenn er sie mit den Bildern aus Buchau verglich, stellte er eine verblüffende Übereinstimmung fest. Konnte es sein, dass Rogalla nach Buchau und nach fast fünf Jahren noch einmal in derselben Montur dasselbe Verbrechen beging?

Es dauerte nicht lange, bis er seinen Assistenten rief und diesen beauftragte, den gegenwärtigen Aufenthaltsort Rogallas zu ermitteln.

„Legen Sie sofort los. Heute Abend möchte ich wissen,

wo sich der … der Kerl herumtreibt. Hier, notieren Sie seinen letzten Wohnsitz."

Krumbiegel war überrascht. Der Alte glaubte offensichtlich, eine Spur gefunden zu haben, sonst würde er nicht so zur Eile drängen. Er ließ sich unverzüglich mit dem Einwohnermeldeamt Riedlingen verbinden. Und er hatte Glück. Die zuständige Sachbearbeiterin konnte ihm schon nach wenigen Minuten mitteilen, dass sich ein Herbert Rogalla vor eineinhalb Jahren nach Ehingen/Donau abgemeldet hatte.

Im Ehinger Rathaus wollte man ihm zunächst keine Auskunft geben. Erst als er nachdrücklich klar machte, dass er als Polizist in einer Strafsache ermittle, bekam er die gewünschte Anschrift: Frankenstraße 16.

5

Am andern Morgen machten sich Herrmann und Krumbiegel unmittelbar nach Dienstbeginn auf den Weg nach Ehingen. Der Alte hatte es eilig.

Für Krumbiegel, der aus Crailsheim stammte, war Ehingen ein böhmisches Dorf. Herrmann, auch nicht unbedingt mit der Geschichte Ehingens vertraut, klärte ihn im Rahmen seiner Möglichkeiten auf: Die Stadt stand Jahrhunderte unter der Herrschaft Vorderösterreichs, war Tagungsort der Schwäbisch-Österreichischen Landstände, heute eine Industriestadt mit etwa 20 000 Einwohnern, wobei er hier um 5000 zu niedrig lag. Das Wichtigste aber, und das wusste er genau: im Jahre 1770 zog die noch nicht 15-jährige Kaisertochter Maria Antonia Josepha Johanna mit großem Tross von Wien nach Paris, um dort den Dauphin zu heiraten. Dieser Brautzug mit 57 Wagen und 450 Pferden sowie einem eigenen Beichtvater für die spätere Kaiserin Maria Antoinette, kam auch durch Ehingen. *Das* geschichtliche Großereignis in der Stadt, neben den beiden verheerenden Stadtbränden.

Das Wetter war wieder ungemütlich, schmuddelig. Es nieselte leicht. Nebel hing wie ein schmutziger Vorhang über dem Rißtal. Herrmann saß nach seiner Geschichtslektion stumm und unbeweglich, in Gedanken versunken, auf dem Beifahrersitz.

In Ehingen besuchten die beiden erst das Polizeirevier in der Panoramastraße. Sie informierten ihre Ehinger Kollegen über den Fall in Riedlingen und über einen Anfangsverdacht gegen Herbert Rogalla. Der Gesuchte war in Ehingen allerdings nie auffällig geworden. Er war der Polizei nicht bekannt.

In der Frankenstraße erfuhren die Beamten, dass Rogalla schon vor etwa einem Jahr in die Allensteiner Straße umgezogen war. Und dort, am Stadtrand im Ehinger Norden, suchten sie ihn. Er wohnte im Erdgeschoss eines Blocks mit sechs Wohnungen. In der Allensteiner Straße reiht sich Wohnblock an Wohnblock, kein Viertel für die Creme der Ehinger Gesellschaft, obwohl alle Häuser ansprechend saniert waren, mit frischen Farben versehen und daher einen sehr ordentlichen Eindruck machten.

Herrmann läutete an der Wohnung mit dem Türschild „Rogalla.“ Drinnen rumorte es. Nach einer Weile öffnete ein etwa 40 Jahre alter Mann vorsichtig.

„Ach, der Herr Kommissar. Welche Ehre.“

Der Wohnungsinhaber erkannte Herrmann sofort wieder. Er schien darüber eher erfreut als erschrocken zu sein oder er war ein guter Schauspieler.

„Ja, der Kommissar, Herr Rogalla, Herbert Rogalla.“

„Warum so förmlich, Herr Kommissar? Na ja, wir haben uns schon lange nicht mehr gesehen. Aber kommen Sie doch herein.“

In der Wohnung roch es nach etwas Undefinierbarem. Der Geruch schien aus der offen stehenden Küchentüre zu kommen. Die Wohnung machte einen ärmlichen Eindruck. Die Garderobe: ein Wandhaken, in der Küche Herd, Spüle, ein Kühlschrank aus der Mitte des vorigen Jahrhunderts, welcher brummte wie ein Großraumflugzeug, ein Tischchen und ein Schrank, wie man ihn vielleicht in Schwarzafrika suchen würde, aber nicht im zivilisierten Mitteleuropa. Im Wohnzimmer, wohin Rogalla die Herren führte, standen ein wackliger Tisch mit vier Stühlen, Sideboard und ein abgewetztes, speckiges Sofa. Retrodesign, lästerte Krumbiegel später. Herrmann wunderte sich, wie sauber und aufgeräumt alles war, obwohl doch alleinstehende Männer bekanntermaßen verlottern…

Sie setzten sich und der Hausherr gab sich neugierig: „Aber jetzt, Herr Kommissar, was verschafft mir die Ehre?"

„Sie wissen es nicht? Denken Sie einmal scharf nach. – Na?"

„Keine Ahnung, Herr Kommissar. Ich bin ein gesetzestreuer Bürger, sauber, absolut sauber."

„Dann ist ja alles in Ordnung. Ich habe allerdings meine Zweifel. – Dies ist übrigens mein Assistent, Herr Krumbiegel."

Worum es geht? Ich kann Ihnen auf die Sprünge helfen. Der Überfall in Riedlingen, auf die Volksbank. – Sagt Ihnen nichts?"

„Nichts, überhaupt nichts. - Aber wie kommen Sie ausgerechnet auf mich? Seit… seit damals habe ich mir nichts mehr zuschulden kommen lassen."

„Na ja, Sie haben immerhin einige Jahre Berufserfahrung. Und wissen Sie, wenn man so lange im Milieu verkehrt, dann riecht man förmlich, wenn gewisse Pappenheimer wieder zugange waren, besonders wenn man in einem aktuellen Fall bestimmte Charakteristika wiedererkennt, bestimmte Übereinstimmungen aus einem früheren Fall. Dann schlägt der innere Seismograph Alarm, dann wird man kribbelig. Es geht mir wie dem steifbeinigen Kapitän Ahab aus Melvilles Moby Dick, der seinen Wal auch schon von Weitem gerochen hat.

Und dann dieser Fall in Riedlingen. Ich habe mir überlegt, von was lebt der gute Herr Rogalla eigentlich, weil ich ja wusste, dass Sie früher nie durch besondere Arbeitswut aufgefallen sind. Sie haben sich immer wieder eine Auszeit gegönnt, eine Ruhepause bei freier Kost und Logis zu Lasten des Steuerzahlers."

„Von Hartz IV lebe ich. Hartz IV, Herr Kommissar! Ein armseliges Leben, unwürdig, menschenunwürdig. - Aber ich bin ja nicht der einzig Betroffene."

„Hartz IV? So, so."

„Arbeit gibt es für unsereinen ja so gut wie nicht."

„Knasterfahrungen sind eben auch nicht gerade die beste Empfehlung bei einer Bewerbung", konstatierte der Kommissar nüchtern.

„Sie sind so hartherzig wie die Bosse", echauffierte sich Rogalla, „wenn die nur Knast hören, gehen sofort alle Lichter aus, dann ist es vorbei mit der christlichen Nächstenliebe. Sie geben einem keine Chance."

„Sie Ärmster. Soll ich Sie jetzt bemitleiden?"

Herrmann amüsierte sich über die gespielte Ernsthaftigkeit, mit der Rogalla seine schwierige Lage schilderte. Oder waren seine Sorgen doch echt?

„Schauen Sie hier", fuhr Rogalla fort, „lauter Bewerbungen. Ganz selten mal ein Vorstellungsgespräch. Nur Absagen, Absagen, Absagen. Oder gar keine Reaktion. Frustrierend."

Er öffnete die Tischschublade, zog ein Bündel Briefe heraus und reichte sie dem Kommissar. Der schaute die Blätter durch, las da und dort ein paar Zeilen und meinte anerkennend:

„Alle Bewerbungen die letzten zwei… ja, drei Monate.

Sie haben eine geradezu wundersame Wandlung durchgemacht. Respekt. Sofern das alles ehrlich gemeint ist."

„Ich habe ernst gemacht. Ich will endlich heraus aus diesem... wie heißt es heute?... Prekariat." Rogalla wirkte entschlossen.

„Gut, lassen wir's so stehen. – Nun zur Sache. Wo waren Sie vorgestern Nachmittag so zwischen 16 und 17 Uhr?"

„Hier, im Wohnzimmer. Glotze geschaut. Den ganzen Nachmittag."

Die Antwort kam blitzartig, wie vorbereitet.

„Zeugen?", fragte Herrmann. „Keine, natürlich. – Was haben Sie denn angeschaut."

„Den Videofilm „Zeugin der Anklage".

„Clever, sehr clever. Das haben Sie sich raffiniert ausgedacht. Man darf Sie nicht unterschätzen. Ein wunderbarer Film übrigens, Charles Laughton, Marlene Dietrich. Die Handlung kennen Sie natürlich von Anfang bis Ende. Na ja, ein Streifen aus Ihrer Branche, einer verwandten zumindest."

„Sie tun mir unrecht, Herr Kommissar."

„Tu ich das? – In Riedlingen saßen Sie immer in dieser Kneipe... wie hieß sie doch gleich..?"

„Frosch."

„Richtig, Frosch. Und dieser Wirt, dieser... dieser..."

„Ralfi, Ralf Gerber."

„Ralfi, genau. Was treibt der denn so? Wo hält er sich auf?"

Rogalla zögerte kurz, ehe er antwortete;

„Der Ralfi ist hier. Er besitzt unten, an der Umgehungsstraße, ein Lokal, den „Frosch."

„Waas... Ja, da schau her. Man erlebt immer wieder Überraschungen.

Dann ist das Traumpaar also wieder glücklich vereint. Höchst interessant. Diese Konstellation zwingt natürlich zu ganz neuen Überlegungen.."

Herrmann war überrascht und beunruhigt. So wie er Ralfi, den Wirt, kannte, übte dieser einen schlechten Einfluss auf Rogalla aus. Die beiden waren grundverschiedene Charaktere. Kaum vorstellbar, dass sich zwischen ihnen eine Busenfreundschaft entwickelt haben könnte. Wahrscheinlicher war, dass Ralfi ihn dominierte, ihn auch kujonierte und für seine Zwecke einspannte.

„Der Frosch ist jetzt wohl Ihr Stammlokal?" forschte Herrmann weiter.

„Stammlokal?" wiederholte Rogalla bitter, „gelegentlich bin ich dort, aber selten. Mehr kann ich mir nicht mehr leisten, Hartz IV…"

„Aber Sie sind doch nach Ehingen gezogen, weil der Ralfi…"

„Moment," bremste ihn Rogalla. „ich habe keine Angehörigen, niemanden. Ich dachte, bei Ralfi kann ich gelegentlich aushelfen, ein paar Euro hinzuverdienen, denn mit Arbeit… Sie wissen ja…"

Aus der Bitterkeit dieser Worte glaubte Herrmann herauszuhören, dass es mit der Freundschaft zwischen Rogalla und Ralfi nicht gerade zum Besten stand. Dabei lebten sie in Riedlingen geradezu in einer Symbiose. Er fragte sich nun, wenn es tatsächlich ernste Verstimmungen gab zwischen den beiden, konnte es dann noch Zusammenhänge bezüglich der Tat geben? Hatte Ralfi Rogalla erpresst? Hatte er ihn in der Hand? Hatte Letzterer aus eigenem Antrieb gehandelt, um so etwas wie eine Mutprobe abzugeben? Gab es sonst irgendwelche Hintergründe? Immer vorausgesetzt, Herbert Rogalla war tatsächlich der Räuber. Eigentlich traute er es ihm – trotz Buchau – nicht zu.

„Wenn Sie im Frosch gesessen wären, hätten Sie jetzt ein Alibi", setzte Herrmann die Befragung fort.

„Auf ein Alibi von Ralfi hätten Sie ja doch nichts gegeben."

„Vom Wirt vielleicht nicht, aber wenn… was weiß ich…

noch ein Dutzend andere Gäste Ihre dauernde Anwesenheit bestätigt hätten.“

„Ich bin unschuldig, Herr Kommissar.“ Nachdrücklich beschwor Rogalla seine Unschuld. „Glauben Sie mir endlich! Den ganzen Nachmittag…“

„…ich weiß, Sie haben ‚Zeugin der Anklage’ geschaut. Und Sie haben sonst nichts gesehen, nichts gehört? Hat Sie vielleicht jemand angerufen?“

„Nein, niemand. Wer soll mich schon anrufen? Hin und wieder nicke ich auch ein. Dann bin ich weggetreten, tot, da könnten Sie mir ein Bein ausreißen, ich würde nichts mitbekommen.“

„Sie sehen so blass aus; geht Ihnen die Befragung an die Nieren?“, fragte Hermann scheinbar besorgt.

„Sie sind unfair, Herr Kommissar. Sie haben leicht reden. Sie dürfen die Fragen stellen, ich muss sie beantworten. Wenn ich Sie fragen würde, wann Sie gestern ... sagen wir auf der Toilette waren, würden Sie auch ins Schleudern kommen.“

„Mich fragt aber niemand. Warum wohl? Sie haben den falschen Beruf gewählt, Herr Rogalla. - Aber die richtigen Fragen stellen, ist auch nicht einfach, glauben Sie mir.

Kommen wir zum Überfall. Die Angestellte hat den Täter so beschrieben: Strumpfmaske, Schiebermütze, Sonnenbrille, Jeansjacke, Jeanshose, vermutlich Turnschuhe mit den drei Streifen, Plastiktüte ohne Beschriftung, Pistole. Die Überwachungskamera hat die Beschreibung bestätigt.“

„Und daraus wollen Sie meine Täterschaft ableiten? Herr Kommissaaar... bei allem Respekt, da bekommt der Untersuchungsrichter einen Lachkrampf. Das ist doch... ja, das ist Standardoutfit in der Branche, Berufskleidung gewissermaßen.“

„Langsam, es geht weiter. Größe ca. einsfünfundsiebzig, schmächtig, hat schwäbisch gesprochen – und jetzt kommt's! – „Geben Sie alles Geld raus, dann passiert Ihnen bestimmt nichts", soll er, sollen Sie gesagt haben."

„Das ist doch alles 08/15, nichts Spezielles. Was wollen Sie damit beweisen? Das besagt doch höchstens, dass der Täter ein höflicher Mensch war und gutes Deutsch sprach, und das hilft Ihnen bestimmt nicht weiter."

„Da wäre ich nicht so sicher. Es passt alles haargenau auf Sie. Outfit und Ablauf der Tat ergeben ein stimmiges, ein typisches Bild des Täters. Und wenn ich die Bilder der Überwachungskamera anschaue, dann sind sie das, typisch Sie, und nur Sie!

In Buchau sagten sie: Rücken Sie alle Kohle raus, dann passiert Ihnen nichts. In Riedlingen klang es ganz ähnlich, der gleiche Rhythmus. Und schwäbisch gesprochen hat er auch."

„Herr Kommissar..." die Stimme Rogallas klang fast verzweifelt, trotzdem machte er einen irgendwie sicheren Eindruck, ganz anders als ihn Herrmann von Buchau her in Erinnerung hatte. Damals wirkte er ängstlich, verunsichert, mutlos, und er hatte jeglichen Stolz verloren. Viel tiefer kann ein Mensch kaum sinken. Ohne Stolz, ohne Lebensfreude ist kein freies, selbstbestimmtes Leben möglich, ein Dasein im Keller, in der Unterschicht, unausweichlich.

„Herr Kommissar, ich war es nicht, zum xten Mal. Sie haben keinerlei Beweise, Sie können keine haben, weil ich es nicht war. Sie vergeuden Ihre Zeit."

„Ich habe Zeit. Und ich werde den Täter überführen, verlassen Sie sich drauf. Sie sind nie besonders intelligent vorgegangen, aber das kleine Ganoveneinmaleins beherrschen Sie natürlich. Sie werden wieder Fehler machen und wenn es nur ein klitzekleiner ist. Das letzte Mal stand Ihnen eine Kundin im Weg. Deshalb haben Sie mit dem Türrahmen Bekanntschaft gemacht, aus der Nase geblutet und uns so Ihren genetischen Fingerabdruck auf dem Silbertablett serviert."

„Dieses Mal mache ich keine Fehler – weil ich es nicht getan habe."

„Banküberfälle sind eine Nummer zu groß für Sie, Herr Rogalla."

„Ich habe nicht den Ehrgeiz, Ihnen das Gegenteil zu beweisen."

„Wenn ich Ihnen glauben könnte… Zugegeben, der Schuss passt nicht zu Ihnen, überhaupt nicht. Aber man entwickelt sich - und nicht immer zum Besseren.

Damit wollen wir es für heute belassen. Wir sehen uns wieder."

6

Die beiden Kriminaler marschierten wortlos zurück zu ihrem Fahrzeug auf den Parkplatz. Im Auto fragte Krumbiegel: „Und jetzt, wohin?"

Statt einer Antwort redete Herrmann nach einer kurzen Pause über Rogalla. Der kam als Kind schon lange vor der Wende aus der DDR in den Westen, in die Nähe von Stuttgart. Schwierige Familienverhältnisse, die Eltern trennen sich und suchen sich neue Partner. Der Bub stört immer. Er bricht eine Lehre ab und zieht mit 16 daheim aus, verlässt seine Mutter. Zum Vater hat er keinen Kontakt mehr. Er schlägt sich so durch, kommt in schlechte Gesellschaft. Schnorren, erste Ladendiebstähle, später Einbrüche, Alkohol, Drogen – das volle Programm eben. Zwangsläufig kommen Verurteilungen nach Jugendstrafrecht. Immer wieder steht ihm das Gesetz im Weg. -- Dann Heimaufenthalt und irgendwann fährt er zur See.

Wieder an Land, schlägt er sich irgendwie durch, arbeitet mal hier, mal da, bewegt sich immer in einer Grauzone. Ein paar kleinere Eigentumsdelikte folgen und dann der Banküberfall in Bad Buchau.

Im Grunde ist er ein armer Hund. Er hätte eine starke Hand gebraucht, auch heute noch, einen Leader. Planen, organisieren, strategisch denken kann er nicht. Er war immer Mitläufer, ein Passiver, ein Subalterner, ohne Ziele, ohne Ambitionen, oft auch ein Getriebener, Geschobener, geschoben von den falschen Leuten, folglich in die falsche Richtung. Er, Herrmann, befürchte, dass er jetzt wieder unter dem Einfluss des Froschwirts stehe. Und das wäre verhängnisvoll für ihn. Dem Wirt traue er alles zu. Schon beim Buchauer Überfall habe er nach seiner Überzeugung die Finger im Spiel gehabt, aber er konnte es nicht beweisen.

Hier unterbrach Herrmann eine Weile, ehe er weiterredete.

„Der Rogalla tut mir leid. Bei den meistens andern Ganoven fällt mir das schwer. Anfangs, wenn sie ihre Misere in den düstersten Farben schildern, oft unterstützt vom Sozialarbeiter, entwickelt man noch Empathie, bedauert die Unglücklichen, aber sobald man unters Hemd schaut, ist man ernüchtert. Heute schiebt man die Schuld ja vorzugsweise auf Gesellschaft, auf Staat oder die ungerechte Vermögensverteilung. Ich sage Ihnen, die meisten sind selber schuld. Alle haben in der Regel mindestens ordentliche Voraussetzungen, nur gehen die einen nach links, die anderen nach rechts. Häufig beginnt alles mit Schulden. Und wer ist dafür verantwortlich? Die einen kommen aus mit ihrem Geld, die andern nicht. Bei gleichen Voraussetzungen. Ich kann nun einmal nicht mehr ausgeben, als ich habe. Aber heute braucht man eben alles, auch was man nicht braucht. Das geht schon bei den Kindern los. Und von allen möglichen Seiten werden sie in diesem Verhalten noch unterstützt. Statt die Leute zur Selbstverantwortung zu erziehen, sucht man immer nach Ausflüchten, macht Täter zu Opfern, relativiert die eigene Verantwortung. Und der Staat hat dann die Folgen dieser

Entwicklung zu tragen, sprich zu zahlen. Er soll heute für alle menschlichen Unzulänglichkeiten aufkommen. - Natürlich darf man nicht pauschalieren, aber meistens ist es eben so.“

Von der Allensteiner Straße, vom Wenzelstein aus in die Südstadt, in die Panoramastraße zu kommen, ist nicht einfach. Einem Fremden den Weg zu erklären ist unmöglich. Krumbiegel fuhr den Groggensee entlang, durch den Schmiechgraben, über den Glockenplatz, am Wolfert-Wäldchen vorbei zum Polizeirevier. Der einfachste, nicht der kürzeste Weg.

Der Ehinger Polizei war der Froschwirt bekannt. Immer wieder musste sie im „Frosch“ bei Schlägereien, Nachtruhestörungen oder Überziehen der Polizeistunde einschreiten. Zeitweise stand Gerber im Verdacht in Drogengeschäfte und illegale Glücksspiele verwickelt zu sein. Beweisen ließ sich nichts. Eine undurchsichtige, zwielichtige Person.

Herrmann sah die Akte „Ralf Gerber; Gasthaus zum Frosch“ durch. Wesentlich Neues entdeckte er nicht. Nach einer kurzen Besprechung mit der örtlichen Polizeichefin fuhr er mit seinem Assistenten und einem Ehinger Beamten zum „Frosch.“

Das Gasthaus, ein unauffälliges, mittelgroßes Gebäude, dessen Altersflecken notdürftig übertüncht waren, stand am Stadtrand, nur wenige Meter neben der vielbefahrenen Bundesstraße. Die Wohnung lag oben, die Wirtschaft parterre.

Der Gastraum, eine Dutzendkneipe, einfach aber zweckmäßig möbliert. Ins Auge sprang ein doppelstöckiges Board mit Flaschen in allen Formen und Farben und alle mit hochprozentigem Inhalt. Eine Musikbox dudelte einen Country-Song in durchaus akzeptabler Lautstärke. An jeder freien Wand, in jeder Ecke standen Automaten. Ohne diese hätte man das Lokal fast als bürgerlich durchgehen lassen können.

Jetzt, kurz vor Mittag, saßen etwa ein Dutzend Gäste an zwei Tischen, schwatzten, spielten Karten oder warteten auf ihr Essen. Ein paar Männer zockten an den Automaten. Der Wirt hantierte hinter der Theke. Mit kritischem Blick musterte er die drei Herren. Auch den Gästen fielen die drei sofort auf. Sie passten offensichtlich nicht so ganz in dieses Milieu. Eine Kellnerin bediente ihre Gäste, ohne von den Neuankömmlingen groß Notiz zu nehmen.

Herrmann zeigte dem Wirt seinen Ausweis:

„Sie sind der Wirt hier?"

„... Jjja." – Die Stimme hinter der Theke klang abweisend, frostig.

„Kriminalpolizei, Herrmann ist mein Name, dies ist mein Assistent, Herr Krumbiegel, den Ehinger Beamten kennen Sie wahrscheinlich. Wir müssen uns mit Ihnen unterhalten."

„So... Interessant. Worum geht es?"

„Nicht hier im Lokal", forderte Herrmann bestimmt.

„Wenn Sie meinen... Gehen wir ins Büro." ---

Der Wirt führte die Herren in ein kleines, verrauchtes Hinterzimmer, dessen markantester Einrichtungsgegenstand ein Kassenschrank war, wie er früher in dörflichen Spar- und Darlehenskassen zum Standardinventar gehörte, dieser aber war noch rundum bemalt wie alte Bauernschränke.

„Also, es geht um den Banküberfall in Riedlingen, bei der Volksbank."

„Und was habe ich damit zu tun?"

„Genau das wollen wir herausfinden. Wir stehen ganz am Anfang unserer Ermittlungen und gehen daher jedem, auch dem kleinsten Verdacht nach. Sie wollen wir befragen, weil ein gewisser Herbert Rogalla bei Ihnen Stammgast ist und der – aber das wissen Sie sicher – ist wegen Bankraub vorbestraft."

„Und deswegen kommen Sie zu mir. Sie tun mir leid."

„Sparen Sie sich Ihr Mitleid. Beantworten Sie unsere Fragen."

Der Ton auf beiden Seiten war aggressiv, gereizt, ganz anders als vorher bei Herbert Rogalla. Herrmann ließ sein Gegenüber keine Sekunde aus den Augen. Er nagelte ihn förmlich fest, ließ ihm keine Zeit, um sich verbal herauszuwinden. Seine Fragen kamen Schlag auf Schlag. Und dieser Druck machte Ralfi nervös und giftig.

Vorsichtig antwortete er:

„Der Happy, also der Herbert, Stammgast? Könnte man sagen. Aber wenn Sie mich wegen Happy verdächtigen, muss Ihre Beweislage dürftig sein."

Herrmann ignorierte Ralfis süffisanten Seitenhieb.

„Wie oft ist er Gast hier? Täglich? Jeden zweiten Tag? Zwei Mal die Woche?"

„Wozu wollen Sie das wissen?"

„Sagen Sie wie oft er hier verkehrt! Wir fragen nicht ohne Grund."

„Gäste verpfeifen… ohne mich. Aber wenn es Ihnen hilft, ist ja kein Geheimnis, so jeden… dritten, vierten Tag etwa kreuzt er hier auf."

„Und wie hoch steht er bei Ihnen in der Kreide? Genau bitte!"

Die Forderung kam schneidend, apodiktisch, ein Befehl. Krumbiegel schaute irritiert. Woher wusste der Chef von Schulden?

„Der Happy? Schulden?" Ralfi antwortete langsam, vorsichtig.

„Genau weiß das nur meine Partnerin. Ich glaube so um die 1000 Euro."

„Für einen Hartz IV-Empfänger eine stolze Summe. Hat Herr Rogalla am 27.11. oder danach seine Schulden ganz oder teilweise beglichen?"

„Nö. Nichts."

„Ich frage Sie noch einmal: Hat er Schulden bezahlt

oder nicht? Und die Wahrheit bitte, sonst kann ich verdammt ungemütlich werden.“

„Nein!!“, bellte Ralfi, „und wenn Sie mich noch zehn Mal fragen!“

„Wo finden wir Ihre Partnerin, Ihren Finanzminister?“

„Sie ist zu Ihrer kranken Großmutter geflogen, nach Bosnien.“

„Und wann kommt sie zurück?“

„Am Samstag in einer Woche.“

„Wie erreicht man die Dame am besten?“

„Gar nicht. Sie hat ihr Handy ausgeschaltet. In Bosnien benutzt sie ein zweites, neues Gerät, dessen Nummer noch niemand kennt. Wenn etwas sein sollte, ruft sie mich an. Ich kann sie nicht erreichen, höchstens eine SMS an ihre Tante schreiben. Wenn Sie wollen, können Sie es ja auf ihrem alten Apparat versuchen. Bitte sehr.“ Er reichte dem Kommissar ein Handy, aber der schob es zurück.

„Wir warten, bis sie wieder zurück ist. Wenn sie nicht zurückkommen sollte, weil sie von Ihnen gewarnt wurde, dann ....“ Die Geste, die er dazu machte, war eindeutig. „Finden würden wir sie auf jeden Fall. - Zu Herrn Rogalla zurück. Hat er….sagen wir die letzten acht Tage… Ihr Auto ausgeliehen oder das eines Ihrer Gäste?“

„Meines nicht. Ob bei jemand anders? Weiß ich nicht, interessiert mich auch nicht.“

„Eine andere Frage: Wo waren Sie am Dienstag, also am 27., zwischen 16 und 17 Uhr?“

„Am Dienstag…? Hier, im Lokal. Zeugen? Mindestens ein Dutzend Gäste. Außerdem… Augenblick…“

Ralfi blätterte in seinem Terminkalender.

„Um 16. Uhr 15 war der Kaminfeger hier. Auch der könnte meine Anwesenheit bestätigen. Um 17 Uhr die Geburtstagsfeier Berger im Nebenzimmer. Mindestens ein Dutzend Personen...“

Der Wirt hatte seine Sicherheit wiedergefunden.

„Lässt sich überprüfen." Herrmann lehnte sich zurück. Der Ton beider Kontrahenten war etwas moderater geworden.

„Sie sind vorbestraft", setzte der Kommissar die Befragung fort.

„Moment! Jetzt machen Sie mal halblang", erregte sich Ralfi.

Mit der Beruhigung war es mit einem Schlag wieder vorbei.

„Ja, ich bin vorbestraft, weil ich besoffen am Steuer gesessen bin. Und die Schlägerei damals war eine Affekthandlung. Ein glattes Fehlurteil. Jedenfalls nichts Einschlägiges."

„Fehlurteil…? Na ja. Es soll ja noch ein Verfahren laufen, in dem es auch um Körperverletzung geht bei einer Schlägerei?"

„Eine harmlose Geschichte. Das Verfahren wird bestimmt eingestellt.

Wenn man das Leben richtig genießen will, muss man auch einmal Grenzen überschreiten. Das ist doch der Pfeffer, die Würze des Lebens. Was ist da schon dabei?"

„Wenn Grenzüberschreitungen auf dem Rücken, oder, wie bei Ihnen, auf dem Kopf anderer ausgetragen werden, dann spätestens hört der Spaß auf. Und normalerweise ist diese Art von ‚Genuss' ein Privileg der Jugend. Es gibt aber offensichtlich Leute, die fühlen sich besonders wohl, wenn sie sich jenseits aller gesellschaftlicher Konventionen austoben können. Und das ohne Rücksicht auf andere. - Und da gibt es doch auch noch eine Einbruchserie?"

„Da wurde ich freigesprochen."

„Sagen wir so: Sie konnten trotz dringenden Tatverdachts nicht überführt werden."

„Wo liegt da der Unterschied? Freispruch ist Freispruch. Ich lasse mir nichts anhängen."

Der Wirt wehrte sich energisch.

„Sie mussten freigesprochen werden, weil der allerletzte Beweis fehlte. Ein Freispruch zweiter Klasse. Für die Ermittler waren Sie immer einer der Täter."

„Ich wurde freigesprochen. Also bin ich unschuldig. Daran kommt auch die Polizei nicht vorbei."

„Sie haben recht. Aber denken ist nicht verboten. – Anderes Thema: Sie sind Schwabe, Ulmer. Der Täter hat schwäbisch gesprochen."

„Ja, ich bin Ulmer, Schwabe. Lässt sich nicht leugnen. Es gibt einige Millionen Schwaben. Da werden Sie zu tun haben."

„Sie können beruhigt sein. Der Täterkreis ist klein. Wir finden den Ganoven..."

Herrmann setzte seinen Filzhut auf und klemmte seine Mappe unter den Arm.

„Auf Wiedersehn."

7

Die beiden Beamten gingen zum Wagen. Herrmann schimpfte leise vor sich hin: Dieser Bandit. Er warf seine Tasche auf den Rücksitz, dann fuhren sie in die Panoramastraße zur Berichterstattung.

Auf der Rückfahrt nach Biberach fragte Krumbiegel:

„Woher wussten Sie eigentlich von Rogallas Schulden?"

„Ich wusste gar nichts, aber es gehört nicht viel Phantasie dazu, um das zu erraten. Diese Typen haben doch alle Schulden."

Auf dem heimischen Revier erwarteten sie Neuigkeiten. Frau Zeller hatte angerufen; sie wollte den Kommissar sprechen. Außerdem hatten bei der Polizei in Riedlingen ein paar Rentner zu Protokoll gegeben, dass sie zur Tatzeit von einem Raser beinahe zu Tode gefahren worden seien. Auch hatte sich eine Frau gemeldet, die in der Nähe des Tatorts ein verdächtiges Fahrzeug gesehen hatte.

Herrmann nickte Krumbiegel zu, ein wissendes Nicken, das besagte: Auf, packen wir's. Fahren wir nach Riedlingen.

„Wieder keinen Feierabend“, knurrte Krumbiegel.

„Und? Sie sind bei der Kripo. Wenn Sie einen regelmäßigen Feierabend wollen, müssen Sie sich… meinetwegen bei der KfZ-Zulassungsstelle bewerben. Dienstzeit 8 – 17 Uhr, eine Stunde Mittagspause, Freitagnachmittag frei“, konterte Herrmann.

„Dies ist schon der vierte Abend diese Woche. Für ein Privatleben bleibt keine Zeit“, motzte der Assistent. Er war richtig angefressen.

„Sie wussten, worauf Sie sich einlassen. Wir brauchen uns nicht zu beklagen. Wir bekommen monatlich unser Salär, ob wir erfolgreich waren oder nicht. Unser Arbeitsplatz ist sicher. Wir kennen keinen ökonomischen Druck, brauchen keine Gewinne zu machen, keine Gehaltsverhandlungen führen, nicht mit dem Finanzamt über Abschreibungssätze oder Aktivierungsvorschriften streiten, und unseren Ruhestand alimentiert uns der Staat fürstlich - im Vergleich zur Privatwirtschaft.“

Herrmann dozierte sachlich und grinste dabei. Ehe sie losfuhren, informierte er seine Frau, dass es wieder spät werde.

Frau Zeller erwartete die beiden bereits in der Volksbank.

„Und, Frau Zeller, was haben Sie für neue Erkenntnisse?“ begann der Chef das Gespräch.

„Ich weiß nicht, wahrscheinlich werden Sie jetzt lachen. Der… der Täter hatte die Stimme verstellt, wie ich Ihnen schon sagte. Und diese Stimme… und das ganze Gehabe… es… war… es klang fast weiblich. Aber das ist wahrscheinlich Unsinn… trotzdem… ich weiß nicht warum… ich habe so ein unbestimmtes, so ein komisches Gefühl.“

Nach ihrer Aussage schien Frau Zeller irgendwie erleichtert zu sein.

Herrmann ließ sich Zeit, bis er auf diese überraschende Aussage reagierte:

„Können Sie das ein bisschen präzisieren? Es war nicht nur die Stimme?"

„Nein, aber primär, dann die Bewegungen, das Gehen, die schmale Figur... Aber, wie gesagt, das kommt mir alles erst im Nachhinein. Wer denkt bei einem Banküberfall schon an eine Frau?"

„Das ist nun ein völlig neuer Aspekt. Die – in Anführungszeichen – Frau sprach auch schwäbisch?"

„Ja, natürlich. – Aber etwas anderes. Der... ja, der Täter hatte die Stimme verstellt, wie ich schon sagte. Ich frage mich, kann eine Frau eine so tiefe Männerstimme imitieren?"

Darauf hatten auch die Polizisten keine Antwort. Herrmann meinte nur zweifelnd: „Vielleicht... ich weiß es nicht."

Krumbiegel warf ein:

„Möglicherweise hat der Täter auf Frau gemacht."

So richtig wollte diese Spielart aber niemand ins Kalkül ziehen.

„Noch eine kleine Anmerkung," fuhr Frau Zeller fort „der... der Täter könnte auch nur einsfünfundsechzig oder einssiebzig groß gewesen sein. Schwer zu sagen. Ich hätte auf die Absätze schauen sollen."

Krumbiegel lachte und meinte, das wäre dann doch zu viel verlangt.

Frau Zeller hatte den Beamten noch einen Fahndungsansatz zu offerieren.

„Vor einer halben Stunde hat Frau Schießl wieder Fischgeld einbezahlt. Wenn Sie einmal riechen wollen, damit Sie gleich Bescheid wissen, wenn Sie auf das geraubte Geld stoßen sollten..."

Die beiden nahmen eine Nase voll und verabschiedeten sich dann lachend. Sie fuhren zu der Frau, welcher der PKW auf dem Parkplatz bei der Versteigerungshalle aufgefallen war.

Die Dame war etwa um 16.45 Uhr donauabwärts gewalkt. Das Auto fiel ihr auf, weil es am entferntesten Ende des Parkplatzes auf einer Rückseite der Halle geparkt war, obwohl die meisten Plätze, die besseren, stadtnäheren, frei waren. Dann war der Wagen so abgestellt, dass man direkt wegfahren konnte, ohne vorher ausparken zu müssen. Sie wunderte sich, dachte aber an nichts Schlimmes. Als die Walkerin um circa zwanzig nach fünf wieder am Parkplatz vorbeikam, war der Wagen verschwunden.

Die Frau glaubte sich zu erinnern, ein O auf dem Nummernschild gesehen zu haben. Auf Nachfrage erklärte sie, ein ausländisches Kennzeichen war es nicht, das wäre ihr sicher aufgefallen. Vermutlich handelte es sich um einen sandfarbenen Audi, möglicherweise auch einen Mercedes. Genaueres konnte sie nicht sagen. Sicher wusste sie noch, dass am Rückfenster ein Maskottchen der TSV Ulm 1846 baumelte.

Für die Ermittler waren dies interessante Aussagen. Von besagtem Parkplatz aus erreicht man nach etwa 600 Metern die B 311 Richtung Sigmaringen und in die Gegenrichtung Ulm/Ehingen, mit Abzweigungen nach Biberach und Zwiefalten/Reutlingen. Mit großer Wahrscheinlichkeit hatte der Täter einen dieser Fluchtwege benutzt. Kaum anzunehmen, dass er sich auf einer kleinen Landstraße auf die Alb absetzte.

Die Strecke vom Tatort bis zum Parkplatz, circa 150 Meter, konnte der Täter, das Gebüsch an der Donau als Deckung benutzend, schnell und sicher erreichen. Dass er sich diese günstigen Umstände zunutze machte, lag auf der Hand. Dies wertete die Beobachtungen der Walkerin noch einmal auf. Für die Spurensucher stand Arbeit an.

Bei den Riedlinger Kollegen, wohin die beiden anschließend fuhren, informierten sie sich über die Aussagen der Rentner. Diese waren von einem in östlicher Richtung stadtauswärts bretternden PKW in Lebensgefahr gebracht worden. An einem Zebrastreifen konnten sie sich vor dem verrückten Raser gerade noch retten, wenn auch von oben bis unten nassgespritzt. Einer behauptete sogar, gestreift worden zu sein. Die Tatzeit, kurz nach 17 Uhr, ließ einen Zusammenhang mit dem Überfall durchaus möglich erscheinen. Über das Tatfahrzeug lieferten die Rentner widersprüchliche und daher kaum brauchbare Beschreibungen.

Auf der Heimfahrt waren sich die beiden Beamten einig, dass die erste Spur, das Auto auf dem Parkplatz, erfolgversprechender war. Hinter dem Raser vermuteten sie eher einen übermütigen, jugendlichen Spinner. Trotzdem würden die Riedlinger Polizisten die Spur weiterverfolgen. Sie versprachen sich einiges von einem Fahndungsaufruf in der Lokalzeitung.

Auch die Aussagen der Kassiererin beschäftigten die beiden. Eine Frau, eine Banklady? Nicht unmöglich, aber auch nicht sehr wahrscheinlich. Frau Zeller machte zwar durchaus den Eindruck einer Frau, die mitten im Leben steht, aber vielleicht entwickelte sie doch ein bisschen viel Fantasie in den beiden Nächten, die sie über dem Fall geschlafen, vielleicht auch gegrübelt hatte.

Dem Kommissar fielen mit der Zeit fast die Augen zu. Er gähnte und gähnte.

„Müde?“, fragte Krumbiegel.

„Nicht nur“, antwortete der Chef schläfrig. „Ich habe auch die unangenehme Eigenschaft, täglich älter zu werden. Und das spüre ich allmählich.“

Krumbiegel stutzte einen Moment und meinte dann grinsend:

„Ich fürchte, mir geht es ähnlich.“

Kaum hatte er ausgesprochen, klingelte das Handy. Die

Riedlinger Kollegen hatten den mysteriösen Herrn Böhm ausfindig gemacht. Also umdrehen, den Herrn besuchen. Schlaf ade.

8

Zusammen mit einem Riedlinger Beamten fuhren sie in die Gammertinger Straße. Beim Haus Nr. 101 handelte es sich um ein schmuckes Einfamilienhaus mit einer Einliegerwohnung im Dachgeschoss. Die Mansarde war sowohl über den Haupteingang, als auch über eine Art Feuerleiter vom Garten aus zu erreichen.

Sie klingelten an der Hauptwohnung mit dem Namensschild Köberle. Eine Frau um die sechzig, mit Küchenschürze, das Musterexemplar einer schwäbischen Hausfrau, öffnete vorsichtig und erschrak, als sie die drei Herren sah. Herrmann zeigte ihr seinen Dienstausweis und versuchte, sie zu beruhigen. Im Zusammenhang mit dem gestrigen Banküberfall wollten sie nur ein paar Fragen stellen. Daraufhin bat die Frau die drei ins Wohnzimmer.

Nachdem sie bestätigt hatte, dass sie und ihr Mann die Hausbesitzer seien, stellten sie ihr einige Fragen. Um der Besitzerin die letzte Angst zu nehmen, begann Herrmann ganz leger, ganz jovial zu reden. Er beherrschte dieses vertrauensbildende Sprechen wie kein Zweiter.

„Frau Köberle, wir stehen am Anfang unserer Ermittlungen und müssen daher logischerweise in alle möglichen, vielleicht auch unmöglichen Richtungen… ja, schnüffeln. Bei Ihnen wohnt seit Kurzem ein Herr Böhm. Er hat sicher mit Ihnen einen Mietvertrag abgeschlossen. Könnten Sie uns den einmal zeigen?"

„Hat er…?" fragte die Hausherrin erschrocken.

„Wissen wir nicht. Die Ermittlungen haben gerade erst richtig begonnen."

Die Frau ging zu einem Schrank, öffnete einen Flügel, holte den Ordner mit der Aufschrift „Verträge“ heraus, blätterte kurz im Daumenregister und entnahm ihm den Mietvertrag.

Das Mietverhältnis war auf unbestimmte Zeit abgeschlossen. Die Miete betrug 280 Euro warm, die Vorauszahlung 50 Euro. Ansonsten ein Standardvertrag ohne Besonderheiten.

Herrmann fragte Frau Köberle, ob sie über ihren Mieter Auskünfte eingeholt hätten. Hatten sie nicht.

„Wie sind Sie zu Herrn Böhm gekommen?“

„Wir haben in der Stuttgarter Zeitung inseriert. Auf unsere Anzeige hat er sich gemeldet.“

„Arbeitet der Herr?“, fragte er weiter.

„Im Augenblick nicht“, antwortete die Hausherrin, „aber im Januar beginnt er bei einer Ebinger Maschinenfabrik im Vertrieb. So sagte er jedenfalls.“

Die drei Beamten sahen sich vielsagend an. Frau Köberle konnte an den Mienen der Herren ablesen, dass sie von den Aussagen dieses Herrn Böhm wenig hielten. Herrmann fühlte sich bemüßigt, die Vermieterin zu beruhigen. Es gäbe keinerlei konkrete Verdachtsmomente gegen ihren Mieter. Man stehe erst am Anfang der Ermittlungen wie gesagt, und gehe daher jedem, auch dem leisesten Verdacht nach. Danach verabschiedeten sie sich und besuchten den Herrn in der Einliegerwohnung.

Krumbiegel läutete am Haupteingang, an der Klingel ohne Namen. Eine Männerstimme meldete sich: „Ja?“

„Kriminalpolizei, wir müssen Ihnen ein paar Fragen stellen“, erklärte Krumbiegel dem Frager durch die Sprechanlage.

Danach war es kurz still, ein Moment Sprachlosigkeit. Dann hallte es aus der Muschel: „Kommen Sie herauf.“

Der Wohnungsinhaber empfing die Herren in einer blauen Strickjacke skeptisch, aber nicht unfreundlich. Er zeigte sich eher verwundert als erschrocken. Die meisten Leute wären schockiert, wenn plötzlich gleich drei Kriminalbeamte vor ihnen stehen würden. Nicht so Herr Böhm. Vielleicht hatte er sich aber auch schon psychisch präpariert, nachdem sich Krumbiegel durch die Sprechanlage angemeldet hatte.

Frau Braun hatte den Herrn ziemlich treffend beschrieben. Allerdings war er etwas fülliger, als Herrmann ihn sich vorgestellt hatte.

Die Wohnung war einfach möbliert. Es standen nur drei Stühle zur Verfügung. Herr Böhm musste daher einen Herrn bitten, auf seinem Bett Platz zu nehmen, was diese aber dankend ablehnten mit dem Bemerken, sie könnten sehr wohl stehen.

Der Kommissar entschuldigte sich für die späte Störung und informierte den Wohnungsinhaber über den Grund ihres Besuchs.

„Wie kommen Sie da auf mich? Habe ich mich verdächtig gemacht?“, fragte er unschuldig.

„Wir haben noch keine heiße Spur und gehen daher logischerweise jedem kleinen Verdacht nach. Sie sind in unseren Fokus geraten, weil Sie sich in der Bank… sagen wir etwas eigenartig verhalten haben.“

„So… eigenartig… Sind neuerdings Bankangestellte der verlängerte Arm der Staatsanwaltschaft?“, bemerkte Böhm ironisch.

„Wir ermitteln durchaus eigenständig“, erwiderte Herrmann mit einem Schuss Sarkasmus, „wissen aber sachdienliche Hinweise von Dritten durchaus zu schätzen.

Wir müssen ihnen ein paar Fragen stellen. Von was leben Sie derzeit? Was sind Sie von Beruf? Wo arbeiten Sie?“

Die Beantwortung der Fragen brachte Böhm sichtlich in Bedrängnis. Er ließ sich Zeit, ehe er antwortete.

„Zurzeit lebe ich von meinen Ersparnissen. Von Beruf bin ich Kaufmann und suche gerade einen Job.“

Krumbiegel schaltete sich ein. „Sie sind Kaufmann – unter diesem Begriff segelt ja fast alles und jeder. Die Bandbreite ist riesig. Nach HGB ist Kaufmann, wer ein Handelsgewerbe betreibt, wer kauft und verkauft?“

„Ich habe Industriekaufmann gelernt bei Würth. Später habe ich im Vertrieb meine Brötchen verdient, im Außendienst, erst mit Maschinen, später mit Textilien.“

„Dann beziehen Sie momentan Hartz IV?“, folgerte Herrmann.

„Noch nicht, aber demnächst.“

„Wo unterhielten Sie bisher Ihr Konto?“

„Bisher…? Ich… ich brauchte keines“, und mit einem unsicheren, gequälten Lächeln schob er ein „Bargeld lacht“ hinterher.

„Sie suchen eine Stelle? Bei Ihrem Vermieter sagten Sie, dass sie ab Januar in Ebingen arbeiten?“ Herrmann ließ ihm keine Ruhe.

„Das… das hat sich zerschlagen“, erwiderte Böhm hastig, offensichtlich bemüht, dieses Thema rasch abzuhaken. „Ich weiß ohnehin noch nicht, ob ich hier bleibe.“

Jetzt ging Herrmann direkt zum Angriff über.

„Wozu haben Sie bei der Volksbank dann ein Schließfach gemietet?“

„Ich habe einen Wertgegenstand in Sicherheit gebracht.“

Irgendwie kam diese recht kryptische Aussage des Herrn den Beamten spanisch vor.

„Einen Wertgegenstand…? In Sicherheit gebracht…?“

„Ja, eine wertvolle Uhr, eine alte Lange & Söhne, ein Erbstück von meinem Vater.“

„Sie leben kaum in der Stadt, sind sich nach Ihren eigenen Angaben noch gar nicht sicher, ob Sie bleiben wollen, und rennen auf die Bank, um ein Schließfach zu mieten“, wunderte sich Krumbiegel.

„Es handelt sich um ein sehr kostbares Stück, geerbt von meinem Vater, wie gesagt."

Der Mann gab sich wieder selbstsicher, nicht wie einer, der sich in der Defensive befindet. Aber Herrmann setzte ihn weiter unter Druck:

„Zur Sicherheit hätten Sie die Uhr auch tragen können. Niemand hätte Sie deswegen überfallen. Wir leben nicht im Wilden Westen."

„Ich trage bereits eine. Mit zwei hätten sie mich mit größter Wahrscheinlichkeit für einen Hochstapler gehalten und gleich festnehmen lassen."

Der Mann schob den linken Ärmel seiner Wolljacke und die Manschette seines Hemdes etwas zurück und zeigte den Männern seinen Chronometer.

„Oh", stutzte Krumbiegel, „IWC, auch eine edle Schweizer Adresse. Die haben Sie vermutlich von Ihrer Mutter geerbt?"

„Die habe ich gekauft."

„Gekauft...?" Herrmann zog die Stirn in Falten, schürzte die Lippen und wiegte den Kopf zweifelnd hin und her.

„Ja, gekauft, nicht gestohlen, das wollten Sie doch sagen. Und Ihre nächste Frage kann ich Ihnen auch gleich beantworten: bei Abele in Stuttgart, Königsstraße."

„Das müsste sich nachprüfen lassen. Die verkaufen auch nicht jeden Tag eine IWC."

„Der Kauf liegt allerdings schon einige Tage zurück, eher 15 als 12 Jahre."

„War zu vermuten." Herrmann schaute ihn mit einem wissenden Blick an. Dann nahm er den Gentleman fest ins Visier.

„Die Story von dem Erbstück können Sie dem kleinen Fritz verkaufen. Ich glaube eher an eine Erbsünde. Wenn Sie uns nicht freiwillig weiterhelfen, werden wir eben systematisch vorgehen und ich bin sicher, dass wir noch einige nette Überraschungen erleben werden. -

Noch einmal zurück zur Bank. Sie haben dort den Eingang eines größeren Geldbetrags angekündigt. Woher soll der kommen?"

„Von meiner Schwester. Sie lebt in Heilbronn. Ihr Mann ist Steuerberater." Diese Antwort kam sofort und klang irgendwie glaubhaft.

„Also ist es mit Ihren Ersparnissen nicht so weit her", folgerte Krumbiegel.

„Warum soll mich meine Schwester nicht vorübergehend unterstützen? Es tut ihr nicht weh. Außerdem habe ich ihr auch schon geholfen."

„Dieser größere Geldbetrag, den Sie der Bank avisiert haben, ist nicht zufällig die Beute aus dem Bankraub?" provozierte Herrmann sein Gegenüber.

„Lächerlich. – Durchsuchen Sie meine Wohnung. Ich erlaube es Ihnen auch ohne Durchsuchungsbeschluss."

Herrmann winkte ab und sagte zynisch:

„Wir verzichten. Wenn Sie es getan hätten, wären Sie sicher nicht so blöd die Beute in der Wohnung zu verstecken, bis wir kommen und Ihr unter großem Risiko erbeutetes Weihnachtsgeld wieder abholen.-

Eine andere Frage: wie heißt Ihre Schwester und wo wohnt sie?"

„Gerda Stark, Heilbronn, Neckarstr. 3."

„Wo wohnten Sie bisher?"

„Ich…? Ich in … in Meckenbeuren."

Diese holprige Antwort verstärkte bei allen die Zweifel an der Integrität Böhms.

„Wie sind Sie gerade nach Riedlingen gekommen?", interessierte sich der Riedlinger Beamte.

„Rein zufällig. Ich habe in der Stuttgarter Zeitung die Wohnungsanzeige gelesen und habe mich gemeldet."

„Das nenne ich Lebensplanung", kommentierte Krumbiegel Böhms Antwort mit Sarkasmus.

„Haben Sie hier Verwandte, Bekannte, Beziehungen?"

„Nein, niemand, nichts."

„Warum gingen Sie eigentlich weg von Meckenbeuren?“ wollte Herrmann wissen und brachte den Mann damit richtig ins Schleudern.

Er konnte im ersten Moment nicht antworten. Seine Verlegenheit war geradezu körperlich zu spüren. Nervös spielten seine Finger mit den Knöpfen seiner Strickjacke. Schließlich stotterte er:

„Ich… ich brauchte einfach einmal eine Luftveränderung.“

„Sie brauchten eine Luftveränderung. Sehr einleuchtend und lässt viel Spielraum für Interpretationen“, kommentierte Herrmann die Antwort ironisch.

„Interpretationen sind nicht verboten“, lächelte Böhm süßsauer. Das Thema war ihm sichtlich unangenehm.

Der Kommissar legte hier eine seiner berüchtigten langen Pausen ein, die alle Beteiligten unruhig und nervös machten. Er holte seinen Kugelschreiber aus der Jackentasche, spielte mit dem Clip, schaute von einem zum andern, steckte sein Schreibgerät wieder ein, griff nach seiner Mappe und meinte schließlich:

„Ihre Antworten, Herr Böhm, klingen alles andere als überzeugend. Da gibt es eine Menge Ungereimtheiten. Wir werden weiter gegen Sie ermitteln müssen. Wenn Sie kurzfristig wegziehen wollen, melden Sie sich bitte ab bei der Dienststelle hier. Wir passen in nächster Zeit gut auf Sie auf.“

Der Angesprochene wurde sichtlich nervös, sein Gesicht verfärbte sich, aber er konnte sich beherrschen. Er war klug genug zu wissen, dass jeder Widerspruch weitere unangenehme Fragen nach sich gezogen hätte.

„Könnten wir einmal Ihren Ausweis sehen?“, fragte Herrmann ruhig

Böhm ging zum Schrank und holte aus seiner Jackentasche die Urkunde. Gemeinsam betrachteten die drei das Papier.

„Staatsangehörigkeit deutsch“, murmelte Krumbiegel.

Er nahm das leicht lädierte Ding, drehte es nach allen Seiten, wiegte zweifelnd den Kopf und reichte es Herrmann.

„Können wir das Ding mitnehmen?“, fragte der.

„Wieso? Der Ausweis ist in Ordnung. Was wollen Sie?“

Böhm verlor zum ersten Mal die Contenance. Den Ausweis mitnehmen? Diese Frage brachte ihn aus der Fassung. Was wollten die mit dem Papier?

„Wir haben unsere Gründe. - Dürfen wir ihn mitnehmen?“ Der Kommissar war die Höflichkeit in Person, aber unnachgiebig.

„Wenn es sein muss…“, antwortete Böhm nach einigem Zaudern. Es klang wie: Wenn es nicht anders geht… in Gottes Namen.

„Und Ihren Laptop und Ihr Handy? Auch die würden wir uns gerne einmal etwas näher ansehen. Sie bekommen alles spätestens übermorgen wieder zurück.“

„Wenn es Ihnen Spaß macht… meinetwegen den Laptop. Das Handy brauche ich. Ich suche eine Stelle. Wie soll ich ohne Handy etwas unternehmen? Wollen Sie mich lebendig begraben?“

Herrmann überging den Vorwurf.

Er hatte Böhm genau beobachtet.

„Sie sind Linkshänder“, stellte er unvermittelt fest als Ergebnis seiner Beobachtungen.

„Nein, ich bin Rechtshänder. Allerdings kann ich links fast genauso gut hantieren wie rechts. Als Kind hatte ich meinen rechten Arm mehrfach und kompliziert gebrochen. Damals lernte ich die linke Hand wie die rechte zu gebrauchen.“

„Sind Sie eigentlich in Riedlingen gemeldet?“, schwenkte der Kommissar wieder um.

„Noch nicht. Ich bin ja gerade erst eingezogen.“

„Gerade erst eingezogen, noch nicht angemeldet, aber schon ein Schließfach gemietet. Wie passt das zusammen? Die Sache kommt mir ziemlich… ziemlich mysteriös vor, auch wenn Sie tatsächlich dieses hochwertige Erbstück besitzen sollten."

„Jeder setzt eben seine ganz speziellen Prioritäten", erwiderte Böhm und versuchte, die Sache als Bagatelle abzutun.

„Eine letzte Frage: Was für einen Wagen fahren Sie?"

„Einen Audi A 4. Er steht hinter dem Haus."

Die Herren verabschiedeten sich und nahmen Laptop und Ausweis mit. Es war stockdunkle Nacht. Sie gingen um das Haus herum und suchten den Audi. Krumbiegel richtete den Strahl seiner Taschenlampe auf das Nummernschild: RV PO 584. Eine Nummer mit einem O. Hatte nicht die Walkerin von einem O in der Nummer gesprochen?

Sie brachten den Riedlinger Beamten zurück aufs Revier. Er sollte morgen bei der Dienstbesprechung die Kollegen informieren. Herrmann wollte sich dann noch telefonisch beim Chef in Riedlingen melden.

Der junge Riedlinger meinte noch, diesen Herrn Böhm rund um die Uhr zu bewachen, sei ihnen unmöglich. Dazu seien sie viel zu klein, hätten zu wenig Personal. Herrmann beruhigte ihn. Sie sollten das Haus nur, so gut es eben ging, im Auge behalten. Außerdem sollten sie Frau Köberle informieren und sie bitten, wenn ihr Mieter das Haus verlässt, die Polizei zu verständigen. Ein weiterer Auftrag lautete: die unmittelbare Nachbarschaft zu befragen, ob jemand etwas Verdächtiges bemerkt habe, insbesondere, ob Böhm am Dienstag zur fraglichen Zeit das Haus verlassen hatte, beziehungsweise ob er da zu Hause gewesen sei.

Auf der Heimfahrt nach Biberach, zu später Stunde, unterhielten sie sich vor allem über diesen etwas undurchsichtigen, eleganten Herrn Böhm. Krumbiegel war überzeugt, dass der Personalausweis dieses Herrn gefälscht war. Das Material fühlte sich rau an, irgendwie komisch, unangenehm. Der Sicherheitspunkt im Lichtbild war mehr zu ahnen als zu sehen. Wie man den Ausweis auch drehte und wendete, er sah immer gleich aus, ein deutlicher Unterschied zu einem offiziellen Identifikationspapier.

Herrmann sagte, ein Umzug vom Bodensee in ein kleines Provinzstädtchen ohne Plan, ohne Ziel, sei nicht nachvollziehbar. Schließlich seien in Ravensburg und Friedrichshafen die beruflichen und gesellschaftlichen Möglichkeiten ungleich besser. In Riedlingen habe er keinen Ansprechpartner, keine Verwandten, keine Bekannten und – keine Arbeit, vorausgesetzt, Böhm habe ihnen die Wahrheit gesagt. Außerdem – und das verwunderte ihn am meisten – verstehe er nicht, dass er sich nicht energisch gegen ihre Verdächtigungen gewehrt habe. Wenn man absolut sauber, absolut integer ist, lässt man sich nicht einfach fast widerstandslos so massiv verdächtigen, ja, beschuldigen.

Sie konnten diesen Herrn nicht einschätzen. War er der Bankräuber? Schwer vorstellbar, einfach nicht der Typ dazu. Frau Braun hatte ihn richtig charakterisiert: eher ein Betrüger, ein Hochstapler.

Aber natürlich kannten sie auch den schwäbischen Spruch: Man sieht den Leuten nur bis ins Maul.

Böhm schien in Schwierigkeiten. Wenn er nicht der Bankräuber war – und beide hatten gewisse Zweifel - was führte er dann im Schild? Keine astreinen Dinge, darüber waren sie sich einig. Seine Handlungen ließen sich nicht einordnen, waren nicht schlüssig, hatten keinen Sinn. Wenn man den Inhalt des Schließfachs kennen würde, wäre man möglicherweise schlauer. Morgen wollten sie als erstes in Ravensburg recherchieren

9

Am andern Tag, Herrmann beschäftigte sich gerade mit der Akte Herbert Rogalla, meldeten die Spurensucher in Riedlingen erste Erfolge. Ein PKW war an der Stelle, welche die Walkerin bezeichnet hatte, über die Parkplatzbegrenzung hinausgefahren und hatte einen deutlichen Abdruck des Reifenprofils hinterlassen. Möglicherweise handelte es sich dabei um das besagte Fahrzeug. Außerdem fanden sie in einem Papierkorb neben der Parkstelle einen Teil der Verbandszeitung des Hotel- und Gaststättenverbandes. Auch dies ein mögliches Indiz. – Nähere Einzelheiten sollte es nach Abschluss der Untersuchungen geben.

Krumbiegel und zwei Kollegen beschäftigten sich mit dem Ausweis dieses Herrn Böhm und dessen Laptop. Das in Meckenbeuren ausgestellte Papier war mit ziemlicher Sicherheit gefälscht. Auf dem Rechner fanden sie nichts, was ihnen weitergeholfen hätte. Interessant war nur ein Brief, der an einen Arnulf Stucki aus Weil am Rhein adressiert war, einem mehrfach Vorbestraften, wie sie in ihrer Kartei feststellen konnten. Dieser Brief strotzte vor Ausrufe- und Fragezeichen. Krumbiegel vermutete einen Geheimcode dahinter.

Das Ergebnis ihrer Recherchen besprachen sie mit ihrem Chef. Unmittelbaren Handlungsbedarf lösten die Erkenntnisse nicht aus. Kein Richter stellt heute auf einen vagen Verdacht hin einen Haftbefehl aus. Aber die Anzeichen, dass dieser Herr keine weiße Weste hatte, verdichteten sich.

Nach der Besprechung telefonierte Herrmann mit seinem Ravensburger Kollegen Hauser. Er schilderte ihm zunächst den Überfall auf die Volksbank Riedlingen und danach die Vernehmung Otto Böhms. Das dabei gewonnene Wissen fasste er kurz zusammen: letzter angeblicher

Wohnort Meckenbeuren, Verdacht auf gefälschten Ausweis, wahrscheinlich falscher Name, ungewöhnliches Verhalten in der Bank, arbeitet nicht, vermutlich kein Geld, unklar, von was er lebt oder lebte, fährt trotzdem Audi A 4 mit amtlichem Kennzeichen RV PO 584. Dann versuchte er noch eine Personenbeschreibung Böhms, sehr subjektiv, wie Krumbiegel später feststellte.

Herrmann bat Hauser dringend, umgehend in Meckenbeuren nachzuforschen. Böhm sei derzeit ihr Hauptverdächtiger. Möglicherweise habe auch einer seiner Beamten schon einmal mit diesem Herrn zu tun gehabt oder es fänden sich in ihren Akten Hinweise auf Böhm, die sie weiterbringen könnten. Ein Typ wie Otto Böhm sei bestimmt schon einmal über das Strafgesetzbuch gestolpert. Nachdem er aufgelegt hatte, beauftragte er eine junge Polizistin, den Ravensburgern den fragwürdigen Ausweis und die Bilder der Riedlinger Überwachungskamera zu übermitteln.

10

Am Nachmittag machten sich Herrmann und Krumbiegel auf den Weg nach Ehingen, in die Allensteiner Straße. Weil der Gesuchte ausgeflogen war, sprachen sie auf der Straße mit einigen Nachbarn, die zufällig gerade vorbeikamen. Nicht allen sagte der Name Rogalla etwas. Die ihn kannten, beschrieben ihn unisono als zurückhaltend, als ruhigen Zeitgenossen, der kaum Kontakte zu Nachbarn unterhalte. Einigen erschien er etwas undurchsichtig oder gar mysteriös. Sie fragten sich, warum arbeitet der junge Mann nicht, wovon lebt er? In letzter Zeit, wusste eine ältere Dame, sei er oft über die Mittagszeit weg gewesen und meistens am frühen Nachmittag wieder zurückgekommen. Bei dieser Frau, erkannte Herrmann, war er auf eine ergiebige Quelle gestoßen. Er tastete sich langsam vor. Vielleicht wisse sie, ob er gestern, am Mittwoch oder am Dienstag auch über Mittag weg gewesen sei. Am Dienstag habe sie ihn den ganzen Tag nicht gesehen. Das sei ihr aufgefallen. - Krumbiegel schaute seinen Chef vielsagend an. Eine hochinteressante Aussage!

Noch während sie redeten, erschien der Erwartete. Er sei ein bisschen in der Stadt bummeln gewesen, erzählte er den Beamten. Im Wohnzimmer ging es dann zur Sache.

„Herr Rogalla", begann der Kommissar bewusst förmlich, „wir haben neue Erkenntnisse im Fall Riedlingen und in diesem Zusammenhang ergeben sich einige neue Fragen."

„Von mir werden Sie nichts Neues erfahren. Ich habe mit dem Fall nichts zu tun."

„Die Botschaft hör ich wohl... Herr Rogalla."

„Was wollen Sie von mir? Ich bin sauber. Glauben Sie mir endlich! Es gibt Tausende potenzielle Täter; Sie konzentrieren sich ausschließlich auf mich. Ihre Rechnung geht nicht auf."

„Machen Sie sich keine Sorgen. Wir ermitteln in alle Richtungen. So lange wir keine Beweise haben, ist das selbstverständlich. Aber ich bin der festen Überzeugung, dass wir auf der richtigen Spur sind."

Herrmann fiel wieder in einen jovialen, ruhigen Befragungston, wie schon bei der letzten Vernehmung.

„Sie haben sich an mir festgebissen. Jetzt sind Sie in einer Sackgasse gelandet."

Aus dem Tonfall Rogallas war so etwas wie ein „Ätsch" herauszuhören.

Herrmann redete unbeeindruckt weiter.

„Vielleicht habe ich mich tatsächlich festgebissen. Aber, wie gesagt, ich glaube, ich bin auf der richtigen Spur. Und wenn man dieses Gefühl hat, dann läuft alles fast von alleine. Da geht es wie beim Schach, sobald man den richtigen Gewinnweg gefunden hat, spielt sich die Partie wie von selbst. Der Gegner wird zwar noch Entlastungsangriffe versuchen, Verzweiflungsaktionen, die ihn aber nicht vor dem finalen Matt retten."

„Wenn Sie etwas in der Hand hätten gegen mich, würden Sie es auf den Tisch legen und nicht nur so billige Nebelkerzen werfen."

„Warten Sie's ab. – Der Räuber soll gedroht haben: Geben Sie alles Geld raus, dann passiert Ihnen bestimmt nichts."

„Und? Was besagt das? Gar nichts."

„Da wäre ich nicht so sicher", fuhr Herrmann fort. „Es passt alles haargenau auf Sie. Outfit und Ablauf in Riedlingen und Buchau gleichen sich auffallend, sind praktisch identisch. Nur der Schuss, zugegeben, der passt nicht. Aber die Bilder aus der Kamera: Das sind Sie."

„War ich aber nicht, zum hundertsten Mal!"

Rogalla bot den Beamten etwas zu trinken an, was diese aber höflich ablehnten.

Herrmann bohrte unerbittlich weiter. Krumbiegel bewunderte seinen Chef, dessen Ruhe, dessen Souveränität. Gelegentlich kritzelte er während der Befragung etwas lässig auf seinen Notizblock, um dann blitzartig gezielte, oft ganz überraschende Fragen zu stellen. Er verwirrte seine Antipoden und erkannte genau, wenn er die Zügel anziehen konnte oder lockern musste.

„Eine Walkerin in Riedlingen hat auf einem Parkplatz ein Auto beobachtet, gut 100 Meter vom Tatort entfernt. Ideal, um zu Fuß und durch Gebüsch geschützt die Bank zu erreichen. Sie sah das Fahrzeug unmittelbar vor dem Überfall, und auf dem Rückweg, also nach der Tat, war es verschwunden. Vieles spricht dafür, dass dies das Tatfahrzeug war."

„Aber sicher sind Sie nicht?"

„Noch nicht. – Die Zeugin beschreibt das Auto so: Beige, sandfarben. Mittelklasse… gehobene Mittelklasse, ziemlich neu, vermutlich ein Audi, möglicherweise auch ein Mercedes."

Jetzt grinste Rogalla.

„Also eines von den 30 oder 40 Millionen oder was-weiß-ich wie vielen Pkws, die unsere Straßen verunsichern. Vielleicht war es auch ein Russe, ein Italiener oder ein Franzose. – Und damit wollen Sie mich beeindrucken…? Herr Kommissar… Sie haben schon überzeugender argumentiert."

Sein Gegenüber hatte sich ganz offensichtlich entwickelt. Ironie, Rückgrat, nein, das hätte ihm Herrmann so nicht zugetraut. Er kannte ihn als schüchternen, nervösen, unselbstständigen jungen Mann. Jetzt präsentierte er sich, als sei er von einem Coach oder einem Psychiater aufgebaut worden.

„Langsam", fuhr er dann fort. „Ein Wagen mit Migrationshintergrund war es nicht. Auch ein ausländisches Kennzeichen wäre der Frau aufgefallen. Sie glaubt ein O gesehen zu haben. Aber die Nummer sagt eh nichts. In ihren Kreisen kennt man Mittel und Wege, um an entsprechende Kennzeichen zu kommen."

„Und mit diesen Angaben ist der Fall für Sie schon so gut wie geklärt?"

„Es ist immerhin ein Ansatzpunkt. – Ihr Freund Ralfi, der Frosch-Wirt, besitzt einen sandfarbenen Audi."

„Fragen Sie ihn, ob er mit seinem Wagen nach Riedlingen gefahren ist, die Volksbank besuchen."

„Genau das werden wir tun.

Aber noch einmal zu Ihnen, zum Überfall. Sie haben die Angestellte so bedroht: Geben Sie alles Geld raus – also halb schwäbisch – dann passiert Ihnen bestimmt nichts. In Buchau sagten Sie: Rücken Sie alle Kohle raus, dann passiert Ihnen nichts. Also fast gleiche Diktion. Heute, beim zweiten Mal, ist das schon ein gewisses Charakteristikum, schon Handschrift. Und weil dies nicht alltäglich ist, konnten sich die Überfallenen genau daran erinnern. Welcher Bankräuber droht schon: Dann passiert Ihnen bestimmt nichts? Nur einer: Sie."

„Das sind doch alles Vermutungen, Spekulationen, Hirngespinste. Ich war es nicht, Herr Kommissar!"

„Noch etwas: Sie sind Linkshänder – der Bankräuber auch."

„Stimmt... ich und weitere fünf oder zehn Millionen."

Krumbiegel empfand ein gewisses Mitleid mit dem Verdächtigen. Er wollte ihm glauben, seine Aussagen klangen überzeugend, wahr. So wie er auf seinem Stuhl saß, mit gekrümmtem Rücken, blass, die Hände flach auf den Tisch gelegt, wirkte er wie ein unschuldig Angeklagter. Und dieser mittelgroße, schmächtige Mann mit den blauen Augen, den an Mongolen erinnernden, kräftigen Backenknochen und dem dunkelbraunen, widerspenstigen Haarschopf, dieser Mann sollte ein Bankräuber sein?

„Schauen sie", fuhr Herrmann fort, „es passt alles genau auf Sie: die Bilder der Überwachungskamera, Wortlaut und Dialekt Ihrer Drohung in der Bank, das Outfit, auch... ja, auch der Wagen und... Sie haben kein Alibi. Wenn unsere Maschinerie – Computer, Labor, Spurensicherung – die noch fehlenden Beweise liefert, hilft Ihnen kein Leugnen mehr. – Da ist noch ein Punkt. Von Ihren Nachbarn wissen wir, dass Sie häufig, eigentlich jeden Tag, außer Haus gesehen wurden, beim Spazierengehen, beim Einkaufen, beim Gang zur Stammkneipe. Ausgerechnet am Dienstag sah Sie niemand, hörte Sie niemand. Ungewöhnlich, höchst ungewöhnlich, oder finden Sie nicht?"

„Finde ich absolut nicht. Bei wem läuft schon ein Tag wie der andere? Das wäre doch langweilig, nicht auszuhalten. Ich jedenfalls habe am Dienstag einen Fernsehnachmittag eingelegt. Was daran ungewöhnlich sein soll, müssen Sie mir erst verklickern.

Und zu den Nachbarn. Ich wusste gar nicht, dass sie so besorgt sind um mich, dass sie so auf mich aufpassen", amüsierte sich Rogalla, aber es klang ziemlich künstlich. „Ich bin ein häuslicher Mensch. Ich brauche nicht jeden Tag Auslauf. Es ist lächerlich, mir deswegen etwas anhängen zu wollen. Wenn ich mich am Dienstag auf der Straße gezeigt hätte, würden Sie mir jetzt vorwerfen, ich hätte mich nur wegen eines Alibis sehen lassen."

„Dass man Sie am Dienstag hier nicht gesehen hat, ist... zumindest nachdenkenswert. Die Vermutung liegt nahe, dass Sie tatsächlich in Riedlingen waren. Ausgerechnet am Tag des Überfalls sind Sie unsichtbar. Man könnte ins Grübeln kommen..."

„Grübeln Sie so lange Sie wollen. Ich war daheim, fernsehen, auch wenn Sie es nicht glauben. Tut mir leid."

Der Kommissar unterbrach die Befragung – aus taktischen Gründen, wie er später Krumbiegel bestätigte. Er kramte in seiner Aktenmappe. Dann schaute er sich in der Stube um. Sein Blick blieb an einem Bild hängen, dem einzigen an der Wand über dem Sofa. Es zeigte den Wohnungseigentümer und drei Damen in offensichtlich bester Stimmung. Bei den Damen handelte es sich um die Frosch-Wirtin und die beiden Bedienungen Erika Ziesche und Elfriede Harm beim Hausball im „Frosch", wie Rogalla die beiden Herren aufklärte. Frau Harm lachte auf dem Bild gerade zur Seite und war deshalb schwer zu erkennen. Rogalla murmelte „Moment", verschwand in der Küche und kam kurz darauf mit einer Handvoll Fotos zurück. Stolz legte er sie den beiden Beamten vor, Schnappschüsse und gestellte Bilder auch von Ralfi und von ihm selbst. Herrmann bat den Hausherrn, ihm ein paar Fotos für einige Tage zu überlassen, und der stimmte sofort zu.

Die Befragung war damit aber nicht beendet.

„Sie hatten Schulden im „Frosch“, möglicherweise noch weitere. Vermutlich hat Sie der Wirt in die Mangel genommen, weil er um sein Geld fürchtete. Mit Hartz IV kann man keine Schulden tilgen.“

„Das sind doch alles haltlose Verdächtigungen. Damit kann kein Richter und kein Staatsanwalt etwas anfangen. Wir leben schließlich in einem Rechtsstaat. – Ich – war es – nicht!!“

„Aber Schulden haben Sie? Wie hoch?“

„Welcher Hartzer hat keine Schulden? Ja, ich habe Schulden. Wie viel? Ganz genau weiß ich es nicht. Circa 3000 Euro, soviel ich weiß. Als Schuldner braucht man sich nicht um die Höhe seiner roten Zahlen zu kümmern, das übernehmen die Gläubiger.“

„Und wo haben Sie noch Schulden außer im „Frosch?“

„Nirgends.“

„Wenn Sie ein Geständnis ablegen würden, könnte sich der Richter erkenntlich zeigen“, lockte Herrmann. „Auch mit Bonus werden Ihre Freunde im „Frosch“ lange auf Sie warten müssen bei der Karriere, die Sie hinter sich haben. Allein dieser Überfall in Riedlingen mit dem Schuss in die Decke bringt Ihnen fünf Jahre ein. Mindestens.“

„Ihre Masche zieht nicht. Ich saß daheim vor der Glotze. Wie oft denn noch!?“

„Gut, lassen wir die Fakten sprechen: Zwei Mal gleiches Outfit, gleiche Größe, gleiche ungewöhnliche Drohung, verdächtiger PKW. Und Ihr Alibi? Luft gibt es nicht.“

„Herr Kommissar, das ist doch, als wenn ich Sie beschreiben würde: graues Sakko, einsachtzig groß, spricht deutsch. Also null, nichts.“

„Das sehe ich anders. Ich werde es ihnen beweisen. Lassen Sie mir noch ein bisschen Zeit. Man muss an der schwächsten Stelle ansetzen. Bei Ihnen ist das Ihr Nervenkostüm.

Für heute lassen wir Sie in Ruhe. – Adieu.“

11

Die beiden fuhren von der Allensteiner Straße direkt zum „Frosch." In der Gaststube herrschte, kurz vor Feierabend, noch mäßiger Betrieb. Eine Bedienung saß bei Gästen am Tisch, der Wirt war nicht zu sehen. Die Kriminaler fragten nach Herrn Gerber, worauf die Bedienung nach hinten huschte und der Gesuchte kurz darauf aufkreuzte. Als er die Herren sah, verfinsterte sich sein Gesicht augenblicklich. Er winkte den beiden mitzukommen und führte sie wieder ins bereits bekannte Hinterzimmer.

„So kurzfristig haben Sie wohl nicht mit uns gerechnet", begann der Kommissar die Befragung, „ehrlich gesagt, wir auch nicht. Es hat sich aber eine Zeugin gemeldet, die interessante Details zum mutmaßlichen Tatfahrzeug beisteuern konnte. Bei besagtem Fahrzeug handelt es sich um einen sandfarbenen Audi 100. Wir fanden einen Reifenabdruck des Autos von einem Michelin ALPIN A 4. Dieser Reifentyp wird praktisch in jeder Werkstatt angeboten. Außerdem baumelte am Rückfenster des Wagens ein Maskottchen des SSV Ulm 46. Sie besitzen einen sandfarbenen Audi 100. Ihr Auto zierte so ein Maskottchen und ob es entsprechend bereift ist, lässt sich leicht feststellen."

„Warum erzählen Sie mir das? Mich geht das nichts an. Ich war zur Tatzeit hier im Lokal. Sie haben mein Alibi sicher überprüft. Wo mein Auto war? In der Garage. Ich jedenfalls habe es nicht benutzt und meine Partnerin auch nicht."

Spöttisch fuhr er fort: „Gut, der Wagen ist nicht angekettet, er ist schließlich kein Hofhund, aber dass ihn jemand unbefugt ausgeliehen haben könnte zu einer Spritztour nach Riedlingen, Bank besichtigen -eher unwahrscheinlich. Oder war es der Wagen mit der Nummer UL RO 5892?"

„Die Autonummer kennen wir nicht – noch nicht. Wir stehen immer noch ziemlich am Anfang unserer Ermittlungen. Die Nummer sagt aber gar nichts. Es würde Ihnen sicher nicht schwer fallen, ein falsches Kennzeichen zu besorgen."

„Brauche ich jetzt auch ein Alibi für mein Auto?"

„In diesem Fall wäre es sicher gut für Sie. - Sie haben so spontan nach der Nummer gefragt, dass man auf den Gedanken kommen könnte, Sie wussten genau, dass Ihr Auto mit einem andern, einem falschen Kennzeichen ausgestattet war."

„Quatsch!", bellte Gerber kurz.

„Möglicherweise haben Sie sich verspekuliert. Sie glaubten wohl, mit der falschen Nummer könne niemand eine Verbindung zum Besitzer - zu Ihnen – herstellen. Man kann sich täuschen. Das Maskottchen haben Sie im Eifer des Gefechts schlicht übersehen. Auch der beste Gaul kommt einmal ins Stolpern. Vielleicht haben Sie den Talisman aber auch bewusst hängen lassen, wollten Sicherheit, in diesem Fall Unschuld demonstrieren und haben sich ganz auf das Kennzeichen, das falsche, verlassen."

Jetzt polterte der Wirt los: „Stehe ich hier vor dem Staatsgerichtshof! Sie behandeln mich wie einen Schwerverbrecher! Weil jemand in Riedlingen zufällig einen Audi gesehen hat, bin ich für Sie ein Bankräuber! Wo leben wir denn!"

„Sie werden nervös, Herr Gerber. Ihr Ton ist völlig unangebracht. Ich frage Sie ganz höflich und ich stelle berechtigte Fragen. Aber wahrscheinlich haben Sie allen Grund nervös zu werden. -

Es gibt noch ein Indiz, das gegen Sie sprechen könnte. Die Beamten haben in Riedlingen, in einer Abfalltonne neben dem Parkplatz, wo das sandfarbene Auto stand, eine Ausgabe der Gaststättenzeitung gefunden. Sie haben das Blatt abonniert."

„Richtig. Ich… und tausend andere."

„Die Pistole könnte damit eingewickelt gewesen sein."

„Könnte!! – Ich könnte auf dem Mond gewesen sein!"

„Wir trauen Ihnen zwar alles zu, aber das nicht", konterte Herrmann sarkastisch.

„Mangels handfester Beweise fantasieren Sie unmögliche Dinge zusammen. Das ist doch lächerlich! Nehmen Sie endlich zur Kenntnis, dass ich hier war zur Tatzeit. Hier! Reichen ihnen zwei Dutzend Zeugen nicht? Was brauchen sie noch?"

Der Wirt hatte sich in Rage geredet. Er war richtig aufgebracht, wütend. Seine Körpersprache signalisierte, dass er die Herren am liebsten sofort an die frische Luft gesetzt hätte.

Herrmann ließ sich nicht aus der Ruhe bringen.

„Sie waren nicht der Täter. Das haben wir nie behauptet. Die Überwachungskamera zeigt eine eher zierliche Person, keinen Riesen.

Aber Sie könnten beispielsweise die ganze Logistik organisiert haben."

„Über Ihre Spekulationen kann ich nicht einmal mehr lachen."

Krumbiegel kam zurück. Er hatte in stillem Einvernehmen mit seinem Chef draußen nach den Reifen geschaut. Wie erwartet war der Wagen mit den Michelin ALPIN A 4 bereift.

„Das Lachen könnte Ihnen bald vergehen. Die Sache bekommt langsam Konturen. Fassen wir zusammen: Der Wagen: gleiche Marke, gleiche Farbe, gleiche Reifen wie der Ihrige, das Maskottchen von Ulm 46, wo Sie Mitglied sind, die Verbandszeitung, ein Verdächtiger ist ein alter Spezi von Ihnen…"

„Das sind doch alles Zufälle, reine Zufälle."

„Ein bisschen viel Zufälle", spann Herrmann den Faden weiter, „Kommissar Zufall ist zwar unser Verbündeter, aber in diesem Fall benötigen wir seine Hilfe nicht, wir haben Indizien, belastende Indizien."

„Indizien? Lächerlich! Die treffen auf die halbe Stadt zu. Das ist ein ganz dünner Strohhalm, an den Sie sich klammern."

„Wir sind auf der richtigen Spur. Sie können beruhigt sein.

Eine Frage noch: Besitzen Sie eine Waffe?"

„Nein."

„Nein? Dann ist ja alles in Ordnung.

Sie können uns sicher noch sagen, ob einer Ihrer Stammgäste einen sandfarbenen Audi fährt."

„Die Wagen meiner Kunden interessieren mich nicht. Und wenn ich sie kennen würde, sagen würde ich es Ihnen nicht. Das Kapital eines Wirts ist seine Diskretion. Wenn ich so ein Laberer wäre, könnte ich meinen Laden hier sofort dichtmachen."

Der Kommissar musste sich zusammenreißen, um seine Abneigung gegen diesen Typen nicht allzu deutlich spüren zu lassen. Er packte seine Unterlagen zusammen und sagte eher beiläufig:

„Sie überlassen uns sicher Ihren Wagen, damit ihn unsere Spezialisten unter die Lupe nehmen können?"

„Ich brauche mein Fahrzeug jeden Tag."

„Für ein paar Tage werden Sie darauf verzichten können... müssen."

12

Auf der Heimfahrt fragte Krumbiegel seinen Chef, warum er Ralfi und Herbert Rogalla nicht observieren lasse. Er würde auch die Wirtin zur Fahndung ausschreiben, und zwar sofort.

Herrmann erwiderte nachdenklich, langsam und alles

andere als überzeugend, vielleicht sollte man das tatsächlich tun, aber nach seiner Einschätzung seien diese beiden Herren die entscheidenden Figuren beim Riedlinger Überfall. Die beiden kämen so oder so zusammen, unter vier Augen oder über das Handy. Was also gäbe es da zu observieren? Und bei Frau Vukovic setze er auf das Prinzip Hoffnung. Wenn sie gesucht würde, sei davon auszugehen, dass sie dies auf irgendwelchen Kanälen erfahren würde. Dann könnten ein paar Scheine in Bosnien den Besitzer wechseln und die Frau wäre von der Bildfläche verschwunden. Die Polizei würde sie ganz einfach nicht mehr finden… können… wollen. Das sei Bosnien. Und das sei leider Balkanrealität.

„Ich gebe zu“, schloss er, „es ist ein bisschen Russisch Roulette. Aber ich gehe dieses Risiko ein. Warum? Ich weiß es nicht. Sicher nicht aus Lust am Vabanquespiel. Vielleicht der Bauch, Gefühl… egal.“

Im weiteren Verlauf interessierte Krumbiegel noch, warum Herrmann bei seinen Vernehmungen oft so direkt sage, so und so sei es, obwohl gar nichts sicher ist. Er finde das als kühn. Die Antwort hörte sich recht simpel an. Das sei Teil seiner Strategie, anwendungsorientierte Psychologie. Einmal direkt, dann wieder im Konjunktiv, auch das könne die Kontrahenten verunsichern.

„Aber von den Psychologen halten Sie doch nichts“, wunderte sich Krumbiegel.

Ganz so sei es nicht. Es gebe durchaus Fälle, wo die Psychologie wertvolle Hinweise, wertvolle Erkenntnisse liefern könne. Aber alles mit Freud, Jung, Adler und Co erklären zu wollen, sei schlicht falsch. Und ein Richter, der Jahrzehnte mit so Spitzbuben zu tun habe, brauche eigentlich keinen Psychologen. Er könne besser in die Seelen seiner „Kunden“ schauen als ein Psychologe, der gerade von der Uni komme. Psychologie sei schließlich kein Privileg einer einzigen Kaste.

„Auch wir Polizisten sind zwangsläufig Psychologen“, dozierte er weiter, „praktische Psychologen, im Gegensatz zu den studierten, den theoretischen. Der Polizeidienst verbindet psychologische Theorie mit der Praxis. Die Menschen sind unterschiedlich, jeder ist einmalig, ein Unikat, wenn Sie so wollen, aber alle passen mehr oder weniger in gewisse Grundmuster, und um das richtige herauszufinden, nützt uns langjährige Erfahrung oft mehr, als die standardisierte Schulweisheit. Ich nenne unsere Psychologie schlicht Erfahrung. Zugegeben, diese Meinung habe ich exklusiv, und sie ist wenig fundiert, aber ich vertrete sie mit Überzeugung.

Bei einer Vernehmung beispielsweise muss man sein Gegenüber … ja, leben lassen. Achtung und Wertschätzung sind elementare Grundbedürfnisse eines jeden Menschen. Wenn man einen Kontrahenten abwertet, erniedrigt, macht er zu, dann erfährt man gar nichts mehr. Man kann ihn ruhig provozieren, emotional aufheizen bis kurz bevor er ausrastet, überdreht, da erfährt man am meisten, da macht er die meisten Fehler. Aber den Punkt, wo Schluss sein muss, den muss man erwischen, man muss ihn fühlen, spüren. Ob dies mit reiner Schulpsychologie gelingt, möchte ich bezweifeln.“

Dann redeten sie über den Frosch-Wirt, eine undurchschaubare, sinistre Person. War er wirklich in den Riedlinger Bankraub verwickelt? Welchen Part spielte er? Der Kommissar war überzeugt, dass er irgendwie involviert war, während Krumbiegel zweifelte. Er fragte auch, ob es wohl richtig sei, ernsthaft nur eine Spur zu verfolgen und das im Grunde nur, weil der Kommissar das Gefühl, die Intuition hatte, diese Fährte könnte heiß sein. Die Spur Otto Böhm verfolge er doch nicht ernsthaft, warum auch immer.

Hier widersprach ihm der Kommissar. Tatsächlich bezweifle er, dass Böhm die Bank überfallen habe. Dass er im Hintergrund gewirkt haben könnte, sei durchaus möglich. Und dass er Dreck am Stecken habe, davon sei er überzeugt. Aber er sei für ihn nicht der Hauptverdächtige.

Im weiteren Verlauf des Gesprächs musste Krumbiegel einräumen, dass es neben Rogalla und Ralfi keine weiteren erfolgversprechenden Ansatzpunkte gab. Beim zwielichtigen Herrn Böhm waren sie derzeit zur Passivität verdammt. In seinem Fall waren die Ravensburger Kollegen gefordert.

Kurz vor Biberach fragte Herrmann seinen Assistenten mit einem spöttischen Unterton, ob er heute Abend etwas vorhabe, er verspreche ihm pünktlichen Feierabend. Krumbiegel erwiderte leicht gereizt, er wolle nichts, als endlich wieder einmal faul aufs Sofa liegen und fernsehen.

Bei Herrmann stand die Oper „Die verkaufte Braut" von Friedrich Smetana auf dem Programm, eine Aufführung des Ulmer Theaters. Er freue sich auf den Opernabend, auf die Perlen des Werkes: die Ouvertüre, das Duett Hans Kezal, die Arie der Marie, die Chöre. Er kam richtig ins Schwärmen. Der klassischen Musik, der Wiener Klassik insbesondere und den Barockfürsten Händel und Bach gehöre seine ganze Liebe. Auch seine Frau habe er infiziert.

Sie fuhren zum Revier. Eine junge Polizistin empfing sie halb verzweifelt: „Chef, so ein widerlicher Zeitungsmensch ruft mindestens fünf Mal am Tag an und will partout etwas über den Stand der Ermittlungen in dieser Bankraubgeschichte wissen."

„Sagen Sie ihm, aus ermittlungstechnischen Gründen blablabala…"

„Damit lässt sich der Schnösel nicht abspeisen. Er hängt gerade wieder in der Leitung. Sagen Sie ihm, was es zu sagen gibt."

Sie reichte ihm den Hörer und der Anrufer legte gleich los:

„Herr Herrmann, Sie leiten die Ermittlungen im Fall Bankraub Riedlingen. Was können Sie uns zum derzeitigen Stand sagen?"

„Nichts – aus ermittlungstechnischen Gründen..."

„Die Bevölkerung ist natürlich höchst interessiert, wenn in einer sonst so friedlichen Gegend ein solches Verbrechen geschieht."

„Trotzdem - es gibt nichts zu sagen."

„Drei Tage sind seit dem Überfall vergangen und noch keine Spur?" Der Anrufer war hartnäckig.

„So ist es, weil der Täter kein Schild um den Hals trägt: Ich habe die Volksbank Riedlingen überfallen. Außerdem ist dies kein amerikanischer Serien-Krimi. Auch bin ich kein Sherlock Holmes und kein Matula oder wie diese Hundenasen alle heißen."

„Die Öffentlichkeit hat ein Recht auf seriöse Information." Der Schreiberling ließ nicht locker.

„Die Öffentlichkeit hat auch ein Recht auf rasche Aufklärung", konterte Herrmann kühl.

„Das eine schließt das andere nicht aus."

„In diesem Fall schon."

„Was können wir jetzt morgen bringen?"

„Schreiben Sie, die Polizei ist so hartnäckig hinter dem Täter her wie wir hinter der Polizei. Nur ist die Hartnäckigkeit im ersten Fall notwendig, bei uns hingegen nur lästig. – Und jetzt habe ich zu tun."

Er gab den Hörer wieder zurück.

„Den haben Sie ordentlich abgebürstet. Morgen werden wir eine schlechte Presse haben", lachte die Polizistin.

„Besser eine schlechte Presse als schlechte Ergebnisse. Ich brauche dieser Nervensäge doch nicht auf die Nase zu binden, dass wir schon recht weit gekommen sind."

Krumbiegel stutzte.

„Weit gekommen? Tatsächlich? Mir ist alles noch schleierhaft", meinte er schließlich zögerlich.

„Bei manchen dauert es eben ein bisschen länger." Der Alte grinste, und nach einer kurzen Pause meinte er:

„Geht mir gelegentlich auch so."

Als er in sein Büro gehen wollte, überfiel ihn seine Vorzimmerdame mit einer wichtigen Nachricht. Er solle sofort Ravensburg anrufen. Heute Nachmittag sei er für die Herren aus der Oberschwabenmetropole – zumindest vorübergehend – nicht zu erreichen gewesen.

Herrmann meldete sich in Ravensburg. Der zuständige Kollege dort hieß Klaus Keim. Er wusste interessante Dinge in Sachen Otto Böhm zu berichten. Der Herr hieß mit richtigem Namen Kozielny, Martin Kozielny. Den Falschnamen Otto Böhm benutzte er nach den Erkenntnissen der Ravensburger Kripo zum ersten Mal. Die Identifizierung Kozielnys bereitete keine großen Schwierigkeiten. Er war kein unbeschriebenes Blatt. In einer umfangreichen Akte ist sein bewegtes Leben dokumentiert: Seine Eltern, rechtschaffene Leute, stammten aus dem Sudetenland. Sie flüchteten nach Kriegsende, zuerst nach Bayern, später zogen sie nach Landau in die Pfalz, wo Martin geboren wurde. Als der Sohn fünf Jahre alt war, übersiedelte die Familie nach Heilbronn, wo der Bub einen Großteil seiner 45 Lebensjahre verbrachte. Er absolvierte eine kaufmännischen Lehre bei der Firma Würth. Danach arbeitete er bei seiner Lehrfirma im Außendienst, wurde aber wegen nie ganz geklärter Unregelmäßigkeiten entlassen. Anschließend jobbte er bei verschiedenen Firmen, meist nur kurzzeitig. Dazwischen war er immer wieder arbeitslos. Fünf Jahre lang reiste er im Außendienst für einen Heimtextilienvertrieb aus der Nähe von Heidelberg. Irgendwann soll er unrechtmäßig Vorschüsse kassiert haben. Es kam zur Trennung. Die Angelegenheit wurde intern geregelt. Eine Anzeige erfolgte nicht.

„Vor etwa acht Jahren zog er an den Bodensee. Dort wechselte er häufig sein Domizil. Zuletzt wohnte er in

Konstanz – wahrscheinlich. In der Konzilsstadt begann auch seine eigentliche kriminelle Karriere. Er heuerte bei einem Finanzberater an. Verkaufen konnte er. Und er verdiente gutes Geld – genau genommen verdiente er viel Geld, kein gutes, wie sich später herausstellte. Seine Firma verkaufte Papiere, die man auch mit viel Wohlwollen nur als Schrott bezeichnen konnte. Sie kassierte dicke Provisionen. Das Ende war absehbar. Das Landgericht taxierte den Schaden auf einen mittleren einstelligen Millionenbetrag. Der Firmenchef wanderte sechs Jahre, Kozielny 30 Monate hinter Gitter. Im Mai dieses Jahres wurde er entlassen, nachdem er zwei Drittel seiner Strafe abgesessen hatte.

Vor zwei Monaten kam eine Anfrage von der Kantonalpolizei St. Gallen. Die Schweizer Polizei sucht Kozielny, weil er vermutlich in einen Betrugsskandal verwickelt ist. Er soll, zusammen mit drei weiteren Personen, zahlreiche Ausländer um Beträge zwischen fünf- und zehntausend Schweizer Franken betrogen haben. Das Quartett operierte mit einer simplen Masche. Da bei den Eidgenossen bekanntlich nicht jeder Ausländer ohne weiteres Grundbesitz erwerben kann, boten sie an, den Weg zum Erwerb einer Schweizer Immobilie zu ebnen. Je nach Größe des Wunschobjekts und nach Bonität des Interessenten verlangten sie Vorschüsse bis zu 10 000 Franken für Italiener, Franzosen, hauptsächlich aber für Deutsche. Nach Geldeingang ließen sie nie mehr etwas von sich hören. Kozielny war im Übrigen nicht der Boss, aber er war ein exzellenter Verkäufer.

Wir konnten den Gesuchten bis heute nicht finden. Auch in eigener Sache sind wir mittlerweile hinter ihm her. Wir verdächtigen ihn, zumindest zeitweilig einer Bande anzugehören, die in einem Gebiet zwischen Waldshut am Hochrhein bis an den Lech in Wohnungen und Geschäfte einbricht. Auch bei zwei Überfällen auf

Tankstellen könnte die Bande zu Gange gewesen sein. In einem Fall wurde dort auch ein Warnschuss abgegeben. Wie wir auf Kozielny kommen? Vor drei Wochen haben wir zwei Bandenmitglieder festgenommen. Einer verplapperte sich möglicherweise bei der Vernehmung und erwähnte den Namen Molly. Molly ist der Spitzname in der Szene für Kozielny, wie wir mittlerweile herausgefunden haben. Ob er bei den Unternehmungen tatsächlich aktiv mitmischte oder nur als Scout oder Hehler tätig war, wissen wir noch nicht.

Die Schweizer suchten ihn zunächst nur als Zeugen. Auch wir können ihm bis jetzt kein konkretes Delikt nachweisen. Deshalb war es uns bisher auch nicht möglich, mit… ja, mit schwerem Geschütz gegen ihn aufzufahren. Nach dieser Riedlinger Geschichte aber haben wir nun einen Haftbefehl beantragt. Ich hoffe, dass uns der Richter folgt und möglichst kurzfristig unterschreibt."

Noch ein interessantes Detail wusste Keim zu berichten. Kozielny verkehrt in der Schwulenszene, allerdings nur sporadisch. Gelegentlich taucht er auch in Ravensburg auf, im Milieu. Durch einen glücklichen Zufall wurde dies der Polizei bekannt.

Nachdem der Kommissar aufgelegt hatte, besprach er mögliche Konsequenzen, die sich aus den neuen Erkenntnissen ergeben könnten, in kleinem Kreis. Dieser Kozielny war also doch kein so kleiner Fisch, wie sie ursprünglich angenommen hatten.

Dann ließ sich Herrmann von seiner Vorzimmerdame mit dem Chef in Riedlingen verbinden. Er informierte ihn über das, was er aus Ravensburg über diesen Kozielny erfahren hatte und bat ihn, den Herrn so intensiv zu überwachen, wie es seine personellen Möglichkeiten erlaubten.

Später nahmen sich Herrmann und Krumbiegel, die als einzige Kozielny gesehen hatten, noch einmal die

Bilder der Überwachungskamera vor. Sie studierten die Aufnahmen lange und intensiv von allen Seiten. Es war schwierig, auf Grund dieser nicht sonderlich scharfen Bilder Vergleiche anzustellen. Es ist doppelt schwierig, wenn Personen mehr oder weniger verkleidet sind wie dieser Bankräuber. Schlussendlich aber glaubten die beiden eher nicht an eine Täterschaft Kozielnys, ganz ausschließen konnten und wollten sie es aber auch nicht.

Für Herrmann war der Fall damit vorläufig abgeschlossen. Dieser Herr passte zwar gar nicht in sein Konzept, weil er sich eingestehen musste, dass er nach den neuen Erkenntnissen durchaus in irgendeiner Form in den Bankraub involviert seine könnte. Es gab aber andere Verdächtige, bei denen ihm konkretere Verdachtsmomente vorlagen, diese wollte er sich vornehmen. Wenn die Ravensburger Kollegen mit ihren Recherchen weiterkämen oder wenn sich im Schließfach bei der Volksbank brisante Dinge fänden, könnte sich die Lage allerdings rasch ändern.

Daheim, im Biberacher Ortsteil Rißegg, wartete Frau Herrmann ungeduldig auf ihren Mann. Sie hatte ein kleines Abendessen hergerichtet. Nach dem Essen warfen sie sich in ihre eleganten, unbequemen Gala-Garderoben, machten sich opernfertig. Frau Herrmann kostete es erhebliche Mühe, bis sie sich in ihr seidenes, dunkelblaues Festkleid gezwängt hatte. Vor Jahren hatte sie es eine Nummer zu groß gekauft, um ihre Fettpölsterchen kaschieren zu können, die sich trotz aller Gegenmaßnahmen frech in der Hüftregion breitmachten. Inzwischen waren die Pölsterchen zu Polstern angewachsen, eine Neuanschaffung ließ sich daher beim besten Willen nicht mehr verschieben, was sie ihrem Mann auch unmissverständlich klar machte. Dieser band sich gerade die Krawatte, als das Telefon läutete. Er nahm den Hörer ab. Der Bereitschaftsdienst seines Reviers rief an.

„Nein…", schrie er plötzlich und legte den Hörer wie in Zeitlupe auf. Langsam, wie in Trance, verstört, autistisch, bewegte er sich von der Diele in die Küche, von dort ins Wohnzimmer, dann ins Schlafzimmer. Die Krawatte hing ihm lose um den Hals.

„Was ist los?", fragte seine Frau besorgt.

Keine Antwort.

„Was ist los?", fragte sie noch einmal mit Nachdruck.

„Das gibt es nicht…" antwortete er nach einer Weile. Er sprach langsam, wie zu sich selbst.

„Vor drei Jahren wurde in Ravensburg ein Mann erschossen mit derselben Waffe, mit welcher der Bankräuber am Montag in Riedlingen in die Decke geballert hat."

Frau Herrmann schaute betroffen. Sie wusste, was das bedeutete.

„Dann können wir den heutigen Abend wohl abhaken", stellte sie nach einer Schrecksekunde enttäuscht aber pragmatisch fest.

„Wir gehen", widersprach ihr Mann. „Wir haben uns so lange auf heute gefreut. Außerdem besitzen wir schon Karten."

Der Opernabend entwickelte sich dann aber doch so, wie Frau Herrmann befürchtet hatte. Ihr Mann grübelte und sinnierte. Selbst die bekanntesten Pretiosen aus Smetanas Meisterwerk konnten ihn nicht aus seiner Grübelei reißen. Seine Gedanken kreisten den ganzen Abend um diese ominöse Pistole. Er glaubte den Riedlinger Überfall fast geklärt zu haben, und dann das. Wo sollte er jetzt zuerst beginnen? In Ehingen? In Ravensburg? Der Fall hatte sich dramatisch verkompliziert.

Wenn bei zwei Verbrechen dieselbe Waffe benutzt wird, liegt die Vermutung nahe, dass es sich in beiden Fällen auch um denselben Täter handelt. Aber hier lagen immerhin drei Jahre zwischen dem Mord in Ravensburg und dem Bankraub in Riedlingen. Also durchaus möglich, dass die beiden Delikte nichts miteinander zu tun hatten. Die Waffe könnte längst den Besitzer gewechselt haben – unter Umständen mehrmals. Aber wenn es derselbe Täter war, vielleicht gab es dieselben Motive? Schulden beispielsweise. Bei Mehrfachtätern denkt man sofort auch an Profis. Aber in Riedlingen zumindest waren eher Dilettanten am Werk, Profis höchst unwahrscheinlich. Wichtig war jetzt, den Fall in Ravensburg genauer zu untersuchen. War es eine Beziehungstat, war es Raubmord? Möglicherweise ergaben sich neue Anhaltspunkte.

Und jetzt rückte plötzlich Kozielny in den Mittelpunkt. Er war in Ravensburg und er war in Riedlingen. An beiden Orten wurde mit derselben Waffe geschossen. Bisher fanden die Beamten nichts, was auf einen direkten Zusammenhang zwischen den Taten in Riedlingen und Ravensburg hingewiesen hätte. Dem Frosch-Wirt trauten sie zwar einiges zu, aber es waren Gedankenspiele, Vermutungen, durch keinerlei Fakten unterlegt. Und Mord war eine Kategorie, die weit über das hinausging, was man bisher Ralfi zuordnen konnte. Und jetzt also Kozielny. Die Kripo konnte ihn bisher nicht oder nur sehr schwer einschätzen. Er wurde nicht als gefährlich eingestuft. Mit den Schüssen in den beiden Städten, aus derselben Pistole, änderte sich alles.

13

Am andern Tag, am Samstag, fuhr Herrmann schon früher zur Arbeit als sonst, obwohl der Opernbesuch am Vorabend lange gedauert und er danach schlecht geschlafen hatte, weil er einfach nicht abschalten konnte. Er hatte sich entschlossen, erst in Ehingen weiterzurecherchieren. Vielleicht halfen ihm die Erkenntnisse der Ravensburger weiter, wenn er im Riedlinger Fall etwas Konkretes vorweisen konnte. Vorher arbeitete er aber noch sämtliche einschlägigen Protokolle durch und hörte die Tonbänder ab. Er ging akribisch vor, fand jedoch nichts, was ihm weitergeholfen hätte.

Krumbiegel kam heute später. Der Wecker… das Übliche. Auch er beschäftigte sich zunächst mit den Aufzeichnungen, weil sie ohne triftigen Grund die Leute nicht so früh überfallen konnten.

Herrmann telefonierte noch mit einem Kollegen in Ravensburg, der seinerzeit den Mordfall Reiner Schrott als Assistent mitbearbeitet hatte. Der Ravensburger wusste bereits Bescheid. Am Ende eines langen Gesprächs bat er ihn, nicht die Presse zu informieren. Er wollte niemanden aufschrecken, niemanden warnen.

Gegen elf Uhr machte er sich mit seinem Assistenten auf den Weg nach Ehingen. Es war kalt geworden. Das Thermometer schwankte um null Grad. Das erste Mal in diesem Winter hatte es leicht geschneit. Eine dünne Schneedecke verzauberte die Natur. Auf den gepflügten Feldern, jetzt wie frisch überzogen, zeichneten sich originelle und skurrile Muster ab. Die Straßen waren schneefrei; der Räumdienst hatte saubere Arbeit geleistet. Kurz vor Sontheim bearbeitete eine Schar hungriger Raben einen Tierkadaver wenige Meter neben der Fahrbahn.

In Ehingen nahmen die beiden Biberacher einen Kollegen mit. Von diesem erfuhren sie, dass eine Bedienung, eine gewisse Erika, mit dem Chef, mit Ralfi, ein Verhältnis gehabt haben soll. Die Sache liege allerdings schon einige Zeit zurück. Und weil sie den „Frosch“ etwas genauer beobachteten, seit bekannt sei, dass der Wirt möglicherweise in den Banküberfall in Riedlingen verstrickt sein könnte, habe gestern Abend gegen 18.30 Uhr eine Streife beobachtet, wie Ralfi in einen Wagen stieg, einen Mietwagen vermutlich, und wegfuhr. Die Beamten wunderten sich. Ab circa 18 Uhr hat der „Frosch“ die höchste Kundenfrequenz. Außerdem befindet sich die… ja… Co-

Chefin in Bosnien. Und der Wirt fährt weg? Ungewöhnlich. Sie folgten ihm diskret. Er fuhr zu seiner Bedienung, dieser Erika, der Exgeliebten.

Die Dame wohnt im Erdgeschoss. Ralfi läutete und sie ließ ihn hinein. Die Rollos in ihrer Wohnung waren heruntergelassen. Man konnte nichts hören und nichts sehen. Nach etwa einer Viertelstunde verließ er die Dame wieder und fuhr heim. Was wollte er bei dieser Erika? Bestehen weiterhin intime Beziehungen? Kaum – in 15 Minuten. Was aber dann? Es gab keine auf der Hand liegende Erklärung.

Im „Frosch" ging es noch ruhig zu um diese Zeit; nur wenige Gäste saßen am Stammtisch, einige spielten an den Automaten. Ralfi empfing die drei gewohnt bärbeißig. Sie kämen äußerst ungelegen.

Morgen sei der erste verkaufsoffene Sonntag vor Weihnachten. Erfahrungsgemäß herrsche da auch im „Frosch" Hochbetrieb und das erfordere umfangreiche Vorbereitungen. Deshalb seien seine beiden Festangestellten, Elle, die Bedienung, und Erika, das Faktotum, jetzt schon tätig. Der Kommissar versicherte ihm, dass sie ihre Arbeit so rasch als möglich abschließen würden. Er wollte zuerst Erika sprechen, das Mädchen für alles. Ungestört. Der Wirt erlaubte ihnen, sein Büro zu benutzen. Herrmann bat Ralfi noch, ihm eine Liste mit den Namen seiner Stammgäste zu erstellen.

Erika war scheu und misstrauisch, als sie vor den Beamten saß. Auch die ruhige, joviale Art, mit der Herrmann die Befragung führte, konnte sie nicht aus Ihrer Reserve locken. Nach Aufforderung machte sie Angaben zu ihrer Person: Erika Ziesche, 33 Jahre, ledig, seit gut fünf Jahren bei Ralfi beschäftigt, erst in Riedlingen, seit dem Umzug in Ehingen.

„Frau Ziesche," begann Herrmann betont freundlich, „Sie haben am letzten Dienstag gearbeitet?"

„Ja. Ich habe montags frei, außerdem am Mittwoch und Donnerstag vormittags, es sei denn, dass irgendwelche Veranstaltungen anstehen."

„Es geht um den Banküberfall in Riedlingen. Sie haben sicher davon gehört, war ja Tagesgespräch. Im Zuge unserer Ermittlungen geriet auch Herr Gerber, Ihr Chef, in Verdacht. Ich muss Ihnen daher einige Fragen stellen. Ist Ihnen am Dienstag etwas aufgefallen, war etwas anders als sonst? Haben in letzter Zeit Personen hier verkehrt, die Sie bisher nicht kannten? Haben sich Gäste auffällig, verdächtig im weitesten Sinne, benommen? Haben Sie vielleicht zufällig etwas aufgeschnappt, was im Zusammenhang mit dem Überfall stehen könnte?"

Die Angesprochene überlegte lange, ehe sie zaghaft antwortete:

„Es war wie immer, nichts Auffälliges. Ich kann nicht mehr sagen. Es war alles ganz normal."

„Wissen Sie, wo Herr Gerber seinen Autoschlüssel aufbewahrt?"

„Herr Gerber trägt seinen Autoschlüssel immer in der Hosentasche."

„Also konnte ihn niemand unbemerkt an sich nehmen. Besaß seine Frau einen Schlüssel?"

„Seine Lebensgefährtin, Frau Vukovic, besitzt einen eigenen Wagen, einen Golf."

„Benutzt sie nie, wirklich nie den Audi ihres Partners?"

„Nein, nie."

„War Frau Vukovic am Dienstag den ganzen Nachmittag im Haus, in der Wirtschaft?"

Frau Ziesche überlegte lange, ehe sie antwortete:

„Sie fuhr einmal in die Stadt, zum Einkaufen soviel ich weiß."

„Und um welche Zeit war sie weg?"

„Das müsste... ja, das müsste circa um 15 Uhr gewesen sein. Lange war sie nicht weg. Zur Geburtstagsfeier

Berger um 17 Uhr war sie jedenfalls wieder zurück."

„War Herr Gerber am Nachmittag, sagen wir bis 17 Uhr, in der Wirtschaft?"

„Ja." Diese Antwort kam sofort und deutlich. Ansonsten verlief die Vernehmung äußerst zäh. Frau Ziesche gab sich weiter verschlossen, einsilbig, sichtlich bemüht, nichts Falsches zu sagen.

„Frau Vukovic ist also quasi Ihre Chefin. Wie füllt sie diese Rolle aus, wie gibt sie sich?"

Frau Ziesche schaute die Beamten an, als hätten sie nach ihrer Unterwäsche gefragt. Es dauerte, bis sie endlich antwortete:

„Sie ist ganz normal. Sie kocht, und wenn sie keine Zeit hat, springt die Hilfsköchin, Frau Ebert, für sie ein. – Sie ist nicht meine Chefin, sie ist die Lebensgefährtin des Chefs." Der letzte Satz kam patzig.

„Und ihr Umgang mit dem Personal?", insistierte Herrmann weiter.

„Normal. Wir duzen uns alle."

Jetzt wurde Herrmanns Ton amtlicher:

„Besitzt Herr Gerber eine Waffe?"

Nach dieser Frage kochte es in der Angestellten. Sie wusste offensichtlich nicht, was sie sagen sollte. Ihre Mundwinkel zuckten nervös, ihre Finger hüpften über die Tischplatte, wie Hunde, die von der Leine wollen.

Der Kommissar wollte sie aus ihren Nöten erlösen.

„Sie haben ein Auskunftsverweigerungsrecht nach § 55 StPO. Vor dem Staatsanwalt würde es dann allerdings anders aussehen. Sie könnten es Ihnen und uns leichter machen, wenn Sie aussagen würden. Aber dann die Wahrheit, bitte."

„Eine Waffe? Ich glaube ja." Erika Ziesche sprach ganz leise, ängstlich.

Herrmann setzte nach:

„Sie wissen es genau. Sie waren doch seine Geliebte."

Jetzt versteinerte sich ihr Gesicht. Sie biss sich auf die Lippen und schwieg trotzig. Die Beamten warteten ungeduldig, aber Frau Ziesche sagte kein Wort mehr.

Mit „Keine Antwort ist auch eine Antwort", setzt der Kommissar nach einer Weile die Vernehmung fort.

„Eine andere Frage: Herbert Rogalla, Sie kennen ihn, wissen Sie, ob er hier Schulden hat?"

„Ich weiß es nicht. Vermutlich."

Diese unverfängliche Frage beantwortete sie sofort. Offensichtlich waren ihr nur Fragen nach ihrem Verhältnis zu Ralfi unangenehm, zu intim, zu belastend.

Hier machte Herrmann eine Pause. Er zog seine Krawatte zurecht, kramte in seiner Aktenmappe und schnäuzte sich, ehe er unvermittelt fragte:

„Würden Sie Ihrem Chef, Herrn Gerber, einen Bankraub zutrauen?"

Frau Ziesche schaute irritiert.

„Bankraub?", sagte sie dann, „Weiß ich nicht. Kaum."

Herrmann musterte sie lange mit einem Blick, der ihr deutlich machte, dass er ihr nicht alle Aussagen abnahm. Dann sagte er:

„Tja, das wärs. – Ach, übrigens", fuhr er dann überraschend fort, „gestern Abend hatten sie noch Besuch von Herrn Gerber. Was wollte der Herr?"

„Er bat mich, heute etwas früher zu kommen, weil der erste lange Samstag vor Weihnachten ansteht und er mit mehr Gästen rechnet."

„Aber das hat er doch schon seit einem Jahr gewusst. Das hätte er Ihnen schon lange sagen können. Oder er hätte Sie anrufen können."

Diese Aussage verstörte Frau Ziesche sichtlich. Sie stand unschlüssig da, ratlos und zuckte nur mit den Schultern. Der Kommissar ließ sie eine ganze Weile schmoren. Sie wurde immer nervöser, immer aufgeregter. Schließlich erlöste er sie:

„Hat Ihnen Gerber vielleicht etwas gesagt, was uns interessieren könnte?“

„Nein.“

Nach diesem klaren Nein konnte Frau Ziesche gehen. Krumbiegel holte als Nächste die Bedienung Elfriede Harm, genannt Elle, herein. Eine stattliche Frau. Sie hätte durchaus auch als Sekretärin, Lehrerin oder Ärztin durchgehen können. Frau Harm war ebenfalls ledig, 34 Jahre alt und arbeitete seit gut zwei Jahren im „Frosch“. Sie hatte dienstags frei und konnte daher zum Ablauf dieses Tages keine Angaben machen.

Sie gab sich viel offener, kooperativer als Frau Ziesche. Die Fragen der Beamten beantwortete sie ähnlich wie Frau Ziesche. Spannend wurde es erst, als die Herren nach der Waffe fragten. Zögerlich kam ihre Antwort:

„Ich… ich…glaube ja.“

„Sie glauben, genau wissen Sie es nicht?“

„Nnnnein…“

„Sie zögern. Was wissen Sie?“

„Ich habe einmal gehört, wie er einem Gast von einer Pistole erzählt hat.“

Es klopfte. Auf „Ja“ reichte Ralfi die Liste mit den Namen der Stammgäste herein. Herrmann überflog die Liste, legte sie dann der Bedienung vor und bat sie, die Aufstellung auf Vollständigkeit zu prüfen. Er wollte außerdem wissen, ob sie einem der aufgeführten Herren einen Banküberfall zutraue, es seien schließlich nicht lauter Erzengel. Frau Harm ließ sich viel Zeit, bevor sie antwortete.

„Man sieht ja nicht rein in die Leute. Es sind sicher ganz… ja, handfeste, auch ziemlich undurchsichtige Kerle darunter, aber Bankräuber…? Nein. Das Privatleben der Männer kenne ich natürlich nicht.“

„Hier“, der Kommissar zeigte auf einen Namen in der Liste, „hier, dieser Rogalla, Herbert Rogalla, kann schon ein hübsches Vorstrafenregister vorweisen.“

„Der Herbert ist gutmütig, harmlos. Er hat es immer schwer gehabt im Leben. Seine Straftaten beging er alle aus einer Notlage heraus. Er hat sich meines Wissens die letzten Jahre nichts mehr zuschulden kommen lassen. Nein, der Herbert kommt nicht in Frage."

„Sie sind sich ziemlich sicher. – Wissen Sie, hat Herr Rogalla Schulden bei Herrn Gerber?"

„Ja, hat er."

„Wissen Sie auch wie viel?"

„Ungefähr 8000 Euro."

„Herr Gerber spricht von 1000 Euro."

„Schön wär's für den Herbert." Frau Harm schüttelte ungläubig den Kopf. „Ich weiß sicher, dass er etwa 8000 Euro verlangt. Woher der Betrag kommt, weiß niemand. Der Ralfi setzt die Summe willkürlich fest, ebenso Zinsen und Kosten. Unterlagen, Abrechnungen, gibt es nicht. Der Herbert hat sich deshalb schon oft bei ihm beklagt."

„8000 Euro, eine stolze Summe für Hartz IV. – Wie kommt ein solcher Betrag zustande? Warum hat Gerber nicht schon früher die Notbremse gezogen?", wunderte sich der Kommissar.

„Sie haben eine Zeitlang gezockt. Weil Herbert kein Geld hatte, hat der Ralfi seine Spielschulden übernommen – nach meiner Meinung ganz berechnend, um ihn in der Hand zu haben. Umsonst hat er es sicher nicht getan. Herbert wollte gar nicht spielen, aber Ralfi hat ihn so lange bearbeitet, bis er weich wurde. Aber wie gesagt, die Höhe der Schulden ist nicht nachvollziehbar."

Krumbiegel warf verwundert ein:

„Sie wissen aber genau Bescheid. Sind Sie Rogallas Vertraute?"

„Ich kenne Herbert schon seit… ja, seit er hier ist. Da redet man natürlich auch einmal ein privates Wort oder schüttet sein Herz aus. Er hat ja sonst niemanden."

Herrmann schaltete sich wieder ein:

„Wissen Sie auch, ob er wegen seiner Schulden von Ralfi unter Druck gesetzt wurde?"

„Ist er wohl. Vor Kurzem habe ich zufällig mitbekommen, wie er drohte, er werde ihn so in die Mangel nehmen, dass er seines Lebens nicht mehr froh werde. Er garantiere, dass er jeden Euro bekomme; er besitze die notwendigen Instrumente."

„Das ist ja interessant! – Was meinte er mit den notwendigen Instrumenten?"

Jetzt zögerte Frau Harm. Es sah aus, als ob sie plötzlich Angst vor der eigenen Courage bekäme.

„Ich denke, er hätte ihn schikaniert und vielleicht auch zusammenschlagen lassen. Und er hätte bei ihm arbeiten müssen. Ohne Bezahlung natürlich."

Frau Harm redete jetzt viel vorsichtiger. Sie nahm sich deutlich zurück.

„Hat Ralfi ihm gesagt, wie er das Geld zusammenbringen könnte?"

„Vermutlich. Ich habe einmal Gesprächsfetzen aufgeschnappt, da ging es um die Schulden und wie man sie mit einem Schlag loswerden könnte. Alles habe ich aber nicht verstanden."

„Was für einen Plan er ihm vorgeschlagen hat, haben Sie also nicht mitbekommen. Haben Sie Herrn Rogalla gesagt, dass Sie das Gespräch teilweise mitgehört haben?"

„Ja."

„Und wie hat er reagiert?"

„Er war sehr besorgt, weil ihm Ralfi so massiv gedroht hatte. Dass ich mitgehört habe, war ihm sogar recht."

Plötzlich trat der Wirt ein, entschuldigte sich für die Störung und suchte etwas verwirrt im Rollschrank nach einem Schreiben. Es war ganz offensichtlich, dass diese Suche nur vorgeschoben war. Als er den Raum wieder verlassen hatte, bohrte Herrmann weiter.

„Ralfi hat Rogalla also in die Mangel genommen. Was gedachte der zu tun?“

„Nun ja…er… er wusste auch nicht, wie er sich da herauswinden sollte. Mit Ralfi reden wollte er noch einmal.“

„Und? Hat er geredet?“

„Ich… ich denke schon. Sicher weiß ich es nicht.“

„Er war also in einer ziemlich ausweglosen Situation. Da neigt man zu unüberlegten Handlungen. Spricht einiges gegen Herrn Rogalla, obwohl Sie ihm einen Überfall nicht zutrauen.“

„Ich kann nur meine Meinung sagen, und so wie ich ihn kenne, glaube ich nicht, dass er zu so etwas fähig wäre – obwohl er vor Jahren schon einmal in einer verzweifelten Lage… na ja… Aber wenn er tatsächlich der Täter wäre, würden Sie ihn ja früher oder später überführen.“

„Wie ist das Verhältnis zwischen Rogalla und dem Wirt?“

Frau Harm zog die Stirn in Falten und blies die Backen auf.

„Phu… wie ist es? Soso lala, könnte man sagen. Herzlich sicher nicht. Aber sie brauchen einander.“

„Würden Sie Ihrem Chef einen Bankraub zutrauen?“ fragte Herrmann geradeheraus.

Die Beamten beobachteten die Reaktion der Frau auf diese Gretchenfrage gespannt. Sie ließ sich Zeit.

„Dem Chef…? Er ist nicht zimperlich, wahrlich nicht, aber mich hat er immer korrekt behandelt. Ich denke, er hat das nicht nötig.“

Nach dieser eher diplomatischen Antwort stellte Herrmann noch eine letzte Frage:

„Sie hatten am Dienstag frei. Haben Sie für den späten Dienstagnachmittag ein Alibi? Wo haben Sie sich zwischen 16 und 18 Uhr aufgehalten?“

Frau Harm überlegte kurz, mit geschlossenen Augen, dann antwortete sie mit fester Stimme:

„Also circa um 16.30 Uhr kaufte ich in der Bäckerei

Knopfmacher in der Schwanengasse ein genetztes Brot. Die Verkäuferin kann sich bestimmt noch erinnern; wir haben kurz über die bevorstehende Weihnachtsbäckerei gesprochen. Danach bin ich wieder nach Hause, habe gebügelt und Radio gehört. Die 5-Uhr-Nachrichten berichteten vom schweren Unfall auf der A 8 bei Leipheim. Ich erinnere mich noch an die Aussagen eines Augenzeugen, der auffallend genäselt hat, der eine lange Zunge hatte, wie man bei uns sagt."

„Besitzen Sie ein Auto?", fragte Krumbiegel noch.

„Nein. Noch nie. Einen Führerschein habe ich allerdings."

Danach war die Vernehmung beendet. Der Kommissar bedankte sich bei Frau Harm und Krumbiegel begleitete sie hinaus. Er teilte dem Wirt mit, dass er und seine Kollegen das Büro noch eine Zeitlang benötigen würden und dass er sich für eine neuerliche Vernehmung bereithalten solle, was dieser mit äußerstem Widerwillen zur Kenntnis nahm.

14

In der anschließenden Besprechung analysierten die drei das Ergebnis ihrer Vernehmungen. Die wichtigste Erkenntnis lautete: Gerber besitzt eine Waffe, möglicherweise *die* Waffe. Darüber waren sie sich einig. Die beantragte Durchsuchung könnte Klarheit bringen. Über die Rollen der beiden Damen diskutierten sie nur kurz. Frau Ziesche, eine schwer einzuschätzende, verschlossene Person, die, aus was für Gründen auch immer, nichts preisgeben wollte. Warum sollte sie einen Banküberfall wagen? Allein, ohne logistische Unterstützung, war der Cup ohnehin nicht möglich. Zudem arbeitete sie an diesem Dienstag im „Frosch". Nein, Frau Ziesche schied definitiv aus. Was aber Ralfi am Abend bei ihr wollte? Ihre erste Antwort auf die Frage nach dem Grund von Ralfis Besuch kam ohne Zögern. Könnte abgesprochen gewesen sein. Alle ihre weiteren Überlegungen waren nur ganz vage Spekulationen.

Und Frau Harm? Im Gegensatz zu ihrer Kollegin offen, kooperativ, gut informiert, ein bisschen zu gut für den Ehinger Beamten. Warum sie gegen Ende der Befragung plötzlich so zurückschraubte, blieb unklar. Möglicherweise dachte sie bereits, zu redselig gewesen zu sein, was negative Folgen für sie haben könnte. Nein, Frau Harm kam ebenfalls nicht in Frage, auch darüber bestand Einigkeit. Hausfrauen schießen nicht. Außerdem konnte sie ja ein überprüfbares Alibi vorweisen und ein Auto besaß sie ebenfalls nicht. Die Damen schieden also aus, obwohl beide auf Grund ihrer Statur und Frau Harm auch wegen ihres Akzents durchaus in Betracht gekommen wären.

Krumbiegel warf ein:

„Vielleicht sind sie ideomotorisch involviert."

Herrmann strafte ihn mit einem Blick, der sagte: Was redest du wieder für einen Mist daher.

„Ja… unbewusst… Vielleicht hat sie etwas getan, ohne die Folgen zu kennen oder zu bedenken", rechtfertigte sich Krumbiegel.

„… Ideomotorisch… Intellektueller…" Der Ton drückte alles aus, was der Kommissar von dieser Art Intelligenz hielt.

Das Verhältnis zwischen Ralfi und Rogalla gab gewisse Rätsel auf. Vielleicht spürte der Wirt, dass sich der kleine Happy zu emanzipieren versuchte, dass er ihm langsam entglitt. Und dies musste er mit allen Mitteln verhindern, auch mit höchst zweifelhaften. So interpretierten sie die Aussagen von Frau Harm und so waren auch ihre Eindrücke, die sie in den letzten Tagen gewonnen hatten.

Die Vernehmung Ralfis verlief in gespannter Atmosphäre. Ralfis Aggressivität, Angst und Vorsicht einerseits, andererseits seine Impertinenz und die durch sein Alibi gewonnene Sicherheit, entluden sich immer wieder in eruptiven Gefühlsausbrüchen.

Herrmann ließ sich nicht provozieren.

„Herr Gerber, ich muss Sie noch einmal fragen, welche Summe schuldet Ihnen Herr Rogalla?"

„Habe ich Ihnen doch schon gesagt, tausend Euro meines Wissens. Genau weiß es meine Partnerin, meine Frau."

„Und die kommt nächsten Samstag zurück?"

„Genau."

„Gut. Andere Frage: Eine Waffe besitzen Sie nicht?"

„Nein!!" der Wirt brüllte förmlich, „auch das habe ich Ihnen schon gesagt."

„Na ja, gelegentlich ändert man seine Meinung… muss sie ändern."

„Haben die Weiber wieder Scheiß erzählt?", regte sich der Wirt auf.

Krumbiegel stieß sofort nach.

„Was sollen sie erzählen? Vielleicht dass sie Ihre Waffe gesehen haben? "

„Quatsch! Ich habe keine Knarre!"

„Noch eine Frage: Haben Sie in den letzten Tagen einen größeren Betrag bei Ihrer Bank einbezahlt?" Herrmann hatte wieder das Kommando übernommen.

„Nein."

„Wir werden das überprüfen. – Dann würden wir gerne ihren Laptop mitnehmen."

„Den brauche ich! Da ist meine ganze Buchführung drauf, meine Termine, Excellisten… alles. Was wollen Sie da finden?"

Ralfi gebärdete sich hysterisch.

„Wir lassen uns überraschen", Herrmann sprach ruhig

und sachlich, so, wie man nur aus einem Gefühl faktischer und persönlicher Überlegenheit heraus reden kann.

„Unsere Spezialisten hier, mein Kollege Krumbiegel und einige andere, verstehen was von diesen Dingen. Und Ihre Buchführung… na ja…“

Der Wirt starrte Krumbiegel an, als stehe der Leibhaftige vor ihm. Mit seinem frechen Mecki-Haarschnitt, dem Dreitagebart und Brilli im Ohr entsprach der genau dem Typ, den sich Oma und Opa unter einem Computer-Freak vorstellen.

„Sie bekommen Ihren Rechner kurzfristig wieder zurück, und es wird keine Datei fehlen - versprochen… es sei denn, wir werden fündig.“

Krumbiegel freute sich sichtlich, diesem Rüpel seine Grenzen aufzeigen zu können. Und dann versetzte er ihm noch einen äußerst schmerzhaften Schlag: „Wir brauchen auch Ihr Handy.“

Jetzt war Ralfi nicht mehr zu halten. Er schrie und schimpfte, jonglierte ständig am Rande einer Beamtenbeleidigung und gebärdete sich wie ein Irrer. Herrmann schaute dem Theater nur kurz zu und forderte dann ultimativ:

„Geben Sie mir das Handy!“

Diese Sprache verstand der Wirt offensichtlich. Er fuchtelte noch ein bisschen herum und warf ihm dann das Gerät wütend zu, dass er es nur mit Mühe auffangen konnte.

Krumbiegel packte den Laptop zusammen und klemmte ihn unter den Arm. Sie verabschiedeten sich kühl. Den Ehinger Kollegen brachten sie ins Amt zurück und fuhren dann über die B 465 Richtung Biberach. Vorher bat Herrmann noch die Ehinger Beamten, das Vorleben der Dana Vukovic unter die Lupe zu nehmen.

Auf dem Revier befasste sich Krumbiegel sofort mit dem Laptop Ralfis. Er wusste nicht, was er wirklich suchen sollte, trotzdem hoffte er, Informationen zu finden, die ihnen bei der Fahndung weiterhelfen könnten. Im Idealfall fand er Beweise oder Dinge, mit welchen man Ralfi konfrontieren, vielleicht sogar überführen konnte.

15

Am Nachmittag besuchte Herrmann seinen Kollegen Hauser in Ravensburg, allein, ohne seinen Assistenten. Sie besprachen die neueste Entwicklung im Mordfall Schrott und den Überfall in Riedlingen. In Ravensburg vertrat man anfangs die Meinung, der Schlüssel zur Lösung beider Fälle liege in Riedlingen und damit bei der Kripo Biberach. Nachdem nun aber klar war, dass in Riedlingen und beim Mord in Ravensburg mit derselben Waffe geschossen wurde und nachdem auch noch dieser Kozielny als potenzieller Täter ins Spiel kam, rückte Ravensburg mehr und mehr ins Zentrum.

Herrmann bevorzugte systematisches Vorgehen. Vom Beamten, der vor drei Jahren als Assistent beim jetzt im Ruhestand lebenden Chef der Soko Schrott unmittelbar am Geschehen war, ließ er sich berichten über Vorgehensweise, Schwierigkeiten, Verdächtige und über die ermordete Person. Er stellte viele Fragen. Nicht alles, was er zu hören bekam, konnte ihn überzeugen. Hauser spürte das und verteidigte die damalige Arbeit. Nach dem Bericht des LKA gäbe es eben ganz andere Ansatzpunkte als damals. Und wenn man vom Rathaus komme, sei man bekanntlich immer klüger.

Und jetzt also noch Kozielny. Allzu viel wussten die Ravensburger bisher auch nicht über diesen Herrn. Berichte über seine Umtriebe in der jüngeren Vergangenheit fehlten ganz. Jetzt mussten die Recherchen intensiviert werden. Wo hielt er sich in den letzten Wochen auf? Wo beim

Mord an Schrott? War er direkt an den Einbrüchen und den Tankstellenüberfällen beteiligt? Hauser wollte auch umgehend mit der Polizei in St. Gallen Verbindung aufnehmen, um noch Näheres über dessen Verstrickung in die Betrugsaffäre zu erfahren. Und Herrmann sollte ihn so rasch als möglich, am besten gleich morgen, am Sonntag, noch einmal vernehmen.

Bevor sie sich verabschiedeten, bat Herrmann, die Akte Schrott bis Montag mitnehmen zu dürfen. „Bettlektüre", bemerkte er trocken. Zuvor ließ Hauser noch die wichtigsten Exponate kopieren.

Es war schon dunkel, als der Kommissar die Heimfahrt antrat. Unterwegs klingelte sein Handy. Das Revier war in der Leitung. Frau Ziesche habe telefonisch mitgeteilt, dass Gerber tatsächlich einen Revolver besitze. Er dürfe aber um Himmels Willen nicht erfahren, dass sie ihn verraten habe. Darauf legte sie allergrößten Wert. Sie wirkte ängstlich, verschüchtert.

Für Herrmann war dieser Anruf keine große Überraschung. Er vermutete von Anfang an, dass Ralfi im Besitz einer Waffe war. Außerdem deuteten schon die Aussagen von eben dieser Frau Ziesche und von Frau Harm darauf hin. Ungewöhnlich schien ihm nur, dass nun diese scheue, verängstigte Person angerufen hatte.

Am Sonntagmorgen, Herrmann saß gerade mit seiner Frau beim Frühstück, kam ein Anruf aus Riedlingen. Kozielny war verschwunden. Seiner Vermieterin, Frau Köberle, fiel schon früh um sechs auf, dass der Platz, wo ihr Mieter normalerweise parkte, leer war. Sie wunderte sich. Als alles ruhig blieb, horchte sie an Kozielnys Wohnung. Dann klopfte sie. Es rührte sich nichts. Vorsichtig öffnete sie die Tür. Das Zimmer war leer, ausgeräumt, der Vogel ausgeflogen. Auf dem Tisch lag ein Fünfzigeuroschein, vermutlich die anteilige Miete. Sieh an! Ein Gentleman!? Vereinbarungsgemäß informierte sie sofort die Polizei.

Diese sucht jetzt in der Wohnung nach möglichen Hinweisen oder Belegen. Nach Aussagen der Bankangestellten Susanne Braun – in schwäbischen Kleinstädten kennt man einander und redet miteinander – nach ihrer Aussage also wurde das Schließfach nicht geleert. Der Kunde habe nur einmal zur Kontoeröffnung die Bank betreten.

Noch eine bemerkenswerte Neuigkeit wussten die Riedlinger zu berichten. Gestern, am späten Abend, hatte sich noch ein Ehepaar aus der Nachbarschaft der Köberles gemeldet, die bei der ersten Befragung der Anwohner abwesend waren. Sie erklärten, dass sie ihren „Nachbarn" Kozielny am Tag des Überfalls ca. um 17 Uhr in der Stadt sahen. Er hatte den Beamten gegenüber ausgesagt zu Hause gewesen zu sein. Warum hatte er gelogen, wenn er unschuldig war, ein Alibi hatte? Im Übrigen war dies die einzige konkrete Aussage eines Nachbarn. Alle andern hatten nichts gesehen; sie wussten nicht einmal, dass bei der Familie Köberle ein neuer Mieter eingezogen war.

Jeden Tag neue Überraschungen! Das hätte eigentlich nicht passieren dürfen. Spätestens nachdem er von Ravensburg über den wahren Charakter dieses Herrn aufgeklärt worden war, hätte er eine Observation anordnen müssen. Er verließ sich zu sehr auf die Bank, die versprochen hatte, anzurufen, sobald Kozielny ans Schließfach wollte. Dass er untertauchen könnte, ohne sein Erbstück bei der Bank abzuholen, hatte er nicht bedacht. Anfänglich glaubte er auch nicht an die Gefährlichkeit dieses Biedermanns. Aber dieser hatte ihn jetzt ausgetrickst, kurz bevor er Ihn noch einmal zur Brust nehmen konnte. Dieser dubiose Zeitgenosse rückte immer mehr in den Mittelpunkt, nachdem er anfänglich eher als Randfigur gesehen wurde.

Rückblickend sah der Kommissar den Fall so: Kozielny rechnete nicht damit, schon wenige Tage nach seinem Umzug Besuch von der Polizei zu bekommen. Als die

Beamten dann vor ihm standen, musste er sich rasch entscheiden. Ihm war vermutlich klar, dass er, einmal entdeckt, in Riedlingen keine Ruhe mehr finden würde vor dem langen Arm des Gesetzes. Also musste er so schnell als möglich und so unauffällig als möglich verschwinden. Daher beschloss er, auf die Fragen der Polizisten so zu antworten, dass man ihm keinen Strick daraus drehen konnte, den harmlosen, ehrlichen Bürger zu spielen. Er merkte sicher bald, dass ihm seine Besucher zwar misstrauten, aber nichts gegen ihn der Hand hatten, sein Vorleben nicht kannten. In jedem Fall reagierte er aus seiner Sicht gesehen richtig, instinktsicher. Und seine Rechnung ging auf. Bei der nächsten günstigen Gelegenheit verschwand er. Die Wahrscheinlichkeit, dass er in den Banküberfall verwickelt war, stieg durch sein Verschwinden. Herrmann ärgerte sich. Er erkannte die mutmaßlichen Zusammenhänge zu spät. Ein Anfängerfehler. Unverzeihlich!

Wie sollte es nun weitergehen? Man musste den Verschwundenen suchen, landesweit. Das Schließfach musste geöffnet werden, auch wenn der Kommissar nicht an die teure Uhr, an das Erbstück, glaubte. Und außerdem galt es, das Vorleben des Verdächtigen zu durchleuchten, um mögliche neue Anknüpfungspunkte zu finden.

Herrmann rief zunächst seinen Assistenten Krumbiegel an und sagte den Ausflug nach Riedlingen ab. Anschließend informierte er die Kollegen in Ravensburg. Am Montag wollte er sich wieder melden und sobald als möglich mit den Verantwortlichen die neue Lage besprechen.

Am Sonntagnachmittag brütete Herrmann über der Akte Reiner Schrott. Penibel arbeitete er die ganzen Unterlagen durch, machte Notizen und suchte nach Hinweisen auf Zusammenhänge zwischen dem Mord und dem Bankraub. Von seinen Kollegen hatte er erfahren, dass das Gericht die Durchsuchung im „Frosch“ und bei Herbert Rogalla auf Montag verschoben hatte. Er ärgerte sich wie so oft über die merkwürdigen Ansichten der Richter.

Frau Herrmann tolerierte widerwillig die sonntäglichen Arbeitseinsätze ihres Mannes. Obwohl sie dies schon seit Jahren kannte, konnte sie sich nie damit anfreunden. Spannungen gab es vor allem, als die Kinder noch klein waren. Wenn sie aufbegehrte, sagte er nur: Du kennst meinen Beruf. Als es dämmerte, gelang es ihr immerhin, ihn zu einem kurzen Spaziergang zu überreden, hinaus in die kalte Winterluft.

Am Montag telefonierte Herrmann zuerst mit Hauser in Ravensburg. Nachdem Kozielny spurlos verschwunden war, hatte der sofort veranlasst, die Fahndungs- und Recherche-Intensität massiv hochzufahren.

Zwei Beamte waren bereits auf dem Weg nach Meckenbeuren, wo der Ausweis ausgestellt wurde – wenn er dort ausgestellt wurde. Der Kollege Keim wollte heute noch einmal in St. Gallen nachfassen, nachdem der zuständige Beamte krankheitsbedingt am Freitag nicht zu erreichen war. Schließlich sollte noch erkundet werden, ob Kozielny im „Seepferdchen" verkehrte, ob er möglicherweise Schrott kannte und in welcher Beziehung er zu ihm stand.

Bei der Dienstbesprechung im eigenen Haus erläuterte Herrmann den Kollegen den Sachstand bezüglich Riedlingen. Ausführlich behandelte er auch den Fall Kozielny. Außerdem informierte er über sein Gespräch in Ravensburg und sein Aktenwissen im Fall Schrott.

Aus Riedlingen liefen weitere Neuigkeiten ein. Die dortige Polizei glaubte den Raser vom Dienstag bald ermitteln zu können. Nach einem Aufruf in der Zeitung meldete sich ein Leser aus Zwiefalten. Ihm war zur fraglichen Zeit ein PKW aufgefallen, der wie ein Irrer durch den Ort raste. Bei dem verdächtigen Fahrzeug handelte es sich um einen Audi mit Reutlinger Kennzeichen. Die Nummer konnte der Mann nur bruchstückhaft erkennen.

Trotzdem waren die Beamten überzeugt, auf Grund dieser Angaben den Raser bald ausfindig machen zu können.

Oberkommissar Franz Josef Fuchsloch, der Chef in Biberach, ein besonnener, älterer Herr mit Schnauzer und einer Glatze, über die er seine letzten drei Haare flächendeckend verteilt hatte, Fuchsloch also nahm den Bericht schweigend zur Kenntnis. Erst als Herrmann seine Sicht der Dinge vorgetragen hatte, stellte er einige Fragen. In gewissem Gegensatz zum Einsatzleiter war er der Meinung, die Spur mit dem Reutlinger Audi müsse weiterverfolgt werden, und besonders energisch auch dieser... dieser...Dingsd. Aber er war klug genug, nicht kurzfristig vorzeigbare Ergebnisse zu verlangen. Ein Polizist, der einen Fall bearbeitet, welcher hohe öffentliche Aufmerksamkeit erfährt, bekommt Druck von vielen Seiten. Zusätzlicher, interner Druck wäre da nur kontraproduktiv.

16

In Ravensburg wollten sie die Soko Schrott wieder reaktivieren. Herrmann hatte am Samstag schon den Kollegen Hauser gebeten, ihn einzuplanen. Er wollte bei Vernehmungen, die er für wichtig erachtete, unbedingt dabei sein.

Am Nachmittag machte er sich mit Krumbiegel auf den Weg in die Oberschwaben-Metropole. Als sie von Berg her auf die Stadt zufuhren, lagen Weingarten, Kloster und Basilika in ihrer majestätischen Wucht und Würde vor ihnen. Unvermittelt begann Krumbiegel zu reden, Weingarten sei die größte Barockkirche Deutschlands, in Länge, Breite und Höhe genau halb so groß wie St. Peter in Rom, erbaut u. a. vom bekannten Vorarlberger Baumeister Franz Beer, der Stuck von Wessobrunner Meistern, das Chorgestühl von Joseph Anton Feuchtmayer und natürlich die monumentale Orgel mit ihren 7000 Pfeifen, ein Meisterstück von Joseph Gabler. Die Basilika sei auch Grabstätte der Welfen und die Reiterwallfahrt am Tag nach Christi Himmelfahrt weltberühmt. Ein großartiges Gesamtkunstwerk.

Herrmann staunte:

„Beeindruckend, was Sie alles wissen. Sind Sie Kunst- oder Kirchenkenner?“

„Ich habe mich durch zwei Semester Kunstgeschichte gequält, bevor ich mit Jura begonnen habe.“

„Da kann ich natürlich nicht mithalten. Ich besuche dafür, wenn möglich, am Sonntag den Gottesdienst.“

Auf dem Revier besprachen sie zunächst mit dem Chef, mit Hauser und zwei weiteren Beamten, die seinerzeit in der Soko Schrott mitgearbeitet hatten, die neue Lage und die erfolgversprechendste Vorgehensweise. Beim Aktenstudium war Herrmann aufgefallen, dass am Arbeitsplatz des Ermordeten, bei seinen Mitarbeitern und bei der Witwe kaum recherchiert wurde. Man hatte sich nach seiner Meinung zu rasch auf einen Täter aus dem Rotlichtmilieu festgelegt.

Hauser verteidigte sich:

„Wir leben hier im Grenzgebiet, ein Katzensprung nach Österreich und in die Schweiz, und nach eineinhalb Stunden ist man über dem Bernhardino in Italien. Auch die Balkanstaaten sind gut und schnell zu erreichen. Schrott verkehrte viel in dubiosen Kreisen. Was also lag näher, als dort auch den Täter zu suchen, zumal es sonst keine erfolgversprechenden Anhaltspunkte gab.“

Die Runde beschloss schließlich, zunächst alle damaligen Mitarbeiter der Firma Heizung & Wasser, die in der Gruppe Schrott arbeiteten, zu befragen. Sie hofften alle noch in der näheren Umgebung zu finden. Vier Teams machten sich umgehend auf den Weg.

Herrmann besuchte mit einem Ravensburger Kollegen

in einem Teilort einen Franz Reintaler. Dieser arbeitete damals als Gruppenleiter, half aber zeitweilig auch unter Schrott in der Schweiz aus. Dass Schrott ein rücksichtsloser Kerl war, ein schwieriger, war bekannt, stand auch in der Akte. Auf Nachfrage erzählte Reintaler, in der Gaststätte, wo sie logierten, sei er einmal noch spät abends hinunter in die Gaststube, weil er seine Jacke vergessen hatte. Herr Bachhofer, der Chef, und Schrott saßen in der Bar und becherten. Beide waren erkennbar nicht mehr nüchtern. Auch bei andern Anlässen habe er sich über das eigentümliche Verhältnis der beiden gewundert, einerseits eine Art Kumpanei, andererseits eine gewisse Angst des Chefs, denn Schrott war die dominierende Figur. Die Nähe des Chefs zu Schrott habe ihm gar nicht gefallen. Ein anderes Mal kam er ins Büro, als Bachhofer gerade ein Bündel Banknoten in die Tasche steckte. Obwohl er nur kurzzeitig in der Schweiz beschäftigt war, kam ihm das Engagement irgendwie suspekt vor.

„Warum haben Sie uns das nicht schon vor drei Jahren gesagt?", fragte der Ravensburger Herrn Reintaler.

„Weil mich niemand danach gefragt hat", so die lakonische Antwort.

Hauser mit seinem Assistenten waren schon zurück, als die Gruppe Herrmann wieder im Revier eintraf. Neues konnten sie nicht berichten, ebenso wenig wie die beiden anderen Befragungstrupps, die kurze Zeit später zurückkamen. Bis auf einen Hilfsarbeiter, der allerdings nur kurze Zeit bei Heizung & Wasser beschäftigt war, konnten sie die ganze ehemalige Schrott'sche Truppe ausfindig machen.

Herrmann informierte über den Besuch bei Reintaler und anschließend fuhr er mit Hauser ins Wohngebiet Andermannsberg, wo Frau Bachhofer wohnte, die Witwe des verstorbenen Chefs von Heizung & Wasser.

Herrmann staunte. Frau Bachhofer bewohnte einen Bungalow in einem parkähnlichen Garten. Ein großbürgerliches Anwesen, das einen sehr gepflegten Eindruck machte.

„Keine Hartz IV – Empfängerin," murmelte er vor sich hin. Auch im Innern des Hauses gab es nur erlesenes Interieur zu bewundern. Außer einer alten, barocken Tabernakel-Kommode nur moderne Möbel, klare Linien, kühle Farben, harmonisch abgestimmt. Vermutlich von einem Designer eingerichtet.

Frau Bachhofer entpuppte sich als eine elegante Dame um die fünfzig. Schlecht vorstellbar, dass diese Lady etwas mit verrosteten Rohren zu tun haben könnte.

Nach dem Einleitungsblabla durch Hauser übernahm Herrmann die Gesprächsführung.

„Frau Bachhofer, Sie haben Ihren Vorarbeiter Reiner Schrott nach dessen Ermordung gut beurteilt, obwohl er allgemein als brutal und rücksichtslos galt."

„Er war tüchtig, ein guter Capo, der die Arbeiter im Griff hatte."

„Warum haben Sie dann schon rund sechs Wochen nach dem Tod Ihres Mannes, wenige Tage vor dem Mord, einen Makler beauftragt, den Betrieb zu verkaufen?"

Jetzt wurde die Dame unsicher. Sie fingerte nervös an der Tischdecke herum, ihre Mundwinkel zuckten, sie schaute hilfesuchend auf Hauser.

„Ich… ich… also ich hatte vom Geschäft meines Mannes keine Ahnung. Es hat mich einfach nicht interessiert. Deshalb wollte ich es so rasch als möglich loswerden", stotterte sie.

„Mussten Sie verkaufen? Wollte sich vielleicht Herr Schrott die Firma unter den Nagel reißen?", bohrte Herrmann weiter.

„Nnnein… Natürlich nicht."

„Was nein?"

„Ich musste nicht verkaufen und Herr Schrott… also Herr Schrott… wollte die Firma auch nicht."

„Sehr überzeugend klingt das alles nicht. – Ihre Firma hat vor allem im letzten Jahr vor dem Tod ihres Mannes viel in der Schweiz gearbeitet. Warum? Wie kamen Sie an Aufträge? Aus der Schweiz? Hatte da womöglich Herr Schrott seine langen Finger im Spiel?"

„Ich weiß nur, dass sie in einem Hotelkomplex arbeiteten. Die näheren Umstände kenne ich nicht."

Die Frau war hochgradig erregt, fahrig und total verunsichert. Aber Herrmann ließ ihr keine Ruhe.

„Wir vermuten, dass hier einiges unter dem Tisch gelaufen ist. Und Sie wissen mehr, als Sie uns glauben machen wollen."

„Ich weiß gar nichts. Wie ich schon sagte: das Geschäft meines Mannes interessierte mich nicht. Fritz… also mein Mann, war 58, mit 60 wollte er aufhören, die Firma verkaufen. Kinder haben wir keine. Warum sollte ich mir das ungeliebte Geschäft ans Bein hängen? Ich hatte und habe mit meinen Boutiquen hier und in Konstanz genug zu tun."

„Frau Bachhofer, könnten wir die Kontoauszüge der Firma Heizung & Wasser von den letzten…sagen wir zwei Jahren einsehen?"

„Verdächtigen Sie mich jetzt?" Die Frau war entsetzt.

Hauser, der mit wachsender Ungeduld der Befragung gefolgt war, versuchte, die Erregte zu beruhigen:

„Frau Bachhofer, grundsätzlich ist jeder verdächtig, bis der eigentliche Täter gefunden ist, jeder… also auch Sie und… ja… ich."

„Mord ist kein Pappenstiel", schaltete sich Herrmann wieder ein, „wir müssen alle Möglichkeiten in Betracht ziehen. – Die Unterlagen… können wir mitnehmen?"

„Alles liegt im Keller. Ob die Auszüge noch vorhanden sind? Ich weiß es nicht. Die Bilanzen sind bestimmt noch da, die müssen ja zehn Jahre aufbewahrt werden. Und sonst…? Ich jedenfalls habe nichts angerührt. Nehmen Sie mit, was Sie wollen."

Sie gingen in den Keller. Aus vielen Regalmetern mit Ordnern fischten sie die Bilanzen der letzten zwei Jahre vor dem Ende der Firma, die Kontoauszüge und die Kreditoren- und Debitorenlisten heraus, in der Hoffnung, alle zum Sezieren des Betriebs notwendigen Unterlagen gesichert zu haben. Frau Bachhofer stand regungslos daneben und schaute wie geistesabwesend zu.

Auf der Fahrt zum Revier glaubte Hauser, die Arbeit der ersten Soko Schrott wieder verteidigen zu müssen. Der Mord geschah etwa sechs Wochen nach dem Tod Bachhofers. Der Verstorbene war ein geachteter, integrer Geschäftsmann. Es gab keinerlei Hinweise auf mögliche Zusammenhänge zwischen dem Verbrechen und Vorgängen in seiner Firma. Nach diesen Aussagen der Frau Bachhofer sehe die Sache natürlich etwas anders aus. Um eine Verbindung zum Riedlinger Fall herzustellen, reichte aber bei beiden die Phantasie nicht aus.

Herrmann schlug Hauser vor, die Unterlagen mitzunehmen, da sie ja beide keine Bilanzbuchhalter seien; er kegle mit einem Steuerberater und der werde ihm die Abschlüsse kurzfristig aufschlüsseln und erläutern.

Hauser war einverstanden.

In der Gartenstraße wurden die beiden schon erwartet. Die ersten Ergebnisse der Ermittlungsoffensive lagen bereits vor. In Meckenbeuren war Kozielny unbekannt. Der Ausweis war gefälscht, wie vermutet.

Dieses Ergebnis überraschte niemanden. Brisanter war schon, was eine zweite Gruppe zu berichten wusste. Sie hatte im „Seepferdchen“ recherchiert. Dort war Kozielny unter seinem Spitznamen Molly bekannt. Zwei Angestellte konnten sich spontan an ihn erinnern, insbesondere, weil er stets durch äußerst korrekte Kleidung auffiel. Er gehörte zwar nicht zu den Stammgästen, kreuzte aber immer wieder überraschend auf. Obwohl er keiner bestimmten Gruppe angehörte, fand er immer Anschluss, war sehr kommunikativ, gesellte sich mal an diesen, mal jenen Tisch. Dass man ihn wegen seines Outfits gelegentlich hänselte, schien ihm nichts auszumachen.

Da der Betreiber vor ca. zwei Jahren erst das Lokal übernommen hatte und danach das gesamte Personal auswechselte, wusste niemand, ob der Gentleman Kontakt zu Reiner Schrott gehabt hatte. Auch eine frühere Angestellte, welche die Fahnder ausfindig gemacht hatten, wusste darauf keine Antwort. Sie war aber überzeugt, dass er ihn kannte. An diesem Alphatier kam niemand vorbei. Wenn sich diese Vermutung bestätigen sollte, ergaben sich ganz neue Perspektiven.

Bei der St. Gallener Kantonalpolizei hatte Klaus Keim recherchiert. Vom wieder genesenen zuständigen Beamten erfuhr er Details über die Methoden Kozielnys, beziehungsweise seines Arbeitgebers. Im Übrigen trat er in der Schweiz, aus was für Gründen auch immer, unter seinem richtigen Namen auf. Er war Angestellter einer Vertriebsfirma – Vertriebsfirma, so nannte sie sich – bestehend aus dem Chef, seiner Lebensgefährtin und zwei Außendienstlern, einer Frau und eben Herrn Kozielny. Sie versprach ihren Kunden: Wir verhelfen Ihnen zu Immobilien in der Schweiz

Und damit war sie erfolgreich. Der Wunsch nach einer Immobilie in der Alpenrepublik war offensichtlich riesig. Die Vorgehensweise des Quartetts daher vergleichsweise simpel: Die Firma schaltete Anzeigen in verschiedenen Blättern, in Deutschland, Frankreich und Nordtalien. Der Chef und seine Gefährtin organisierten die ganze Logistik. Kozielny und seine Kollegin bekamen die Adressen aus der Zentrale und mussten diese bearbeiten. Dabei tat sich unser Mann besonders hervor. Für jeden Vertragsabschluss kassierte er 25%, also bis zu 2500 Schweizer Franken. Ob er von den Machenschaften seiner Firma wusste, gar darin verwickelt war, ist unklar. Die Polizei geht davon aus.

Zwar leugnet seine Kollegin hartnäckig, irgendetwas mit dem Betrug zu tun oder auch nur etwas gewusst zu haben, die Polizei glaubt ihr aber nicht. Und die beiden Hauptverdächtigen verweigern bislang jede Aussage. Daher wäre es für die St. Gallener wichtig, Kozielny vernehmen zu können. - Über den entstandenen Schaden gibt es bisher nur ganz grobe Schätzungen. Sie reichen von 800 000 bis eine Million Franken.

Die beste Nachricht des Tages präsentierte Hausers Stellvertreter zum Schluss: Der Richter hatte einen Haftbefehl gegen Kozielny ausgestellt. Als das Papier am späten Abend endlich vorlag, wurden sofort die Kollegen in Riedlingen informiert. Morgen früh, wenn die Bank ihren Geschäftsbetrieb aufnimmt, wollen sie vor Ort sein und die Öffnung des Schließfachs veranlassen. Auf diesen Augenblick warteten alle gespannt. Niemand konnte sich vorstellen, was dieser Herr dort deponiert haben könnte, was er vielleicht verstecken wollte. An die teure Uhr, die Lange & Söhne, glaubte Herrmann nicht und hatte mit seiner Skepsis auch die andern angesteckt.

Nach so vielen Neuigkeiten gab es vieles zu besprechen. Spät erst in der Nacht, als die meisten Leute schon schliefen, konnten Herrmann und Krumbiegel die Heimfahrt antreten.

17

Unterwegs nach Biberach telefonierte Herrmann mit dem Revier und erfuhr, dass die Durchsuchung bei Gerber im „Frosch“ genehmigt worden war und dass einige Beamte bereits tätig gewesen seien.

Später wunderte sich Krumbiegel:

„Sie haben sich heute Nachmittag wieder genau den Arbeiter ausgesucht, bei dem etwas zu erfahren war. Wie machen Sie das immer?“

Herrmann schien die Frage überhört zu haben. Erst nach einer ganzen Weile, als die Worte längst verklungen waren, antwortete er:

„Mein Zweitältester leitet bei einer großen Volksbank die Kreditrevision. Bei Banken ist neben der internen auch jährlich eine externe Prüfung gesetzlich vorgeschrieben. Kredite ab einer bestimmten Größenordnung werden dabei lückenlos geprüft, kleinere Engagements stichprobenweise. Und da kommt nun ein älterer Revisor, er kennt niemanden und sucht trotzdem von den kleineren Krediten genau die heraus, die der Bank Sorgen bereiten. Auf der Saldenliste sehen alle Debitoren gleich aus. Die Zahlen sind abstrakt, eine wie die andere. Es gibt keinerlei Hinweise auf dubiose Engagements, keine Klassifizierung, keinen Code, nichts. Und er findet – wie gesagt – genau die richtigen. Und wenn er nach ein paar Jahren wiederkommt, wenn wieder andere Kredite Sorgen bereiten, findet er auch diese wieder mit fast tödlicher Sicherheit. Mein Sohn ist jedes Mal fasziniert. Woher weiß der Mann, welche Kredite faul sind?“

„Vielleicht eine Art siebter Sinn.“

„Möglich, jedenfalls mehr Intuition als Wissen.“ Herrmann machte eine kurze Pause, ehe er weiterredete.

„Im heutigen Fall kommen bei mir noch sachliche Gründe hinzu: Franz Reintaler war Capo und musste hin und wieder auch unter Schrott arbeiten. Ergo ein solider, tüchtiger Mann, der auf Schrott nicht so gut zu sprechen sein dürfte. Dann kam er vom Land, von einem kleinen Dorf. Dazu der Name Franz. Alles deutete auf einen bodenständigen, korrekten Mann hin. Und so war es dann auch.“

Krumbiegel fand die letzten Auslassungen seines Chefs alles andere als überzeugend und machte dies auch durch unmissverständliche Kopfbewegungen deutlich. Obwohl stockdunkle Nacht, entging dies dem Adressaten nicht.

„Ich weiß, euch studierten Jungtürken ist diese Erklärung zu vage, zu banal“, fuhr Herrmann fort. „für euch sind dies unverdiente Vorschusslorbeeren, im negativen Fall wären es Vorurteile. Ihr wollt immer klare, belegbare Fakten, aber die gibt es eben nicht immer. Shakespeare wusste schon, es gibt mehr Dinge zwischen Himmel und Erde ecetera…. Sie werden das auch noch begreifen. Und hat nicht Albert Einstein gesagt: Phantasie ist wichtiger als Wissen?“

Der Kommissar und der Lehrling, wie sie oft scherzhaft flachsten, verstanden sich gut. Herrmann schätzte den wachen, unangepassten Geist, der seine hin und wieder recht unkonventionellen, recht unorthodoxen Methoden, seine Routine, gelegentlich kritisch hinterfragte. Krumbiegel seinerseits bewunderte seinen Chef, sein systematisches, analytisches Vorgehen und dann wieder seine verblüffend treffsicheren Bauchentscheidungen. Immer wieder kam es zu Sticheleien, weil Krumbiegel, der Akademiker, vieles oft anders sah, theoretischer, als sein Chef. Zu meiner Zeit hat eben noch nicht jeder studiert, wenn er für ein Handwerk zu dumm oder zu tollpatschig war, lästerte Herrmann dann gewöhnlich. Es war aber eher ein Zeichen von Vertrautheit, als von Neid und Missgunst.

Später kamen sie noch einmal auf Kozielny zu sprechen.

„Ich kann mir nicht vorstellen, dass der Kerl im Schließfach etwas verwahrt, was uns weiterbringen könnte. Trotzdem bin ich gespannt, neugierig wie Kinder an Heiligabend. Wenn ich recht behalten sollte, ist Kozielny ein Mann ausschließlich für Ravensburg. Wir kümmern uns dann nur noch um unsere Herzbuben Rogalla und Gerber“, beschied Herrmann und gähnte.

Eigentlich wollte er seinem Kegelbruder noch die Bilanzunterlagen der Firma Heizung & Wasser vorbeibringen und ihn bitten, diese bis morgen aufzubereiten, aber dazu war es jetzt zu spät. Er brachte nur noch Krumbiegel nach Hause und fiel dann todmüde ins Bett.

Aber er konnte nicht abschalten. Schwierige Fälle fordern Polizisten mit Körper, Geist und Seele. Ob essen, fernsehen, spazierengehen, die Probleme sind immer präsent. Auch einschlafen konnte er lange nicht und wenn er aufwachte, spukten Ralfi, Schrott, Kozielny und Co in seinem Kopf herum.

18

Am andern Morgen steuerte der Kommissar zuerst Bachlangen an. Fred, sein Kegelbruder, der Steuerberater, zeigte sich wenig begeistert vom Ansinnen seines Freundes, die Bilanzunterlagen der Firma Heizung & Wasser zu analysieren. Nach einigem Hin und Her erklärte er sich aber schließlich doch bereit, der Bitte zu entsprechen und auf nachdrückliches Drängen des Kommissars und nach einem Hinweis auf ein dickes, kriminelles Ding schon bis morgen. Herrmann bedankte sich vorab und fuhr dann aufs Revier.

Krumbiegel und ein Kollege, ein EDV-Spezialist, machten sich gerade bereit, nach Ehingen zu fahren, um den Computer, den sie im „Frosch" requiriert hatten und das Handy wieder zurückzubringen. Die erhoffte heiße Spur konnten sie nicht finden. Bei einigen Dateien, die sie auch sicherten, fassten sie nach, landeten aber immer im Ungewissen, im Diffusen. Natürlich korrespondierte Ralfi nicht mit Klöstern und mit der Heilsarmee, aber das überraschte auch niemanden. Als Fazit blieb: außer Spesen….

Gespannt wartete der Kommissar auf einen Anruf aus Riedlingen. Und der kam, als er gerade dem Chef die neueste Entwicklung im Fall Riedlingen dargelegt hatte, unter besonderer Fokussierung auf die Person Kozielny.

Die Riedlinger Polizisten standen schon vor der Tür, als die Volksbank das Rollgitter hochzog. Von Ravensburg war eigens ein Polizeibeamter angereist. Vier Beamte und der Vorstandsvorsitzende der Bank verfolgten die Öffnung des Schließfachs mit dem Generalschlüssel durch eine Angestellte. Zum Vorschein kam zerknittertes Packpapier. Ein Polizist schlug die Verpackung auseinander. Und jetzt brachten die Herren den Mund nicht mehr zu: Heroin, fünf Tütchen. Damit hatte niemand gerechnet. Kozielny, ein Dealer! Eine neue Facette dieser schillernden Figur? Jetzt wurde auch verständlich, warum er den Schließfachinhalt nicht abgeholt hatte. Der Herr wurde immer unberechenbarer, mysteriöser. Was hatte er vor? Wollte er in Riedlingen eine Drogenszene installieren? Ein Glück, dass er rechtzeitig aufgeflogen war.

Herrmann nahm die Information aus Riedlingen gelassen zur Kenntnis. Der Drogenfund überraschte ihn wie alle andern, aber er bestätigte seine Vermutung, dass dieser Kozielny mit dem Überfall nichts zu tun hatte. Der Herr verfolgte andere Pläne. Purer Zufall, dass der Bankraub, und als Folge davon seine Bekanntschaft mit der Polizei, ihn daran hinderten. Die Durchsuchung seiner Wohnung in der Gammertinger Straße hatte keinerlei neue Hinweise gebracht. Der Flüchtige hatte saubere Arbeit geleistet. Ob er mit dem Mord in Ravensburg etwas zu tun hatte? Dies herauszufinden, war jetzt Sache der Ravensburger Kripo.

Krumbiegel und sein Kollege fuhren los, als sie die Neuigkeit aus Riedlingen verdaut hatten. In Ehingen empfing Ralfi die beiden widerwärtig wie immer.

„Und… haben Sie den Täter gefunden?“, fragte er höhnisch.

„Natürlich, er hat nur noch nicht gestanden“, antwortete Krumbiegel und ließ Ralfi ziemlich ratlos zurück. Auf weitere Diskussionen ließen sie sich nicht ein.

Sie übergaben die Geräte, verabschiedeten sich und fuhren in die Panoramastraße.

Auf dem Revier ging es hektisch zu, aufgeregt. Frau Ziesche, Erika Ziesche, Angestellte im „Frosch", war tot. Selbstmord vermutlich. Die Polizei fand sie im Bett, schon kalt und starr. Auf ihrem Nachttisch standen zwei leere Packungen Valium 10. Und eine leere Flasche Rum.

Diese Tragödie hatte die Hektik ausgelöst.

Mit einer solchen Entwicklung hatte niemand gerechnet. Es gab keinerlei Anzeichen vorher. War es tatsächlich Selbstmord? Wenn ja, warum hatte sie sich umgebracht? Gab es Zusammenhänge mit dem Überfall in Riedlingen? Frau Ziesche fehlte schon gestern Abend im „Frosch", ohne sich abzumelden. Sie ging auch nicht ans Telefon. Das war ungewöhnlich. Als sie auch heute Morgen nicht zum Dienst erschien, fuhr Ralfi zu ihrer Wohnung um nachzuschauen. Er fand die Tür verschlossen, die Rollos heruntergelassen. Daraufhin alarmierte er die Polizei.

Die Biberacher fragten sich, warum ihnen Ralfi nichts gesagt hatte. Der Selbstmord einer Angestellten, gerade erst entdeckt, muss einem doch auf der Zunge liegen. Unverständlich, absolut unverständlich ein solches Verhalten! Was war dieser Ralfi nur für ein Mensch!? Hatte er Gründe zu schweigen? Und warum hatte die Tote so nachdrücklich darauf bestanden, dass Ralfi die Geschichte mit der Pistole nicht erfahren dürfe? Wenn sie sich umbringen wollte, machte das doch keinen Sinn! Wollte sie nur, dass er sie in guter Erinnerung behielt? Unwahrscheinlich, so wie er sie behandelt hatte. Oder wollte sie ihn noch im Tod in Schwierigkeiten bringen? War vielleicht zwischen ihrem Anruf bei der Polizei und ihrem Tod etwas Gravierendes vorgefallen? Und woher stammte das Valium? Lauter offene Fragen. Einen Abschiedsbrief gab es nicht. Bisher jedenfalls hatte man keinen gefunden.

Elfriede Harm hatte bereits vor der Polizei ausgesagt. Sie war die engste Vertraute der Toten, wobei das Adjektiv eng schon an Euphemismus grenzte. Erika Ziesche hatte keine wirkliche Freundin, lebte zurückgezogen; ihre Kontakte zur „Außenwelt“ beschränkten sich weitgehend auf den „Frosch“. Probleme besprach sie meist mit Elle Harm. In Riedlingen, noch Geliebte Ralfis und quasi Chefin, soll sie lockerer und aufgeschlossener gewesen sein. Das Ende der Beziehung mit Gerber musste sie hart getroffen haben. Von da an zog sie sich zurück.

Über mögliche Selbstmordmotive konnte Frau Harm keine Angaben machen. Gelegentlich hatte die Tote leicht depressive Phasen. Aber wer hat die nicht? Lachen sah man sie selten, auch nicht weinen. Nur an der Fasnet, wenn sie, wie alle andern, genug getrunken hatte, taute sie auf und konnte auch schrill werden. Aber das war wirklich das einzige Mal.

Verwandte hatte sie keine, außer einem Bruder – zumindest hatte sie dies ihrer Kollegin so erzählt. Wo dieser Bruder wohnte? Irgendwo in Norddeutschland.

Die erste Befragung des Frosch-Wirts brachte die Polizei auch nicht weiter. Er konnte nur ganz allgemeine Angaben machen. Nichts deutete darauf hin, dass er mit dem Tod seiner Angestellten etwas zu tun haben könnte. Natürlich war dieser Selbstmord, wenn es denn einer war, nur im Zusammenhang mit dem Bankraub in Riedlingen besonders interessant. Und es war auch klar, dass der Frosch-Wirt bis zur endgültigen Klärung des Falles im Fokus der Ermittler stehen würde. Zunächst aber musste man das Ergebnis der Obduktion in der Gerichtsmedizin abwarten.

Am späten Nachmittag erreichte Herrmann noch ein Anruf des Kollegen Keim aus Ravensburg. Er wollte mit ihm über Kozielny sprechen nach dem überraschenden Ergebnis bei der Öffnung des Schließfachs in Riedlingen. Zunächst legte er seine Sicht der Dinge dar. In Ravensburg wuchs die Drogenszene in letzter Zeit deutlich. Die Polizei antwortete mit verstärktem Fahndungsdruck. Die Drogenfuzzys sind den Fahndern ja weitgehend bekannt.

Kozielny gehörte nicht zur Szene. Deshalb waren die Ravensburger vom Drogenfund in seinem Schließfach so überrascht. Keim vermutete nun, dass er nicht zum harten Kern gehört hat und in die Dealerei nur eingestiegen ist, um seinen Lebensunterhalt zu verdienen. Unter den gegebenen Umständen war es für ihn schwer, einen lukrativen Job zu finden. Staatliche Unterstützung bezog er nicht. Zwar verdiente er in der Schweiz angeblich sehr gut, aber in diesen Kreisen heißt es in der Regel: Wie gewonnen, so zerronnen.

Keim war überzeugt, dass Kozielny den Fahndungsdruck spürte und sich deshalb eine gewisse Zeit aus der Schusslinie nehmen wollte. Warum er gerade nach Riedlingen zog? Zufall, reiner Zufall. Er stieß auf die Anzeige in der Stuttgarter Zeitung und griff gleich zu. Es hätte genauso gut Sigmaringen, Mengen oder Albstadt sein können. Jedenfalls sah er keine Planung, keine Strategie dahinter.

Sie hatten sich immer gefragt, was dieser Kozielny in Riedlingen wollte, was er wohl im Schild führte. Wenn Keims Vermutung tatsächlich stimmte - und Herrmann fand sie überzeugend – dann war auch dieses Rätsel gelöst. Er bestätigte seinem Kollegen noch einmal, dass nach allem, was man jetzt wisse, Kozielny künftig ihr Mann sei. Seine Mannschaft werde sich jedenfalls ab sofort ausschließlich auf ihre Verdächtigen konzentrieren.

19

Am Donnerstag erschienen die Zeitungen mit der Schlagzeile: Schusswaffe in Riedlingen und Ravensburg identisch. Am Mittwochabend bereits konnte man die Neuigkeit im Internet lesen. Herrmann ärgerte sich; diese Meldung durchkreuzte seine Strategie. Möglicherweise musste er jetzt seine Taktik ändern. Noch mehr ärgerte er sich über den Maulwurf, der die Nachricht publik gemacht hatte.

Auf dem Revier meldeten sich die Riedlinger Kollegen. Sie hatten den Raser vom vergangenen Dienstag ausfindig gemacht, einen Achtzehnjährigen, den der Hafer gestochen hatte. Erst seit vier Wochen im Besitz des Führerscheins, hatte er mit seinem Freund eine Spritztour unternommen. Als Täter schieden die beiden aus. Ein Ermittlungsverfahren wegen Verkehrsgefährdung wurde aber eingeleitet. Ernüchterung kehrte ein, als die ersten Ergebnisse der Hausdurchsuchung im „Frosch“ vorlagen. Weder eine Waffe noch ein Nummernschild wurden gefunden. Lediglich eine Handarbeit, ein Männchen aus Watte, Streichhölzern und Farbe, in einer Patronenhülse, gleiches Kaliber wie in Riedlingen, erregte eine gewisse Aufmerksamkeit. Herrmann war enttäuscht, sah aber seine Vermutungen nicht grundsätzlich in Frage gestellt.

Es ging an diesem Morgen Schlag auf Schlag. Eine Polizistin stellte dem Kommissar, kaum dass er die Durchsuchungsergebnisse verdaut hatte, den aufsässigen Zeitungsmenschen durch, der ihr schon die ganze Woche auf die Nerven gegangen war. Genau auf den hatte der gewartet. Auf die Frage, was es außer dieser Pistolengeschichte Neues gebe, antwortete er lapidar: „Nichts.“ Damit konnte sich der Anrufer natürlich nicht zufrieden geben. Er bohrte hartnäckig weiter, bis Herrmann mit einem finalen „Es gibt nichts Neues, verdammt noch mal. Sie können mir den Buckel runterrutschen“, das Telefonat beendete.

Krumbiegel, der das Gespräch mitverfolgt hatte, meinte danach in leicht vorwurfsvollem Ton:

„Wir müssten der Presse zumindest einmal einen Knochen hinschmeißen, damit sie etwas zum Nagen hat, sonst bricht bald ein Shitstorm über uns herein.“

„Von mir aus kann hereinbrechen, was will, mir ist das scheißegal!“

Für ihn war die Sache erledigt.

Nicht erledigt war die neue Entwicklung im Büro. Nachdem die Sache mit der Pistole bekannt wurde, riefen ständig Tageszeitungen, Rundfunk und selbst das Fernsehen an, um Neuigkeiten zu erfahren. Sogar den großen, überregionalen Blättern war dies eine Meldung wert. Der Polizeisprecher hatte alle Hände voll zu tun, die aufdringlichen Journalisten abzuwimmeln. Er konnte nur die Tatsache an sich bestätigen. In beiden Fällen ergaben sich allein daraus noch keine neuen Erkenntnisse.

Noch am Vormittag meldete Ravensburg, den beim Mord vor drei Jahren bereits verdächtigten Serben gefunden zu haben. Sein derzeitiger Aufenthaltsort: das Gefängnis in Landsberg am Lech. Zwei Männer der Soko wollten ihn morgen interviewen. Er gehörte damals zu den Hauptverdächtigen, weil er ein guter Freund des Ermordeten war, häufig mit ihm die „Seepferdchen“-Bar besuchte und in der Mordwohnung haufenweise Fingerabdrücke hinterlassen hatte. Ein nicht ganz astreiner Kumpan beschwor seinerzeit, dass er am Mordtag den ganzen Abend sein Gast gewesen sei, und ein unbescholtener, seriöser Nachbar bestätigte, der Wagen des Verdächtigen parkte damals ständig vor dessen Haus. Diese Aussagen retteten ihn vor weiteren Nachforschungen.

20

Herrmann nahm sich an diesem Morgen noch einmal die Akte des Frosch-Wirts vor, die er in Ehingen mitgenommen hatte. Gelegentlich kann Aktenstudium interessant sein und zu neuen Erkenntnissen führen, stellte er befriedigt fest, als er seine Arbeit beendet hatte. Seine Feststellungen veranlassten ihn auch, am Nachmittag Ehingen zu besuchen.

Als er nach dem Mittagessen mit Krumbiegel Richtung Ehingen unterwegs war, schien erstmals seit zwei Wochen wieder die Sonne. Trotzdem war es kalt und das Land schlummerte unter einer geschlossenen Schneedecke. Als sie über den Sontheimer Berg fuhren, einer Endmoräne aus der letzten Eiszeit vor 11 000 Jahren, lag das Donautal in hellem Glanz vor ihnen, direkt am Fuße des Berges das kleine Dörfchen Sontheim mit seiner wunderschönen Kapelle in der Ortsmitte, linker Hand Kirchbierlingen, dominiert von der barocken Pfarrkirche und beherrschend die Stadt Ehingen an der Donau mit den gewaltigen Liebherr Fabrikanlagen im Hintergrund.

Im „Frosch“ empfing sie der Wirt gewohnt eisig:

„Sie… schon wieder! Wollen Sie mir nochmal den ganzen Laden auf den Kopf stellen?“

„Nein, haben wir nicht vor. Wir möchten Ihnen nur ein paar Fragen stellen“, sagte Herrmann.

Sie gehen ins Büro.

„Ihr Kassenschrank“, beginnt Herrmann und ist tatsächlich interessiert, „ein wunderschönes Stück und wirklich toll bemalt.“

Ralfi vermutet eine Falle und schaut verunsichert von einem zum andern. Erst als der Kommissar sein Lob noch einmal bekräftigt, fühlt er sich geschmeichelt, öffnet den Schrank, weil er auch innen teilweise bemalt ist. Neugierig schaut Herrmann hinein. Plötzlich stutzt er und schnuppert.

„Woher kommt der Fischgeruch?“, fragt er überrascht.

„Fischgeruch?“ Ralfi schaut irritiert. „Keine Ahnung.“

Beim Wort Fischgeruch wird auch Krumbiegel neugierig. Auch er steckt seine Nase in den Kassenschrank und er denkt genau dasselbe wie sein Chef. Dieser bedeutet ihm mit einem vielsagenden Blick sich zurückzuhalten.

„Ich kann mir das nicht erklären.“ Ralfi wirkt ziemlich ratlos. „ Dana weiß wahrscheinlich mehr.“

„Und die kommt morgen?“, hakt Krumbiegel nach.

„Ja. So ist es ausgemacht.“

Das Telefon läutet. Der Kommissar wird verlangt. Ein Beamter aus der Untersuchungsgruppe, welche den Wagen Ralfis auseinandergenommen hat, ist am Apparat. Krumbiegel bittet den Wirt, draußen zu warten, bis das Telefonat beendet ist. Maulend und offensichtlich verärgert verlässt dieser das Büro.

Es wird ein längeres Gespräch. Die Beamten haben verschiedene Fasern gefunden und müssen nun in den nächsten Tagen festzustellen versuchen, woher diese stammen, zu wem sie gehören. Im Handschuhfach, in der Betriebsanleitung, entdeckten sie einen Bierdeckel der Adlerbrauerei. Der „Frosch“ schenkt Adlerbier aus. Außerdem lag im Kofferraum unter der Bodenmatte ein mit Bleistift bekritzelter Papierfetzen. Möglicherweise erkennt jemand die Handschrift. Das wichtigste Fundstück aber war ein Lippenstift der Marke L'Oréal, rot, so unmöglich im Bezug des Beifahrersitzes versteckt, dass sich die Polizisten wunderten und lange darüber rätselten, wie er wohl dahin gekommen sein mochte. Wer deponiert einen Lippenstift in einem Beifahrersitz und warum? Bewusst wird das kein normaler Mensch tun. Durch welchen Zufall aber verirrt sich so ein Ding an einen solchen Ort? Der Anrufer kommentierte den sonderbaren Fund mit den Worten: Es geschehen noch Zeichen und Wunder. Jetzt ging es allerdings weniger darum, dieses Rätsel zu lösen, als herauszubekommen, welcher Frau der Stift gehörte. Herrmann und der mithörende Krumbiegel verdächtigten aus naheliegenden Gründen sofort Ralfis Lebensgefährtin, die ja morgen zurückkommen wollte.

Als Herrmann aufgelegt hatte, besprach er die neuen Erkenntnisse noch kurz mit seinem Assistenten. Dann riefen sie den Wirt wieder herein. Der polterte sofort mächtig los:

„Was glauben Sie eigentlich! In der Wirtschaft schreit die Arbeit juchhe und Sie verdonnern mich dazu, hier tatenlos herumzustehen. Sie werden vom Staat bezahlt; ich muss mein Geld hier verdienen. Langsam reicht's mir!"

„Herr Gerber", der Kommissar sprach bewusst langsam, bestimmt. „Es geht hier um Bankraub und Mord und da muss Ihr Lokal eben zurückstehen, auch wenn es Ihnen nicht passt."

Der Wirt blieb demonstrativ stehen, breitbeinig, mit verschränkten Armen. Die Beamten ließen sich nicht beeindrucken. Sie kannten solche Situationen.

„Herr Gerber, wir sind natürlich nicht gekommen, um Ihren zugegebenermaßen schönen Kassenschrank zu bewundern", lenkte Herrmann das Gespräch auf das Thema, dessentwegen sie angereist waren. „Ich habe mir Ihre Akte noch einmal angeschaut. Wie oft kommen Sie im Jahr nach Stuttgart?"

Auf diese Frage schaute der Wirt den Fragesteller an, als halte er ihn für nicht zurechnungsfähig. Auch Krumbiegel begriff den Chef nicht. Schließlich antwortete Ralfi:

„So zwei, drei Mal im Jahr bin ich bei einem Bundesligaspiel des VfB. Sonst…? Nie. Wozu auch. Aber warum wollen Sie das wissen?"

Herrmann überging die Frage.

„Und wie oft sind Sie in Ravensburg, wie oft am Bodensee?"

„In Ravensburg etwa drei Mal, am Bodensee? Zwei oder drei Mal. Aber…"

Herrmann unterbrach ihn

„Wohin gehen Sie am Bodensee?"

„Immer nach Hagnau."

„Und was machen Sie in Ravensburg?"

„Was soll die blöde Fragerei!?" Der Wirt war stocksauer.

„Was tun Sie in Ravensburg?“ Der Kommissar zeigte sich unerbittlich.

„Klamotten kaufen. Ein Bier trinken. Eine Veranstaltung in der Oberschwabenhalle besuchen.“

„Und wo kaufen Sie ein?“

„Wo… ? Bei… bei Reischmann. Aber wen interessiert das?“

„Mich interessiert das. – Reischmann? Ein nobler Laden. Ich kenne Sie immer nur in ausgewaschenen Jeans. Und ehrlich gesagt, Sie im eleganten Zweireiher kann ich mir auch schlecht vorstellen.“

„Gelegentlich muss auch ich einmal meine Jeans, meine zweite Haut, abstreifen und mich in feines Tuch quälen.“

Der Kommissar wunderte sich.

„Oh, hätte ich nicht gedacht. Aber gut. Thomas Carleyle sagte schon vor 150 Jahren: Die Menschen verkommen, wenn sie sich nicht mehr festlich kleiden. – Und nun zu meiner eigentlichen Frage. Sie waren vor drei Jahren, am 23. Oktober, drei Tage vor dem Mord an Reiner Schrott, zwischen Ravensburg und Weingarten in einen Unfall verwickelt. Ihr Wagen wurde dabei ziemlich demoliert und musste abgeschleppt werden. Sie waren nicht schuldig. Den Unfallverursacher, einen Neunzehnjährigen, haben sie verprügelt und…“

„Langsam!“, wehrte sich Ralfi. „Es war eine reine Affekthandlung. Aber der Idiot hat es auch wirklich verdient, drei Mal verdient. Er bekam die gerechte Strafe. So blöd, so schwachsinnig wie der kann sich ein normaler Mensch gar nicht verhalten. Sie hätten den Wagen sehen sollen, Kühlerhaube, Rad, Achse, Fenster, Türe – kaputt. Schlimm. Eine ganze Woche reparierten sie den Wagen in der Werkstatt. Und zu…“

Herrmann unterbrach ihn.

„Affekt? Na ja, dann hätten Sie sich später wenigstens entschuldigen können. Und gerecht? Manche Leute haben ein recht ungewöhnliches Verständnis von Recht und Gerechtigkeit und versuchen dies auch noch durchzusetzen. Die Richter jedenfalls sahen es anders als Sie."

„Sie versuchen mir alles Mögliche anzuhängen und Ihre Problemfälle dazu!" Ralfi kochte vor Wut. „Eine Unverschämtheit! Was habe ich mit einem Mord in Ravensburg zu tun? Erst Riedlingen jetzt Ravensburg. Lächerlich, absolut lächerlich! In Riedlingen müsste mich eigentlich mein wasserdichtes Alibi schützen. Aber nein, Sie ignorieren alles! Und Ravensburg! Wie können Sie mich mit Ravensburg in Verbindung bringen? Da ist vermutlich Ihre Phantasie mit Ihnen durchgegangen. Sie haben doch alles durchsuchen lassen! Wirtschaft, Privaträume, Garage, Garten, alles haben sie umgedreht, auf den Kopf gestellt. Und was haben sie gefunden?! Nichts, gar nichts! Trotzdem belästigen Sie mich weiter. Wo sind wir eigentlich!? Doch hoffentlich in einem Rechtsstaat. Sie haben überhaupt nichts in der Hand gegen mich und spielen sich auf wie… wie die Stasi."

Als er geendet hatte, wartete Herrmann einige Sekunden, ehe er seelenruhig fragte:

„Sind Sie jetzt fertig? – Gut, dann können wir wieder vernünftig weiterreden.

Also nichts in der Hand? Wir sind uns ziemlich sicher, dass Ihr Wagen in Riedlingen vom Täter benutzt wurde. Er stand zur… ja, zur richtigen Zeit am richtigen Ort, hatte die richtige Bereifung, ein Maskottchen wie in Ihrem Auto und eine… sagen wir verdächtige Zeitung haben wir außerdem gefunden."

„Und ein ebenfalls Verdächtiger, der kein Alibi beibringen kann, ist Ihr Freund und Stammkunde, vielleicht sogar Ihr Komplize", ergänzte Krumbiegel.

„Quatsch!", so der abfällige Kommentar des Wirts auf die Bemerkung des Polizisten.

„In Ravensburg recherchieren wir erst wenige Tage.",

setzte Herrmann fort. „Wir wissen heute zumindest, dass in Riedlingen und Ravensburg mit derselben Waffe geschossen wurde. Sie waren drei Tage vor dem Mord in Ravensburg. Was haben Sie dort getan?"

„Was haben Sie dort getan!? Was für eine Frage. Wissen Sie, was Sie am 23. Oktober vor drei Jahren gemacht haben?"

„Ich muss das nicht wissen; mich verdächtigt niemand. Aber für Sie wäre es gut, wenn Sie das klären könnten. Wenn Sie drei Mal im Jahr in Ravensburg waren, müssten Sie sich erinnern können. Denken Sie einmal scharf nach."

„Was Sie hier abziehen, ist das reinste Schmierentheater. Sie beschuldigen mich grundlos und jetzt soll ich auch noch wissen, was ich vor drei Jahren an einem ganz normalen Werktag getan habe."

„Woher wissen Sie, dass der 23. Oktober ein ganz normaler Werktag war?"

Diese Frage überraschte den Wirt. Im ersten Moment wirkte er unschlüssig, dann bellte er:

„Ich weiß es nicht, aber ich gehe davon aus. Sechs Werktage, ein Sonntag, da sind die Chancen groß."

„Sie Rechenkünstler. – Was Sie in Ravensburg getan haben, wissen wir aber immer noch nicht."

„Vielleicht habe ich eingekauft, vielleicht war ich am Bodensee."

„Am Bodensee waren Sie nicht." Krumbiegels Konter kam wie ein Blitz. „Wenn Sie in Hagnau gewesen wären, hätten Sie die Westumgehung benutzt, da wird man nicht in einen Unfall zwischen Ravensburg und Weingarten verwickelt…"

Der junge Assistent konnte sich einen ironischen Unterton nicht verkneifen.

„Und ob Sie eingekauft haben, bezweifle ich", spann der Kommissar den Faden weiter. „Wenn wir in ihrem Kleiderschrank nachschauen, finden wir vermutlich auch keinen Anzug und keine Hose von Reischmann.

Noch eine letzte Frage: Haben sie den „Frosch" gepachtet oder sind sie Eigentümer?"

„Der „Frosch" gehört mir. Ich habe ihn vor… Moment… vor circa zweieinhalb Jahren gekauft."

„Woher hatten Sie das Geld? So ein Objekt zahlt man ja nicht aus der Westentasche."

„Die Sparkasse hat Geld genug. Sie muss es sogar verleihen."

Ralfi war bemüht, den Kauf als Bagatelle abzutun. Diese bemühte Lockerheit machte die Beamten noch neugieriger.

„Und Sicherheiten? Was konnten Sie für Sicherheiten bieten? Sie bekommen doch keine Darlehen ohne Sicherheiten.", bohrte Herrmann weiter. „Was hat das ganze Anwesen gekostet?

„290 000 Euro plus Nebenkosten. – Zu den Sicherheiten?" Der Wirt lächelte zum ersten Mal, ein zynisches, ein maliziöses Lächeln, „die Sicherheiten waren kein Problem. Mein Vorgänger war pleite, die Sparkasse saß mit ihrer Forderung auf dieser schwer zu veräußernden Immobilie schon zwei Jahre lang. Die waren froh, dass ich den Laden übernommen habe, dass sie wenigstens einen Teil der faulen Kredite wieder realisieren konnten. Die Sicherheiten waren da das kleinste Problem. Unter normalen Umständen hätte der „Frosch" mindestens 100 000 Euro mehr gekostet."

Krumbiegel stellte noch eine ergänzende Frage:

„Die Zinsen können Sie bezahlen?"

„Klar. Sonderkonditionen."

„Sie Glückspilz." Ironie und Misstrauen waren bei dieser Replik Herrmanns nicht zu überhören.

„Wir lassen Sie jetzt in Ruhe. Aber Sie sollten sich etwas einfallen lassen bezüglich des 23. Oktobers in Ravensburg.

Auf Wiedersehn. Wir sind bestimmt nicht das letzte Mal hier."

Herrmann war bei seinem letzten Aktenstudium noch einmal auf den Unfall Gerbers gestoßen. Vorher hatte er den Fall kaum beachtet. Ein Autounfall… kann passieren. Aber dann sah er das Datum: 23. Oktober. 23. Oktober zwischen Ravensburg und Weingarten! Das machte ihn stutzig. Drei Tage vor dem Mord in Ravensburg. Das musste nichts, konnte aber etwas bedeuten. Und Ralfi hatte mit seinen Aussagen nicht dazu beigetragen diesbezügliche Vermutungen auszuräumen. Das Bauchgefühl des Kommissars sagte ihm, dass er hier auf einen möglichen Ansatz zur Klärung des Mordfalls Schrott gestoßen war, dass dieser 23. Oktober in diesem Fall eben kein Tag wie jeder andere war.

21

Die beiden Kriminaler waren erst wenige hundert Meter Richtung Innenstadt gefahren, als Krumbiegel plötzlich rief:

„Da drüben, das ist doch der Rogalla!"

Tatsächlich, Herbert Rogalla kam aus der Tuchergasse und marschierte Richtung „Frosch."

Krumbiegel stoppte den Wagen, kurbelte das Fenster herunter und rief „Herr Rogalla" über die Straße. Der drehte sich um und zuckte zusammen. Erschrocken oder verängstigt? Jedenfalls war er erregt, als er zu den beiden ins Auto stieg.

„Sie sind wohl auf dem Weg in Ihre Stammkneipe", begann Herrmann jovial, während Krumbiegel den Parkplatz an der Schmiech ansteuerte.

„Ja, hin und wieder reicht es zu einem kleinen Bier. Und am 7. Januar beginne ich in Erbach bei einer Baustoffhandlung als Staplerfahrer."

„Oh, gratuliere. – Und jetzt gehen Sie auf ein Bier in

den „Frosch." Nur auf ein Bier? Oder haben Sie vielleicht mit Ralfi etwas Wichtiges zu besprechen, etwas, was auch uns interessieren könnte?"

„Ich wüsste nicht was. Ich trinke mein Bier und gehe dann wieder nach Hause."

Rogalla hatte sich wieder weitgehend unter Kontrolle.

„Wissen Sie eigentlich, dass mit der Waffe, mit welcher in Riedlingen… möglicherweise Sie... in die Decke geschossen haben, vor drei Jahren in Ravensburg ein Mann erschossen wurde?"

Diese Frage erschütterte Rogalla. „Nein…!" entfuhr es ihm. Mit offenem Mund starrte er die Beamten an und diese ließen ihn eine Weile schmoren.

„Die Nachricht geht Ihnen sehr nahe. Warum?"

„Wenn man beschuldigt wird, mit einer Waffe geschossen zu haben, mit welcher vorher jemand umgebracht wurde, regt man sich natürlich auf."

„Auch wenn man völlig unschuldig ist?" Herrmann beobachtete die Reaktionen Rogallas genau.

„Auch wenn man völlig unschuldig ist. Dann besonders."

„Sie haben kein Alibi und eine Reihe von Indizien sprechen gegen Sie. Nach wie vor sind Sie ein Hauptverdächtiger."

„Ich kann mich nur wiederholen. Zum xten Mal: Ich war daheim, fernsehen. Ihre angeblichen Indizien sind schlicht nichts wert."

Die beiden Beamten erkannten, dass sie mit ihren Verdächtigungen Rogalla nicht in Verlegenheit bringen konnten. Im Gegenteil. Es schien eher, als hülfe es ihm, seine Sicherheit wieder zurückzugewinnen. War er tatsächlich unschuldig oder hatte er sich nur so gut präpariert? Sie mussten einsehen, dass sie so nicht weiterkamen und schwenkten daher auf ein anderes Thema um.

„Können Sie uns sagen, wo Frau Harm wohnt?"

„Elle… also Frau Harm… in der Oberbuchstraße, ich glaube Nr. 13. Was wollen Sie von ihr?“

„Wir haben nur eine Frage. – Wissen Sie, ob sie zu Hause ist?“

„Nein. Wenn sie nicht daheim sein sollte, ist sie vermutlich beim Einkaufen. Dann kommt sie sicher bald zurück.“

Die Frage nach Frau Harm hatte Rogalla sichtlich irritiert. Wusste sie vielleicht mehr, als sie ihnen gesagt hatte oder sagen sollte?

Sie ließen Rogalla aussteigen und fuhren in die Oberbuchstraße, trafen aber Frau Harm nicht an.

Ihr nächstes Ziel war das Polizeirevier in der Panoramastraße. Die Ehinger Kollegen hatten den „Frosch“ in den letzten Tagen genauer beobachtet, ohne etwas Auffälliges bemerkt zu haben. Auch über Herbert Rogalla gab es keine neuen Erkenntnisse. Die Tatsache, dass beim Mord in Ravensburg und beim Überfall in Riedlingen mit derselben Waffe geschossen wurde, gab dem Fall eine neue Qualität. Nach einem intensiven Meinungsaustausch bat Herrmann einen Ehinger Beamten, zusammen mit Krumbiegel, die Sparkasse zu besuchen. Sie sollten sich Gerbers Angaben bezüglich des Kaufs der „Frosch“-Immobilie bestätigen, gegebenenfalls auch korrigieren lassen. Er selbst suchte die Autovermietung Fröhling auf.

Die Angestellte im Hause Fröhling war gar nicht begeistert vom Ansinnen Herrmanns, in alten Unterlagen nachzusehen, ob am 26. Oktober vor drei Jahren ein Ralf Gerber ein Auto gemietet hatte. Es dauerte, bis sie endlich die in Frage kommenden Verträge gefunden hatte. Ein Ralf Gerber war nicht dabei. Auch keine Dana Vukovic. Pech gehabt. Den Trumpf, den er zu finden hoffte, den gab es nicht. Ernüchtert verließ er das Büro.

Herrmann fuhr zurück in die Panoramastraße. Er wartete auf die Rückkehr der beiden Beamten, die in der

Sparkasse über die näheren Umstände der Finanzierung „Frosch“ eruieren sollten. Mit der Chefin der Ehinger Polizei diskutierte er während der Wartezeit über den Stand der Ermittlungen. Die Ehinger Kommissarin wollte den „Frosch“-Wirt möglichst schnell festsetzen lassen, während Herrmann aus taktischen Erwägungen und weil ihm die Beweislage noch zu dünn erschien – er hatte schließlich in Riedlingen nicht geschossen – für zuwarten plädierte.

Noch während sie redeten, rief der aufsässige Reporter an. Vermutlich hoffte er, in Ehingen mehr zu erfahren. Er wollte den „Chef der Ermittlungen in Sachen Volksbank Riedlingen“ sprechen und landete bei dem ihm nur zu gut bekannten Kommissar Herrmann. Der hörte sich die Fragen des Schreiberlings geduldig an und beschied ihm dann höflich aber bestimmt, er könne ihn am Montag interviewen, da stehe er ihm Rede und Antwort. Heute gäbe er nichts Neues zu berichten.

Die Dämmerung kroch schon aus Hecken und Hinterhöfen, als die beiden Beamten von der Sparkasse zurückkamen. Es stimmte im Wesentlichen, was ihnen Gerber erzählt hatte. Die Sparkasse war tatsächlich froh, den „Frosch“, der damals noch „Donau“ hieß und welcher ihr wie ein Klotz am Bein hing, zu einem unter den gegebenen Umständen passablen Preis loszuwerden. Die Sicherheiten waren, entgegen den Aussagen Ralfis, doch ein Problem. Aber die Sparkasse hatte keine Wahl. Hinzu kam, dass Gerber glaubhaft versicherte, er erwarte eine Erbschaft über einige Hunderttausend Euro. Sein Vater besitze in Ulm-Söflingen, in der Wagnerstraße, ein Haus. Der alte Herr sei schon 87 und gebrechlich. Eine Schnellauskunft bestätigte diese Angaben. Ralfi bat die Sparkasse dringend, von einer Bürgschaftsübernahme seines Vaters abzusehen, da ihn dies zu sehr aufregen würde mit ungewissen Folgen. Die Sparkasse verzichtete daraufhin auf eine Verpflichtung des Vaters, auch, weil die Bürgschaft eines 87-Jährigen vor Gericht vermutlich ohnehin keinen Bestand haben würde.

Interessant wurde es, als der Kreditsachbearbeiter von einer Sondertilgung berichtete. Vor etwa zwei Jahren hatte der Wirt 120 000 Euro außerplanmäßig zurückbezahlt. Woher das Geld stammte, wusste er nicht. Auch war der Sparkasse nicht bekannt, ob Gerbers Vater, der mögliche Erblasser, gestorben war. Wenn das Geld nicht von Gerbers Vater stammte, sei es durch Erbschaft oder Schenkung, bekam der ein Problem.

Die Beamten hatten den Eindruck, dass die Darlehensgeberin jedes Mal heil froh ist, wenn die monatlichen Raten bezahlt werden. Allerdings versicherten die Bankleute auch, dass nach erheblichen Schwierigkeiten zu Anfang jetzt pünktlich getilgt werde. Seit einiger Zeit werde auch das Girokonto ordnungsgemäß geführt. Aber aus jedem Satz hörte man die Befürchtung heraus, dass es morgen anders sein könnte.

Herrmann bat die Ehinger Kollegen weiter ein wachsames Auge auf Gerber und Rogalla zu werfen, aber sonst vorläufig nichts zu unternehmen. Sie sollten lediglich versuchen – obwohl dies am Freitagabend sicher nicht ganz einfach war - zu erfahren, ob der alte Herr Gerber gestorben war. Vielleicht könnten sie über die Ulmer Kollegen etwas erfahren.

Die letzte Station an diesem Nachmittag in Ehingen war noch einmal die Oberbuchstraße 13. Frau Harm wollte gerade das Haus verlassen, um zur Arbeit zu gehen. Ralfi hatte sie gebeten teilweise auch den Dienst von Frau Ziesche zu übernehmen, bis sie Ersatz für die Verstorbene gefunden hatten. Jetzt standen plötzlich die beiden Kriminaler vor ihr. Im ersten Moment war sie erschrocken, irritiert. Was wollten die von ihr? Herrmann beruhigte sie.

„Wir halten Sie nicht lange auf. Wir haben nur ein paar Fragen."

Elfriede Harm bat die Herren daraufhin einzutreten. Sie ging voran in eine geschmackvoll eingerichtete, blitzsaubere Wohnung. Als sie Platz genommen hatten, begann der Kommissar:

„Sie können uns wahrscheinlich weiterhelfen, Frau Harm. Wissen Sie, was für einen Lippenstift Frau Vukovic benutzt, welche Marke, welche Farbe?"

Frau Harm überlegte eine Weile.

„Lippenstift…? Ein helles Rot. Marke? Weiß ich nicht. Früher habe ich einmal Helena Rubinstein gesehen. Damals bevorzugte sie noch dunkle Farben, mehr lila. Mittlerweile steht sie ganz auf helles Rot. Das Fabrikat kenne ich allerdings nicht. Sie schminkt sich jeden Tag und das sehr sorgfältig."

„Verwendet sie immer dieselbe Marke?", fragte Krumbiegel.

„Das kann ich Ihnen nicht sagen. Sie kommt immer schon perfekt geschminkt zur Arbeit. Wenn sie ausgeht und sich da möglicherweise die Lippen nachzieht, bin ich ja nicht dabei. Tut mir leid. Genaueres weiß ich leider nicht."

„Verwendet sie immer den gleichen Farbton? Geht sie nicht mit der Mode, gibt es da überhaupt eine Mode?", wollte Krumbiegel wissen.

„Früher hat sie dunklere Farben bevorzugt, wie gesagt, aber jetzt steht sie schon lange auf helles Rot. Mode…? Ich denke jede Frau schminkt sich ganz individuell mit dem Farbton, von dem sie glaubt, dass er am besten zu ihrem Typ passt."

„Was benutzen Sie für ein Fabrikat?", fragte Krumbiegel weiter.

„Ich? Ich schminke mich selten, wie Sie sehen. Wenn, dann... Moment…", sie verschwand im Bad und kam mit einem Lippenstift zurück. „Das ist meiner. Wenn ich ihn einmal benutze, dann nur äußerst sparsam."

„Estee Lauder“, stellte Krumbiegel im Ton eines Fachmanns fest, „sparkassenrot.“

„Und Frau Ziesche war wohl öfter geschminkt. Was benutzte sie?“

„Meines Wissens… sie bevorzugte dunklere Farben bis hin zu violett.“

„Fahren Sie oder fuhr Frau Ziesche gelegentlich mit dem Wagen Ihres Chefs?“

„Hin und wieder nimmt oder nahm er uns mit zum Einkaufen, aber selten.“

„Frau Harm, das wär's. Vielen Dank. Wiedersehen.“

22

Auf der Heimfahrt nach Biberach stimmte der Kommissar seinen Assistenten schon einmal auf den morgigen Tag ein. Ravensburg stand auf dem Programm, Samstag hin, Samstag her.

„Wenn der Fall beziehungsweise die Fälle gelöst sind“, versuchte er seinem Adlatus ein Bonbon zu servieren, „gibt es den verdienten Urlaub.“

„Ich… ich möchte meinen Urlaub erst nehmen, wenn... Also meine Freundin ist schwanger“, stotterte Krumbiegel.

„Oh, schön“, Herrmann war überrascht. „Und wann wird geheiratet?“

„Geheiratet…? Alsooo…von Heirat haben wir noch nicht gesprochen.“

„Frauen wollen geheiratet werden, glauben Sie mir. Das war früher so und ist heute nicht anders. Sie wollen Sicherheit – und wenn Kinder da sind, brauchen sie diese auch –, selbst wenn sie sich heute, um ja modern zu sein, gelegentlich zieren. Na ja, heute ist einiges… einiges anders. Früher kam in der Regel noch zwei nach eins, also erst Heirat, dann Kind; heute kommt oft zwei vor eins.“

Krumbiegel wunderte sich wie locker, wie wenig oberlehrerhaft Herrmann seine Lebensweisheiten an den Mann brachte. Er wusste nicht so recht wie er darauf reagieren sollte. Mit „Lisas Kochkünste sind noch nicht berauschend“, reagierte er schließlich etwas unsicher.

„Kochen sollte sie lernen. Aber heute ist es ja fast wichtiger, den Müll recyclebar trennen zu können, als gut zu kochen.“

„Ich kann ihr ja zur Hand gehen. Als Student lernt man gezwungenermaßen ein bisschen köcheln.“

„Kaffee, Bratkartoffeln, Spiegeleier“, ergänzte Herrmann lachend.

Sie fuhren auf Höhe der Wallfahrtskirche Aufhofen, als das Handy klingelte. Ravensburg, Kommissar Hauser, war am Apparat. Er wusste Neuigkeiten. Miodrag Robic, der beim Mord an Reiner Schrott schon zu den Verdächtigen gehörte, hatte einem Mithäftling gestanden, Schrott umgebracht zu haben. Offenbart habe sich der Häftling, nach dem er mitbekommen habe, dass mit der Mordwaffe in Riedlingen eine Bank überfallen wurde. Angeblich habe Robic auch Details genannt, die nur ein Beteiligter wisse könne. Er, Hauser, wolle morgen mit einem Kollegen nach Landsberg fahren und Robic vernehmen.

Herrmann steckte das Handy in die Tasche. Er sagte kein Wort. Diese Nachricht hatte ihm die Stimme verschlagen. Er war konsterniert. Das konnte nicht wahr sein. Er war überzeugt, zumindest im Fall Riedlingen die letzten Beweise liefern zu können, sobald er Frau Vukovic befragt hatte. Und dann würden sich auch für Ravensburg neue Aspekte ergeben. Und jetzt das. Er konnte es einfach nicht glauben.

Krumbiegel wusste, dass der Chef jetzt allein sein musste mit seinen Gedanken. Deshalb kommentierte er das Telefonat nicht.

Im Radio hämmerte, wenn auch einigermaßen erträglich, Rammsteins „Sonne“. Herrmann suchte wie geistesabwesend nach einem bestimmten Knopf und schaltete das Radio aus. Krumbiegel hatte Verständnis für seinen Chef und dessen Reaktion.

Mit der Musik war es so eine Sache. Die beiden vertraten ganz unterschiedliche Richtungen, Rock, am liebsten Hardrock, der eine, Klassik der andere. Auch Dixie-Musik goutierte Herrmann. Das sei noch Rhythmus mit dem Goldhämmerchen, während beim modernen Sound bestenfalls mit dem Holz-, meistens jedoch mit dem Vorschlaghammer musiziert werde. Wegen des unvereinbaren Musikgeschmacks hatten sie sich auf ein Gentleman-Agreement geeinigt, wonach jeweils der Fahrer die Musik, das ganze Programm bestimmen konnte. Beide hielten sich strikt daran. Aber jetzt, in dieser Ausnahmesituation, galt dieses Regelung nicht mehr. Und Krumbiegel hatte damit kein Problem. Bis Biberach sprach keiner mehr ein Wort. Es herrschte Stille.

Als sie sich auf der Wache verabschiedeten, fragte Krumbiegel zögerlich: „Und morgen…?“

Ruhig und bestimmt antwortete der Angesprochene:

„Wie vereinbart, sagen wir um… um 9 Uhr. Wir ermitteln, wie geplant, weiter.“

Herrmann hatte sich entschlossen, unabhängig vom Ausgang der Vernehmung in Landsberg seinen Plan durchzuziehen. Er war auf Grund der Fakten überzeugt, dass Gerber und Rogalla in diesen komplexen Fall involviert waren. Das Puzzle ging allerdings noch nicht ganz auf, weil immer wieder neue Aspekte auftauchten, aber er war überzeugt, die wichtigsten Teile in der Hand zu halten. Es ging nur noch darum, sie zu ergänzen und so zusammenzusetzen, dass alles passte. Deshalb hatte es auch Sinn - Landsberg hin, Landsberg her – die Arbeit wie bisher fortzuführen.

Als Herrmann nach Hause kam, sah seine Frau sofort, dass er nicht in Feierabendstimmung war. Er grüßte nur kurz, hängte seine Jacke an die Garderobe, schlüpfte in die Hausschuhe und schlurfte wortlos ins Esszimmer. Der Tisch war bereits gedeckt. Es gab Kartoffeln in der Schale, dazu Käse und Butter, ein Lieblingsgericht des Ehepaars im Winter. Auch die Gläser für den obligatorischen Löwensteiner am Freitagabend standen bereit. Aber dem Hausherrn war der Appetit vergangen. Er stocherte unentschlossen mit der Gabel auf seinem Teller herum. Gesprochen wurde nichts, nur Frau Herrmann fragte einige Male: willst du dies oder jenes oder schmeckt es dir nicht und seine Antworten gingen nie über ein lapidares Ja oder Nein hinaus.

Wenn man schon über dreißig Jahre verheiratet ist, kennt man seinen Pappenheimer und weiß ihn zu nehmen. Frau Herrmann wusste aus Erfahrung, dass sie ihren Mann nicht nach dem Geschäft fragen durfte, insbesondere, wenn ihn offensichtlich etwas sehr bewegte. Sie wartete deshalb geduldig, bis er von selbst zu reden begann. Meist fasste er dann in dürren Worten zusammen, was sich so ereignet hatte. Gelegentlich, bei interessanten Fällen, kam er auch einmal ins Plaudern und erzählte Details. Unbewusst sorgte er damit auch dafür, dass seine Frau, wenn auch oft schweren Herzens, mehr Verständnis für seine häufige Abwesenheit und die unregelmäßigen Arbeitszeiten aufbrachte.

Jetzt stand er plötzlich abrupt auf.

„Ich muss ja noch zu Fred, zum Steuerberater; ich habe das tatsächlich ganz vergessen."

23

Er zog sich wieder an, holte seinen Wagen aus der Garage und fuhr nach Bachlangen. Sein Kegelbruder war leicht angesäuert, weil er gestern die Sache so dringend, so eilbedürftig gemacht hatte und nun den ganzen Tag nichts von sich hören ließ. Herrmann entschuldigte sich mit der vielen Arbeit im Zusammenhang mit den beiden Verbrechen.

Der Steuerberater hatte die Bilanzen analysiert und übersichtlich aufbereitet. Sein Fazit fiel zwiespältig aus. Die Liquidität der Firma Heizung & Wasser war angespannt, das zeigten die Bilanzen deutlich. Erstaunlich war dies vor allem deshalb, weil auf Grund der guten Ertragslage ein solcher Engpass nicht zu erwarten war. Die Gründe lagen einmal in den hohen Forderungen, zum andern in den noch höheren „Nicht abgerechnete Bauten". Das ließ verschiedene Interpretationen zu. Die Forderungen konnten faul sein, also schwer oder gar nicht einbringlich. Dann allerdings hätte man sie wertberichtigen müssen. Die nicht abgerechneten Bauten waren bei Baufirmen immer schon eine Spielwiese für Bilanzierungskünstler, weil niemand mit vertretbarem Aufwand die Stichhaltigkeit dieser Position überprüfen kann. Hier gibt es für die Firmen Möglichkeiten, ihre Bilanzen aufzuhübschen oder aus steuerlichen Gründen den Gewinn zu drücken, je nach Erfordernis.

Die Kreditgeberin zweifelte offenbar nicht an der Bonität der Schuldner, sonst hätte sie Druck gemacht. Bei einem Vergleich der Debitorenlisten hätte man allerdings stutzig werden müssen. Wenn die Forderungen gut die Hälfte des Jahresumsatzes erreichen und die nicht abgerechneten Bauten noch höher sind, und das bei einem doch relativ kleinen Betrieb, wenn außerdem noch zwei Jahre nacheinander fast dieselben Personen mit denselben Beträgen als Schuldner auftauchen, müssten alle Warnleuchten blinken. Wenn die Sparkasse nicht reagiert hat, muss sie gute Gründe gehabt haben oder sie hat geschlafen. Vielleicht schützte die Firma auch der gute Name des Inhabers. Es ist durchaus nicht ungewöhnlich, dass man aus falscher Rücksichtnahme in solchen Fällen konzilianter vorgeht.

Die letzte, die Schlussbilanz, die nur noch etwas mehr als ein halbes Jahr umfasste und erst nach dem Tod des Firmeninhabers erstellt wurde, schloss mit einem dicken Verlust. Die Forderungen hatten sich als uneinbringlich erwiesen. Oder hatte man die Außenstände schwarz kassiert? Man müsste in der Schweiz bei den Auftraggebern recherchieren, um dies zu erfahren. Ganz astrein schien Herrmann das Schweizer Engagement der Firma Heizung & Wasser seit seinem Gespräch mit Franz Reintaler ohnehin nicht zu sein.

Er war mit dem Ergebnis der Bilanzanalyse zufrieden.

Den ganzen Abend fand er keine Ruhe, weder beim Zeitunglesen noch beim Fernsehen. Dieses Geständnis des Spitzbuben Robic in Landsberg ging ihm nicht aus dem Kopf. Wenn dies tatsächlich stimmen sollte, wären seine ganzen Bemühungen nicht mehr viel wert. Auch wenn er einige Randfiguren mit seiner Arbeit zur Strecke bringen sollte – und davon war er überzeugt – den Rahm schöpften die ab, welche den Mörder präsentieren konnten. Es ging ihm möglicherweise wie dem Briten Robert Scott, der 1912 als Erster den Südpol erreichen wollte und zu seiner grenzenlosen Enttäuschung feststellen musste, dass ihm der Norweger Amundsen um wenige Tage zuvorgekommen war.

Auch wenn er nicht zu den Pfauen gehörte, die alle Erfolge, auch gemeinsame, an ihre Fahne heften wollen, so besaß er doch eine normale, natürliche Eitelkeit wie alle Menschen. Gänzlich uneitle Personen gibt es nicht, am wenigsten die, welche angeblich jeglicher Eitelkeit abhold sind. Jeder freut sich, wenn er gelobt wird. Auch das eine Form von Eitelkeit. Selbst wenn Lob erkennbar zu dick aufgetragen wird – bei Verabschiedungen beispielsweise – genießt man die Würdigung, verdrängt in der Regel die Übertreibung und bildet sich ein, die Ehre sehr wohl verdient zu haben. Auf dieser Tatsache basiert auch das im Geschäftsleben durchaus übliche Wegloben.

Weil Herrmann das geckenhafte Aufblasen fremd war, gönnte er jedem seinen Anteil am Erfolg. Andererseits wollte er sich, gerade in diesem Fall, die Butter nicht vom Brot nehmen lassen. Auch deshalb traf ihn die neue Entwicklung hart, abgesehen vom Kratzer in seinem Berufsbild.

Peter Herrmann hatte sich gerade zum Nachtessen an den wuchtigen Eichentisch gesetzt, als das Telefon klingelte. Die Chefin des Ehinger Polizeireviers persönlich meldete sich. Der Arbeitstag war also noch nicht zu Ende.

Die Gerichtmedizin hatte das Ergebnis der Autopsie der Erika Ziesche nach Ehingen gemeldet. Die Kommissarin und einer ihrer Mitarbeiter hatten die Mitteilung gründlich studiert, ehe sie die Nachricht nach Biberach weiterleiteten. Da sich Herrmann auf der Dienststelle aber schon am frühen Morgen verabschiedet hatte und um diese Zeit ohnehin nicht mehr im Dienst gewesen wäre, rief sie ihn zu Hause an.

Als Todesursache der Frau Ziesche wurde eindeutig die Überdosis Valium festgestellt. Fremdverschulden schied definitiv aus. Interessant hörten sich die Begleitumstände an. Die Spurensucher hatten doch noch so etwas wie ein Testament gefunden – in einer Zuckerdose. Ausgerechnet in einer Zuckerdose! Diese letztwillige Verfügung auf einem linierten Briefbogen bestand aus drei Sätzen, akkurat, mit Tinte geschrieben:

So kann ich nicht mehr weiterleben.

Elle kann sich aus meinem Nachlass aussuchen, was sie will.

Meine Einäscherung soll anonym erfolgen, ohne Trauergäste.

Ehingen, am 5. November 2017 Erika Ziesche

Eine Überschrift hatte sie sich erspart. Ansonsten war ihre Botschaft grammatikalisch korrekt formuliert. Inhaltlich allerdings gab es Interpretationsspielräume, insbesondere was den zweiten Satz betraf. Frau Harm durfte also aus dem Nachlass – was für ein hochtrabendes Wort für diese frugale Hinterlassenschaft – sie konnte sich also aussuchen, was sie wollte. Wie viel sie aussuchen durfte, war unklar. Möglicherweise alles? Auch Geld? Frau Ziesche unterhielt bei der Ehinger Raiffeisenbank ein Sparkonto mit einem Guthaben von etwas über 1300 Euro. Ihren angeblichen Bruder hatte sie nicht bedacht, warum auch immer.

Die Ehinger beschäftigte vor allem das Wörtchen "so" im ersten Satz. Sie sezierten es, interpretierten und überinterpretierten es nach allen Richtungen. Für Herrmann war dies eine ganz normale, landläufige Formulierung ohne kryptische oder gar mystische Hintergedanken. Auch traute er der schüchternen, unscheinbaren Frau Ziesche so rätselhafte Botschaften einfach nicht zu.

Natürlich könnte man in das unscheinbare „So" vieles hineingeheimnissen: Krankheit, Liebeskummer, Umfeld, Arbeitgeber, Perspektivlosigkeit etcetera. Die Ehinger sahen vor allem auch deshalb Geister, weil im Zimmer der Toten, auf der Kommode, ein Kettchen aus Gold-Dublee mit einem Kreuz so auf einem Foto der Verstorbenen gefunden wurde, dass das Kreuzchen genau auf ihrem Herzen zu liegen kam. Für Herrmann reiner Zufall, für die andern eine dunkle Botschaft. Solch mysteriöse Fallen, Gesten, Botschaften kommen heute nur noch in Kriminalromanen vor, und da vorzugsweise bei mittelalterlichen Stoffen. In der Realität gibt es sie nicht oder nicht mehr. Der Kommissar war sich daher ganz sicher, dass das galt, was Frau Ziesche geschrieben hatte, und nur das, nichts weiter. –

Und das Testament in der Zuckerdose? Skurriler geht es fast nicht mehr. – Ja, so war sie eben.

Und warum wollte sie keine Trauergäste bei ihrer Beisetzung? Für diesen Wunsch konnte man noch Verständnis aufbringen; er taucht auch unter normalen Umständen gar nicht so selten auf. Immerhin war klar, dass sie verbrannt werden wollte.

Aber was konnte man aus all dem ableiten? Auch die Ehinger waren ratlos. Sie verdächtigten hinter allem den „Frosch"-Wirt, ohne allerdings Beweise oder auch nur irgendwelche konkreten Anhaltspunkte liefern zu können. Was konnte Ralfi für ein Interesse am Tod seiner Angestellten haben? Eine so zuverlässige, allzeit verfügbare, billige und fleißige Arbeitskraft bekam er wahrscheinlich nie wieder.

Wenn schon aus all diesen scheinbaren Zeichen etwas herausgelesen werden konnte, dann, so glaubte Herrmann, allenfalls dies: die Degradierung von der Geliebten zur Dienstmagd hatte sie tief getroffen. Diese Demütigung hatte sie nie verkraftet, konnte sie auch fast nicht, weil sie gezwungen war, täglich mit ihrer Nachfolgerin zusammenzuarbeiten. Wahrscheinlich musste sie auch erkennen, dass sie nicht mehr an dieser Nachfolgerin vorbeikommen würde. Ralfi war für sie nicht mehr erreichbar. Wenn es denn so war, konnte man ahnen, wie viel Überwindung, wie viel Kraft es sie jeden Tag gekostet haben musste. So gesehen war der letzte und tiefste Grund für die tragische Entwicklung doch der „Frosch"-Wirt

Der „Frosch"-Wirt! Unverständlich und geradezu verdächtig war sein Verhalten beim Tod seiner Angestellten. Warum hatte er den Beamten vom tragischen Ende Erika Ziesches nichts gesagt? Man hatte die Tote kurz vorher gefunden und er musste wissen, dass dieser Selbstmord die Polizei sehr interessierte. Er hatte Krumbiegel und seinen Kollegen empfangen wie immer: widerwärtig, bissig. Von Trauer, Erschütterung oder auch nur Aufregung keine Spur. Sein Verhalten war und blieb rätselhaft.

Nach einer langen, kontroversen Diskussion am Telefon, bat Herrmann die Kollegen, weiter zu recherchieren.

Kaum hatte Herrmann das Gespräch mit Ehingen beendet, als sein Handy erneut klingelte. Klaus Keim aus Ravensburg war am Apparat.

„Wir haben Kozielny festgenommen“, verkündete er erfreut.

„Gratuliere, wunderbar, wie haben Sie das nur so schnell geschafft?“

Herrmann empfand Hochachtung vor seinem Kollegen.

„Es war eigentlich gar nicht so schwer. Wir sind nur logisch vorgegangen. Bekannt war, dass der Flüchtige auch in Homolokalen verkehrt. Bekannt war außerdem, dass er die letzten Jahre hauptsächlich im Raum Konstanz/Singen wohnte und auch mehrmals direkt in den beiden Städten. Wenn jemand plötzlich… gewissermaßen heimatlos geworden ist, zieht es ihn mit großer Wahrscheinlichkeit dahin, wo er sich auskennt, wo er Bekannte hat, wo er so etwas wie Heimat findet. Also nach Konstanz und/oder Singen. Und unser Kalkül ging auf. Wir haben ein bisschen… gut… nachgeholfen. Als er dann in einem einschlägigen Lokal auftauchte, wurden die Konstanzer Kollegen angerufen und konnten ihn widerstandslos festnehmen.

Nach einer ersten Vernehmung glauben die Konstanzer nicht, dass Kozielny etwas mit dem Überfall in Riedlingen zu tun hat. Nach einer ersten Vernehmung, wie gesagt. Ich werde morgen versuchen etwas mehr aus ihm herauszukitzeln.“

Herrmann bedankte sich für die Information und bat, ihn weiterhin auf dem Laufenden zu halten, insbesondere, wenn sich etwas ergeben sollte, was für ihn, vor allem im Hinblick auf den Überfall in Riedlingen, von Interesse sein könnte.

24

Herrmann hatte mit Krumbiegel den Dienstbeginn am Samstag auf 9 Uhr festgelegt, aber er saß schon kurz nach 8 Uhr an seinem Schreibtisch. Im Bett hatte er es nicht mehr ausgehalten. Die Sache spitzte sich zu, eine Entscheidung, eine Klärung lag in der Luft, so oder so. Kein Mensch kann in einer solch heißen Phase ruhig bleiben. Auch Herrmann fieberte dem weiteren Verlauf entgegen und seine Magenbeschwerden meldeten sich wieder wie immer, wenn er unter Starkstrom stand. Mit Arbeit versuchte er die Spannung abzubauen. Er ordnete seine Unterlagen, machte einen genauen Ablaufplan für den Tag und rief dann auf dem Revier in Ehingen an.

Er bat die Kollegen, noch einmal beim Autoverleiher Fröhling zu recherchieren, ob am 25. oder 26. Oktober damals nicht doch ein Fahrzeug auf die Namen Gerber oder Vukovic, eventuell auch auf einen verdächtigen Alias-Namen angemietet wurde. Wenn ja, sollten sie sich Fotokopien der Verträge geben lassen.

Dann bat er noch einmal nachdrücklich, sie sollten sich um das Vorleben der Frau Vukovic kümmern. Nach den letzten Aussagen des „Frosch"-Wirts musste man sie zum Kreis der potenziellen Täter zählen.

Eine tags zuvor gestellte Frage konnten die Ehinger Herrmann beantworten. Der Vater des „Frosch"-Wirts war vor kurzem gestorben. Die außerplanmäßige Darlehenstilgung damals konnte also nicht mit einem Erbe vom Vater zusammenhängen. Die Ulmer, von denen diese Information stammte, glaubten auch nicht, dass Ralfi von seinem Vater noch etwas bekommen habe oder noch bekommen werde. Jedenfalls deuteten die ersten Ergebnisse ihrer Nachforschungen darauf hin.

Herrmanns nächster Anruf ging nach Ravensburg. Er

wollte mit dem damals sechsjährigen Buben sprechen, der am Mordtag mit seinem Großvater unterwegs war und vom Tatort einen Pkw davonrasen sah.

Die Aussagen des Buben und des alten Mannes differierten seinerzeit in wesentlichen Punkten und waren daher kaum zu gebrauchen. Der Großvater war mittlerweile gestorben, wie Herrmann in den Akten gelesen hatte. Das Kind müsste heute neun Jahre alt sein und könnte jetzt unbeeinflusst reden. Er bat die Beamten dafür zu sorgen, dass er den Buben am Nachmittag sprechen könne. Außerdem sollten sie mit der ersten Frau Schrott und mit deren Nachfolgerin, einer Geliebten, bis ca. 10 Uhr Termine vereinbaren.

Krumbiegel kam pünktlich um 9 Uhr. Herrmann zeigte ihm seinen Fahrplan ehe sie losfuhren. Es war windig an diesem Morgen, die Kälte daher unangenehm und die Temperatur gefühlt wesentlich tiefer als das Thermometer anzeigte. Ein Bauer pflügte schon um diese Morgenstunde. Der umgebrochene Acker dampfte wie eine Waschküche. Krumbiegel wunderte sich: um diese Jahreszeit pflügen? Und bei Schnee! Sein Chef klärte ihn auf. Es handle sich vermutlich um einen Bauernsohn, der während der Woche einer anderen beruflichen Tätigkeit nachginge, und am Samstag die liegen gebliebene Arbeit erledige. Außerdem sei bei leichtem Frost gut auf den Äckern zu arbeiten, weil auf dem gefrorenen Boden die Räder der Traktoren guten Halt fänden.

In Ravensburg erwarteten sie schon Hausers Stellvertreter und drei weitere Beamte. Herrmann erklärte ihnen seinen Tagesplan. Er wollte sich zuerst ein Bild vom Tatort in der Bleicherstraße machen. Anschließend stand ein Besuch bei der ersten Frau des Ermordeten auf dem Programm. Krumbiegel sollte währenddessen mit einem Ravensburger Kollegen die spätere Geliebte des Opfers vernehmen. Beide Damen waren informiert, beide konnten die Zeit für die Beamten freihalten, wenn auch angeblich mit Schwierigkeiten.

Die beiden Biberacher spürten deutlich die Reserviertheit ihrer Ravensburger Kollegen. Offensichtlich fragten sie sich, wozu der ganze Aufwand, wo doch dieser Robic gestanden hat? Einer sagte dies auch unumwunden. Herrmann trat dieser lähmenden Skepsis entschlossen entgegen, obwohl auch ihn gewisse Zweifel plagten.

„Solange kein unterschriebenes und überprüftes Geständnis vorliegt, wird weiter ermittelt. Es gibt zahlreiche handfeste Beweise gegen einige Leute, die auch nach Aufklärung des Mordes weiter verfolgt werden müssen. Und, wie gesagt, noch haben wir gar nichts in der Hand."

Krumbiegel fuhr mit einem Kollegen zur ehemaligen Geliebten Schrotts und Herrmann ließ sich von Hausers Stellvertreter in die Bleicherstraße lotsen. Das Haus Nr. 17, ein doppelstöckiger Altbau, hatte bestimmt schon bessere Tage gesehen. Er stand in einem großen Garten. Koniferen und Kletterpflanzen wucherten überall. Das Grundstück war mit einer brüchigen Mauer und einer Thuja-Hecke eingefriedet. Das Gebäude kämpfte mit dem aggressiven Efeu und dem wilden Wein, die das ganze Haus im Würgegriff hielten. Auch das, was einmal ein Gemüsegarten war, war völlig verwildert. Die betonierten Wege ausgewintert, moosbewachsen, fast nicht mehr zu erkennen. In den Beeten wucherte das Unkraut meterhoch. Das Haus schien nicht bewohnt zu sein. Möglicherweise sollte es renoviert werden. Das Ganze machte einen morbiden, einen dekadenten Eindruck.

„Wenn irgendwo, dann könnte hier ein Mord geschehen", meinte der Kommissar ironisch, als sie wieder vor dem Haus standen und die Straße entlang schauten.

„Ewa 400 Meter von hier wohnt die damalige Geliebte Schrotts", wusste der Begleiter noch beizusteuern.

Die Bleicherstraße schien von den Stadtvätern vergessen worden zu sein. Die Fahrbahn befand sich in einem miserablen Zustand. Das 30-km-Schild diente vermutlich eher dazu, Autofahrer vor Totalschaden zu schützen, als die Verkehrssicherheit zu verbessern. Es gab nur auf einer Seite einen Bürgersteig. Auf beiden Straßenseiten, soweit man sah, schirmten dichte Hecken die Bewohner ab.

25

Von der Bleicherstraße fuhren sie zur ersten Frau Reiner Schrotts.

Die Dame wohnte in einem Altbau in der Weststadt in einer 3-Zimmer-Wohnung. Sie sprachen sie mit Frau Schrott an, wurden aber sofort korrigiert: „Ich heiße wieder Funk, Vera Funk."

Zur Überraschung Herrmanns entpuppte sich Frau Funk als ziemlich bürgerliche Dame, groß, schlank, dunkle Augen, schwarze Haare, dezent geschminkt, plus minus 40. Sie führte die Herren ins Wohnzimmer, bat sie Platz zu nehmen und fragte, ob sie etwas zu trinken anbieten dürfe. Beide lehnten dankend ab. Sich schenkte sie ein Mineralwasser ein, setzte sich dann zu den Herren an den Wohnzimmertisch und wartete auf die erste Frage.

„Frau Funk", begann Herrmann das Gespräch, „Sie waren mit dem ermordeten Herrn Schrott verheiratet."

„Ja, drei Jahre. Drei Jahre zu lang."

„Hört sich nicht gerade nach einer glücklichen Ehe an."

„Kann man so sehen, ja."

„Als Reiner Schrott erschossen wurde, waren Sie schon geschieden?"

„Nein. Wir hatten uns aber schon gut zwei Jahre vorher getrennt. Ich wohnte damals mit meinem Sohn bereits hier, in dieser Wohnung."

Frau Funk sprach ruhig und überlegt. Sie machte nicht

den Eindruck einer verschüchterten oder verbitterten Frau.

„Sie wissen, dass über das Motiv des Mordes bis heute gerätselt wird. Jetzt fanden die Spezialisten in Stuttgart heraus, dass ein Bankräuber letzte Woche in Riedlingen mit der Mordwaffe von damals in die Decke geschossen hat. Nach drei Jahren taucht die Tatwaffe auf. Da schießen natürlich die Spekulationen ins Kraut. Es ergeben sich logischerweise ganz neue Fahndungsansätze. Ganz oben steht die Frage: Ging es bei diesem Mord um Geld? Wie stand es damals um die finanzielle Lage Ihres Ex-Mannes?"

„Also Geld war bei ihm immer ein Thema. Er hat viel verdient und viel ausgegeben. Ich habe damals, wie übrigens auch heute noch, bei der Versicherungskammer gearbeitet und ich habe den Lebensunterhalt für die ganze Familie bestritten. Reiner ver... verdunstete das Geld unter der Hand. Gelegentlich zeigte er sich auch mir gegenüber großzügig und machte mir überdimensionierte, unsinnige Geschenke."

Hänle unterbrach sie: „Frau Funk, Sie sagten eben: auch mir machte er Geschenke. Was heißt das?"

„Sie vermuten richtig, das heißt Weibergeschichten, laufend. Dann setzte er einen Großteil seines Lohnes mit wechselnden Saufkumpanen in Alkohol um. Wie er sonst noch sein Geld verlor – ich weiß es nicht. Jedenfalls lavierte er immer am Rande eines Geldinfarkts. –

Eines vielleicht noch: bei der Arbeit hat er nie getrunken."

„Hatte er Schulden?", fragte Herrmann direkt.

Frau Funk wiegte zweifelnd den Kopf.

„Ich glaube nicht. Bei mir hat er sich hin und wieder... na ja... Vorschuss geholt, aber immer zurückbezahlt. Ob er auch Dritte angezapft hat... möglich, aber bekannt ist mir nichts. Es hat sich bei mir auch nie jemand gemeldet. Für seinen Sohn hat er nach der Trennung auch nur unregelmäßig bezahlt, aber dann wieder verrückte Geschenke gemacht.

Ich zahle bis heute an einem Darlehen, das er zum Kauf eines schweren Motorrads aufgenommen hat. Dummerweise habe ich damals unterschrieben. Er brauchte meine Unterschrift, weil er auf Grund einer schlechten Schufa-Auskunft sonst das Darlehen nicht bekommen hätte. Na ja, jung und dumm…"

Der Kommissar fasste nach.

„Halten Sie es für möglich, dass er bei seinem Chef, bei Herrn Bachhofer, Schulden hatte und dieser… wie soll ich sagen… die Schulden quasi mit ins Grab genommen hat? Frau Bachhofer soll ja vom Geschäft ihres Mannes keine Ahnung gehabt haben."

„Also zu möglichen Schulden bei Herrn Bachhofer kann ich Ihnen nichts sagen, möglich ist das, vielleicht sogar wahrscheinlich. Aber dass Frau Bachhofer vom Sanitär-Geschäft keine Ahnung hatte, das war bekannt."

Hänle, der die Ravensburger Verhältnisse, die Beziehungsgeflechte und Seilschaften kannte, fragte, und ganz offenkundig nicht nur aus ermittlungstechnischen Gründen:

„Wie war eigentlich das Verhältnis zwischen ihrem Ex-Mann und seinem Chef, Herrn Bachhofer?"

„Er hat ihn als gutmütigen, ich möchte fast sagen als gutmütigen Trottel betrachtet. Ohne jeden Zweifel hatte er ihn fest im Griff."

„Nach dem Tod des Firmenchefs, wie war da seine Stellung in der Firma, wie das Verhältnis zu Frau Bachhofer? Können Sie dazu etwas sagen?"

„Da waren wir schon getrennt. Ich wollte auch keinen Kontakt mehr zu... zu Reiner. Ergo kann ich auch über diese Zeit nichts sagen. Da müssen Sie schon Frau Bachhofer oder die Mitarbeiter fragen. So wie ich ihn kenne, hat er aber den Laden ganz unter seine Kontrolle gebracht."

„Sie haben es vorher angedeutet, Frau Funk, Schrott

hatte Weibergeschichten", Herrmann wollte mehr wissen, „natürlich wurden damals einige Damen vernommen, mit bescheidenem Erfolg übrigens. Können Sie aus Ihrer Sicht vielleicht noch etwas beisteuern? Gab es besondere Vorkommnisse mit... ja, mit besonderen Damen... was weiß ich?"

„Diese Affären sind ein finsteres, ein belastendes Kapitel. Ich möchte nicht mehr darüber reden. Außerdem wüsste ich nicht, was ich darüber sagen sollte. Vielleicht so viel: keine, die ich kannte, war eine Lady."

Damit war auch diese Position abgehakt.

„Schrott wird allgemein als dominant, herrschsüchtig, rabiat, auch als gewalttätig beschrieben. Sie haben dazu schon Angaben gemacht. Können Sie uns mit zeitlichem Abstand vielleicht noch etwas sagen? Mord aus Rache ist nicht ungewöhnlich."

Die letzten Fragen waren Frau Funk sichtlich unangenehm. Sie ließ sich viel Zeit, nippte an ihrem Glas, schaute dann sehr entschlossen von einem zum andern, ehe sie antwortete:

„Mord aus Rache... ich... Unsinn. Ich denke dieses Kapitel wurde längst abschließend geklärt.

Zu Reiners Charakter, ja, er konnte sehr rabiat sein, sehr brutal, besonders im Suff. Vermutlich hatte er auch eine andere Seite... vermutlich, sonst hätte ich ihn sicher nicht geheiratet und vermutlich hätte er sonst auch nicht ständig neue Weiber aufreißen können."

Die beiden Ermittler konnten ein Schmunzeln über die Frau „Vermutlich" nicht ganz unterdrücken. Herrmann fragte weiter:

„Sie lebten getrennt, als Reiner Schrott ermordet wurde, waren aber noch verheiratet. Folglich müssten Sie und Ihr Sohn geerbt haben.

Waren im Nachlass eventuell Dinge, die für uns interessant sein könnten?"

Frau Funk stand auf, ging zum Wohnzimmerschrank, öffnete eine Schublade und begann zu suchen.

Für die beiden Beamten bot sich erstmals Gelegenheit, sich im Zimmer umzusehen. Also Geschmack hatte die Dame. Zu einer Zeit, als die omnipotenten schweren, dunklen Eichenmöbel noch die Räume erdrückten, bevorzugte sie schon leichte, helle Buche.

Jetzt allerdings setzte die Einrichtung langsam auch Patina an. Der Zahn der Zeit verschont nichts und niemanden. Der Fußboden, Bucheparkett, und nicht wie damals im Halbprekariat üblich Teppichboden, war doch schon ziemlich ramponiert, ebenso die Teppiche. Aber das ist normal, wenn ein kleines Kind im Haushalt lebt. An den Wänden hingen selbst aufgezogene Bilder aus Kunstkalendern, Renoir und Manet. Der Raum machte einen ordentlichen, sauberen Eindruck. Die ganze Wohnung strahlte neben einer gepflegten Schlichtheit Seriosität aus.

Frau Funk hatte gefunden, was sie suchte. Sie kam mit einer Plastiktüte an den Tisch zurück.

„Das ist der Nachlass" – sie hielt kurz inne und betonte dann jede Silbe - „der Nach - lass von Reiner Schrott. Es gab ja Leute, die glaubten er sei ein Rockefeller, so wie er aufgetreten ist, und sie wunderten sich, dass ich auch nach seinem Tod in dieser Altbauwohnung hauste, damals ohne Zentralheizung und ohne Balkon. Ja, die Leute… Sie können die…" hier flog ein kurzes Lächeln über ihr Gesicht, als wolle Sie sagen: Ihr Klugscheißer, da schaut her… „ sie können die Erbstücke gerne ansehen.

Warum ich diesen Ramsch aufbewahre? Vielleicht interessiert sich Andreas, also mein Sohn, einmal dafür. Von mir aus braucht er es bestimmt nicht zu tun. Wegwerfen kann er das Zeug ja immer.

Ein Exponat fehlt bei dieser Sammlung. Zu den Hinterlassenschaften Reiners gehört auch ein wertvolles Stück – eines! - eine Armbanduhr der Marke Patek Philippe. Sie ist echt; ich habe mich erkundigt. Der Spezialist taxierte ihren Wert auf bis zu 20000 Euro. Sie liegt bei der Sparkasse im Safe bis Andreas ein entsprechendes Alter erreicht hat. Fragen Sie mich nicht, wie mein Exmann zu diesem Chronometer gekommen ist."

Nachdem sie geendet hatte, leerte Hänle den Inhalt der Tüte auf den Tisch: ein paar Siegelringe, Goldkettchen, ein Zigarettenetui, Manschettenknöpfe, Ausweis, Pass, Schreiben von Versicherungen und Rentenanstalt - 08/15 Sachen.

Herrmann fischte aus den Armseligkeiten eine Wehrdienstzeitbescheinigung heraus und einen Lehrgangsnachweis des 3. Fallschirmjägerbataillons in Nagold. Er holte einen Notizblock aus seiner Mappe und notierte sich darauf einige Daten und Nummern.

Dann zog er eine Fotografie aus der Tasche und zeigte sie der Hausherrin.

„Kennen Sie diesen Herrn?"

Sie betrachtete das Bild genau.

„Müsste ich ihn kennen? Wie heißt der Mann?"

„Gerber, Ralf Gerber, genannt Ralfi."

Frau Funk murmelte den Namen immer wieder vor sich hin und dachte angestrengt nach. Dann schüttelte sie den Kopf.

„Tut mir leid. Gesehen habe ich den Herrn bestimmt noch nicht. Es kann aber sein, dass ich den Namen schon einmal gehört habe. Sicher bin ich mir allerdings nicht."

Herrmann unterdrückte seine Enttäuschung. Er zog ein weiteres Bild aus der Tasche und legte es Frau Funk vor.

„Den kenne ich. Der war schon einmal hier. Mein Exmann hat ihn damals angeschleppt. Den Namen weiß ich aber nicht mehr."

Die Aussage kam spontan und passte überhaupt nicht in die Intentionen des Kommissars.

„Und wann war er hier?", wollte Herrmann noch wissen, aber sie konnte sich nicht mehr erinnern.

Die letzten Antworten von Schrotts Exfrau hatten seine Strategie doch ziemlich durcheinandergewirbelt. Der Ermordete kannte also Herbert Rogalla, ob auch den „Frosch“-Wirt, war zumindest fraglich. Erwartet hatte er es genau umgekehrt. Trotzdem wollte er vorerst sein Puzzle nicht umschichten, bevor er mit den beiden Herren darüber gesprochen hatte. Wenn Ralfi tatsächlich Schrott nicht gekannt haben sollte, dann brach seine Theorie zusammen, dann marschierte er in die falsche Richtung. - Noch konnte er sich nicht mit diesem Gedanken anfreunden.

Hänle stellte Frau Funk noch eine letzte Frage:

„Hat Herr Schrott Drogen genommen?“

„Drogen? Gelegentlich hat er Gras geraucht, aber selten. Harte Sachen? Nein… soviel ich weiß.“

Damit war die Vernehmung beendet.

26

Die beiden fuhren nach dem Gespräch mit Frau Funk zurück zum Revier. Besonders ergiebig waren die Aussagen der Dame nicht gewesen. Der miese Charakter des Ermordeten war ja nun wirklich keine Neuigkeit mehr, und sie konnte mit ihren Aussagen dieses Bild, wenn überhaupt, nur wenig und nur negativ korrigieren. Interessant fand Herrmann die Bemerkung über die chronische Geldknappheit Schrotts. Könnte er doch Schulden bei seinem Arbeitgeber gehabt haben? Und könnte er vielleicht bei einem recht robusten „Inkasso“ in des Wortes wörtlichster Bedeutung auch kassiert worden sein? Zusammen mit den Ergebnissen der Bilanzanalyse ergaben sich Fragen, die Herrmann Frau Bachhofer zu stellen gedachte.

Für Kommissar Hänle, der die ganze Aktion für überflüssig gehalten hatte, weil doch ein Geständnis vorlag, waren die Antworten auf die Fragen noch interessanter als für den Biberacher Kommissar. Das lokale Kolorit birgt oft auch für Insider Überraschungen, spezielle Feinheiten, örtliche Bindungen und Verbindungen kommen ans Licht, die einem Fremden nichts bedeuten, für einen Ortsansässigen aber das Salz in der Suppe sind. Deshalb beurteilte er das Gespräch jetzt positiver.

Jetzt allerdings meldete sich der Schatten, dieses ominöse Geständnis des Miodrag Robic in Landsberg, wieder mit Vehemenz zurück. Echt oder falsch, das war hier immer noch die Frage. Für Hänle gab es an der Echtheit kaum Zweifel, dafür sprachen schon seine detaillierten Angaben. Anders bei Herrmann. Er sah das alles äußerst skeptisch; er glaubte den Aussagen des Häftlings in Landsberg nicht, ohne dies aber auszusprechen. Vielleicht wollte er es auch nicht glauben. Aber es gab durchaus Gründe, um an den Aussagen Robics zu zweifeln. Warum hatte er sich geoffenbart, als bekannt wurde, dass in Riedlingen und Ravensburg mit derselben Pistole geschossen wurde? Ausgerechnet da! Mit einem Geständnis belastete er sich doch zusätzlich. Das hatte doch keinen Sinn. Und für dumm oder einfältig durfte man Robic nicht verkaufen, nach allem, was er bisher von ihm gehört hatte.

Er würde sicher nicht in Apathie und Defätismus verfallen, wenn Robic tatsächlich der Täter wäre, aber es hätte ihn schon mächtig gewurmt, wenn sich seine Einschätzung der Lage und die darauf aufbauende Strategie als falsch erweisen würden. Er hätte an seiner Erfahrung und an seiner bekannt feinen Nase gezweifelt und sich über die Niederlage ordentlich geärgert, obwohl er schon lange genug im Geschäft war, um zu wissen, dass gerade in seinem Metier Überraschungen ständig in der Luft liegen. Beide hofften jedenfalls, dass auf dem Revier eine Nachricht von Hauser aus Landsberg vorliegen werde, damit sie endlich wüssten, ob überhaupt und gegebenenfalls in welche Richtung sie weiter ermitteln konnten.

Einig waren sie sich in der Beurteilung von Frau Funk: Als Täterin schied sie aus. Definitiv. Hausfrauen schießen nicht.

In der Gartenstraße lag noch keine Nachricht von Hauser vor. Aber Krumbiegel und sein Ravensburger Kollege hatten ihre Mission bei der Geliebten Schrotts beendet. Gespannt warteten alle Beteiligten auf ihren Bericht.

Die Dame wohnte in einer schicken 2-Zimmer-Wohnung in einem Neubau mit insgesamt vier Einheiten. Als die beiden vom Auftritt der Protagonistin berichteten, grinsten sie breit, was ihre Zuhörer in gespannte Erwartung versetzte. Und Krumbiegel zelebrierte dann die Szenerie geradezu.

„Also wir läuteten und warteten. Wir läuteten ein zweites Mal und warteten wieder. Nach einer Weile erschien sie: Mittelgroß, zentimeterdick geschminkt, hautenge Lederhose, noch engeres Top –wir sind im Dezember wohlgemerkt! – Absätze, dass sie quasi ständig auf Zehennägeln gehen musste, Kurven wie Medizinbälle. Jedem Nicht-Polizisten hätte sie den Blutdruck augenblicklich auf 300 gejagt oder es hätte ihn aus den Kurven getragen.

Sie führte uns ins Wohnzimmer und bot uns einen Scotch an, was wir dankend ablehnten. Dann zündete sie sich eine Zigarette an, die sie einem goldenen, zumindest vergoldeten Etui entnahm. Wir sagten ihr, dass der Mordfall Schrott neu aufgerollt werde. Sie sei damals die Lebensgefährtin Schrotts gewesen. Sie widersprach, als der Mord geschah, lebten sie schon gut drei Monate getrennt…“

Herrmann unterbrach Krumbiegels Redefluss.

„Wie heißt die Dame eigentlich?

„Melinda Rogowski.“

„Melinda Rogowski…Was für eine Nationalität?“

„Hm… die ist vermutlich supranational“, vermutete Krumbiegel. „Genau steht es in der Akte Schrott.“

„Spricht sie deutsch?“

„Perfekt, akzentfrei. Ich denke, die spricht alle Sprachen, oder sagen wir so: ihre Sprache verstehen alle Männer mit einem entsprechenden Bankkonto.“

„Was sagt sie zu Schrott und zum 26. Oktober?“, fragte Herrmann weiter.

„Also Schrott könne beziehungsweise konnte ein brutales Schwein sein.“

Hier schaltete sich der Ravensburger Beamte ein:

„Ich glaube diese Aussage sollte man wörtlich nehmen. Sie sagte nicht: er ist oder war ein brutales Schwein, nein, sie sprach im Konjunktiv, er könne ein brutales Schwein sein. Und diese Redewendung implizierte praktisch schon die Antwort auf unsere nächste Frage. Als wir nämlich wissen wollten, ob sie, nachdem sie ausgezogen war, noch Kontakt zu Schrott hatte, kam ein klares Ja. Und dieses Ja war so überzeugend, so deutlich wie die Botschaft die dahinter stand. Warum sie dann ausgezogen sei, war unsere nächste, durchaus logische Frage. Die Antwort: Er war ein Mann. Dabei flog ein feines Lächeln über ihr Gesicht. Das einzige Mal übrigens.“

Auch die Männer der Tafelrunde konnten sich bei der Darstellung des Beamten ein Lächeln nicht verkneifen.

Krumbiegel übernahm wieder die Berichterstattung.

„Für eine Hartzerin war ihre Wohnung ungewöhnlich teuer eingerichtet. Weiße Schleiflackmöbel - und das zu einer Zeit, wo alles auf Holz, auf Natur, auf Grün steht, wo dies geradezu Pflicht ist - dann eine Bang&Olufsen Stereo-Anlage, ein Fernsehschirm über die halbe Wohnzimmerwand, Perserteppiche. Die Bilder und die Druckgraphik an den Wänden - eine Sammlung erotischer Kunst.

Auf die Frage, wer ihr die teure Einrichtung bezahlt habe, sagte sie: Reiner, also Schrott, die… hier zögerte sie kurz, die Graphiken und das Sideboard sind … wieder ein Zögern…sind ziemlich neu. Man musste bei ihr auf die Zwischentöne hören. Sie legte einem quasi die nächste Frage in den Mund. Sie haben einen Freund? Ja. – Sie ist mit einem Österreicher aus Bregenz liiert. Und was treibt der? Drei Mal dürfen Sie raten."

Die Herren schauten sich an. „Bar- oder Bordellbetreiber", vermutete einer schließlich.

„Liegt nahe, aber nein, Fitnessclubbesitzer, Studios mit Sauna, Wellness und allem Pipapo. Also auch eine Branche mit einem halbseidenen Image. Der Kollege hat bereits bei der Bregenzer Polizei angerufen. Der Mann ist dort bekannt, aber bisher nicht negativ aufgefallen."

„Und bei dem arbeitet Sie?" interessierte sich Herrmann.

„Ja, auf 450 Euro-Basis, wobei ich nicht weiß, ob diese deutsche Regelung auch gilt, wenn man im Ausland arbeitet. Ihre Grundversorgung bezieht sie jedenfalls vom deutschen Staat: Hartz IV."

„Und was arbeitet Sie?" wollte Hänle wissen.

„Sie bedient."

Nach dieser Antwort lief ein wissendes Grinsen durch die ganze Herrenrunde.

„Sie bedient also… aha… interpretationsbedürftig, würde ich sagen." Dieser Meinung Hänles schlossen sich nicht alle an. Ein Ravensburger meinte trocken: „Interpretationsbedürftig? Sehe ich nicht so."

Trotz allem fanden die beiden Befrager, Frau Rogowski sei eine ungewöhnliche, charismatische Dame, auch eine Frau mit Stil. Und Krumbiegels Kollege vermutete noch, vor 100 Jahren wäre sie der Prototyp einer Kurtisane gewesen.

„Was sagt sie zu diesem 26. Oktober?", drängte Herrmann weiter, „die Akte gibt dazu nicht viel her."

„Sie war angeblich zu Hause – Wir fragten natürlich

weiter: Man würde vermuten, dass Sie bei Ihrem Freund waren? – Ich war die meiste Zeit zu Hause, sonst hätte ich ja gleich bei ihm bleiben können. Ich habe gelesen, ferngesehen, Musik gehört und… gestrickt, auch wenn sie das vielleicht nicht glauben wollen. Hier, sie zeigte ein halbfertiges Gestrick. Sie sehen, ich verhalte mich genau so, wie sich Frauen verhalten, die ihre Männer nicht erschießen. – Und wie verhalten sich Frauen, die ihre Männer erschießen? – Das müssen Sie herausfinden. Ich weiß nur, wie sich die verhalten, die sie nicht erschießen. – Alle unsere Fragen ließ sie souverän an sich abprallen. - Und natürlich: wir sind drei Jahre zu spät dran…"

Hier wehrte sich Hänle.

„Sie lebte schon einige Zeit getrennt und sie konnte auch ein Alibi beibringen. Außerdem war sie nicht vorbestraft und nie ist sie auffällig geworden. Sie gehörte nicht zu den Hauptverdächtigen."

„Ein Alibi…?", wunderte sich Herrmann.

„Gut, sie war angeblich daheim. Eine Nachbarin bestätigte, dass den ganzen Abend in ihrer Wohnung Licht brannte. Immerhin. Es bestand auch kein Grund zum Misstrauen; zumindest vordergründig gab es kein Motiv für sie, schließlich wurde sie von Schrott ausgehalten."

Hänle reagierte allergisch auf den leisesten, auch nur unterschwelligen Zweifel an den damaligen Ermittlungen.

„Uns gegenüber hat sie erklärt, sie wisse nicht mehr, was sie an diesem Tag getan habe, was man ja verstehen kann."

Krumbiegel setzte seine Ausführungen wieder fort.

„Frau Rogowski war etwa zweieinhalb Jahre mit Schrott zusammen, gut drei Monate davon gewissermaßen getrennt zusammen. Sie hatte Schrott quasi fliegend von dessen erster Frau übernommen, und das schon zu einer Zeit, als dieser zwar getrennt lebte, aber noch verheiratet war. Die Liaison war nicht gerade das Paradies auf Erden.

Er alimentierte sie zwar, wurde aber auch handgreiflich gegen sie und er betrog sie.

Auf unsere Frage, warum sie überhaupt ausgezogen sei, antwortete sie, so habe sie ihn besser im Griff gehabt und sie musste seine Launen und seine Ausfälle nicht mehr so oft und nicht mehr so direkt ertragen. Sie konnte ihn einfach aussperren. Sie hat ihn mehr oder weniger in der Hand gehabt.

Zu seinen finanziellen Verhältnissen sagte sie so offen wie sie alle Fragen beantwortete: Es schwankte, einmal flüssig und großzügig, dann wieder total pleite."

„Diese Aussage deckt sich mit der, die wir von Frau Funk, der Exfrau von Schrott, gehört haben", warf Herrmann ein.

Krumbiegel bat nach dem vielen Reden um ein Mineralwasser und Herrmann schickte einen jungen Beamten in die Stadt, um mit Leberkäse belegte Wecken, sogenannte Lkw, zu kaufen. Zu einem richtigen Mittagessen, das war mittlerweile klar, reichte es heute nicht.

Krumbiegels Kollege übernahm jetzt die weitere Berichterstattung.

„Wir fragten sie direkt, besitzen Sie eine Waffe?" „Nein."- „Schrott?" „Auch nein." - „Schrott hat Sie geschlagen, da könnte man geneigt sein, sich zu rächen?" - „Da hätte ich mich hundert Mal rächen müssen. Außerdem müsste man dann alle Männer erschießen." Sie sprach klar und emotionslos. Wir konnten sie nie in Verlegenheit bringen. Auch hatten wir nie das Gefühl, dass ihr der Tod ihres Liebhabers besonders nahe ging.

Besaßen Sie noch einen Schlüssel zu Schrotts Wohnung, nachdem Sie ausgezogen waren? - Nein, er verlangte ihn zurück, als wir uns räumlich trennten. - Sie sagte räumlich… ergo…

Hatte Schrott Feinde? - Ein Mann wie Schrott hat immer Feinde. Namentlich konnte sie aber keine nennen. Er war immer wieder in Schlägereien verwickelt, meist nach Saufgelagen. Da könnte möglicherweise… aber wie gesagt, nichts Konkretes.

Als Fazit bleibt: Eine interessante Person, keine neuen Erkenntnisse, im Ranking der Verdächtigen rangiert sie weit hinten. Natürlich muss der österreichische Geliebte unter die Lupe genommen werden, wenn sich herausstellen sollte, dass die Hauptverdächtigen unschuldig sind."

27

Der originelle Bericht Krumbiegels und seines Kollegen hatte die Runde in lockere, gelöste Stimmung versetzt. Es wurde über die eine oder andere Bemerkung im nachhinein noch einmal gelacht. Inzwischen kam auch der Kollege mit den Wecken zurück und sie machten sich über die frischen, noch warmen Lkws her.

Während des Essens kam ein Anruf aus Ehingen. Die Ehinger hatten ihm eine gute Nachricht mitzuteilen. Ein Kollege war im Autohaus Fröhling mit großer Wahrscheinlichkeit fündig geworden. Wenn der Polizist tatsächlich das gefunden hatte, was er vermutete, dann war sein Puzzle fast fertig. Und dass er es richtig zusammengesetzt hatte, davon war er überzeugt.

Nach dem Essen erklärte Herrmann gerade, wie er das weitere Vorgehen am Nachmittag geplant hatte, als das Telefon wieder klingelte. Hauser aus Landsberg war am Apparat. Er und sein Kollege hatten Miodrag Robic verhört und den Gefängnisinsassen, dem er seine Story erzählt hatte.

Das Ergebnis war zwiespältig. Robic hatte dem Mithäftling tatsächlich erzählt, er habe Reiner Schrott erschossen. Natürlich sei er nicht der Mörder, schließlich könne er ein wasserdichtes Alibi vorweisen. Dieses Geständnis habe er nur gemacht um zu imponieren, um sich wichtig zu machen.

Auslöser war, warum auch immer, der Zeitungsbericht über die Identität der Waffen in Riedlingen und Ravensburg.

Woher er dann wisse, dass Schrott mit einer Walther PPK Kaliber 7,65 erschossen wurde? Reiner Zufall. Genau kenne er nur diese Knarre; er sitze unter anderem wegen des illegalen Besitzes eben dieser Waffe im Knast. Er könnte mit dieser Waffe Reiner Schrott erschossen haben. Das sei unmöglich, weil er den Revolver erst vor einem halben Jahr in Innsbruck für einen Kumpel erworben habe. Er sei gerade erst im Besitz der Waffe gewesen, als er erwischt wurde.

Diese Geschichte kann stimmen oder auch nicht. Wie üblich war von Dunkelmännern die Rede, die nicht greifbar sind. Er habe seinem Knastbruder auch erzählt, die Polizei habe bei den Ermittlungen geschlafen? Schrott habe einen größeren Geldbetrag im Hause gehabt und da er nach dem Mord verschwunden war, könne ihn nur der Mörder mitgenommen haben. Mit dem Geld wollte er einen Sportwagen kaufen. Woher er das Geld hatte, sagte er ihm nicht.

Einen größeren Betrag, der klamme Schrott? Die Antwort darauf war aufschlussreich. Schrott habe ihm dies einige Tage vor dem Mord unter dem Siegel der Verschwiegenheit im „Seepferdchen" verraten. Ein Raubmord möglicherweise? Das Rätselraten über das Motiv wäre damit beendet.

Warum er bei der Vernehmung nach dem Mord nichts von einem größeren Geldbetrag beim Mordopfer erwähnt habe?

Er hätte sich nur noch verdächtiger gemacht, er sei doch nicht blöd. Wenn er sich selbst belaste, stehe ihm außerdem ein Zeugnisverweigerungsrecht zu.

Und dann sagte er noch, er habe sich über den plötzlichen Reichtum Schrotts auch sehr gewundert, weil er eine Woche zuvor noch von ihm angepumpt worden sei.

Die Frage nach seinen vielen Fingerabdrücken in Schrotts Wohnung erklärte er, wie bisher schon, mit seinen häufigen Besuchen. Und dann überraschte er noch mit einer Neuigkeit: Reiner Schrott war ein sexueller Grenzgänger, primär hetero-, gelegentlich auch bisexuell.

Herrmann unterbrach seinen Kollegen. Von seiner Bisexualität habe offenbar nicht einmal seine Ex-Ehefrau gewusst, jedenfalls habe sie davon nichts erwähnt. Und er fügte vielsagend hinzu:

„Diese Schwulenszene ist ja auch kein Kindergarten."

Hauser meinte, von einer breiten Schwulenszene könne man in Ravensburg nicht sprechen. Auf das Alibi eingehend, auf das sich Robic immer berief, musste er einräumen, dass sich dieses mittlerweile als ziemlich wackelig erwiesen hatte. Der Mann, bei welchem er sich angeblich am Mordtag den ganzen Abend aufhielt, war unauffindbar. Der Nachbar, der bestätigte, dass Robics Wagen zur fraglichen Zeit vor dessen Haus parkte, sagt jetzt nur, er habe damals die Wahrheit gesagt. Heute, drei Jahre später, wisse er es nicht besser.

Hauser fand noch ein weiteres belastendes Indiz: Robic trug einen schweren Siegelring, mit den Initialen R. und S. Er sagte von sich aus, dass er den Ring von Schrott bekommen habe, was das belastende Moment wieder etwas relativierte. Schrott sei ein Siegelringfetischist gewesen. Herrmann erinnerte sich, dass zum Nachlass Schrotts mindestenas ein halbes Dutzend Siegelringe gehörten.

Zum Schluss fragte Herrmann seinen Kollegen am Telefon:

„Und, ist das Geständnis echt? Ist Robic der Mörder?"

Hauser zögerte.

„Ich bin mir nicht mehr so sicher. Er kannte Details, die nur ein Insider wissen konnte, es war ein Schwulentreff, da passiert dieses und jenes, er wusste von einem angeblichen Geldbetrag, ein starkes Motiv zweifellos, und er hat, wie sich jetzt herausstellt, doch kein so unanfechtbares Alibi. Ich tippe 60 zu 40 dass er es war. Damit ist nicht viel anzufangen, ich weiß, wir müssen eben weiter ermitteln."

Nach diesem Gespräch saß die ganze Runde ziemlich ratlos da. Einer zitierte frustriert: Da sitz ich nun ich armer Tor und bin so klug als wie zuvor. Nur Herrmann war einigermaßen zufrieden. Seine Zweifel am Wahrheitsgehalt des Robic-Geständnisses hatten sich noch verstärkt. Er sah sich wieder in der Vorhand, hatte wieder Oberwasser. Er hatte bewusst seine Karten nicht auf den Tisch gelegt. Die Ravensburger, von deren Ermittlungen er im Fall Schrott nicht gerade begeistert war, sollten mit ihrem schon So-Gut-Wie-Täter Robic ruhig gegen die Wand fahren. Es war ein Vorgehen nach dem Motto: Wie du mir, so ich dir, nicht sehr christlich, aber verständlich. Oliver Cromwell sagte schon: Vertraut auf Gott und haltet euer Pulver trocken.

Für den Nachmittag sollte Krumbiegel mit seinem Ravensburger Kollegen im „Seepferdchen" recherchieren. Allen war klar, dass dies ein schwieriges, ein undankbares Unterfangen war. Vor drei Jahren bereits hatte die Soko Schrott lange und intensiv in besagter Bar und im Umfeld ermittelt, mit bescheidenem Erfolg. Damals glaubte und hoffte man noch, in diesem Milieu den Täter zu finden.

28

Herrmann wollte sich zusammen mit Hänle Frau Bachhofer vornehmen.

„Sie weiß mehr, als das, was sie uns bisher aufgetischt hat. Aber heute gibt sie Milch, verlassen Sie sich drauf."

Herrmann hatte gute Gründe für seinen Optimismus. Bei seinen verschiedenen Gesprächen kamen Fragen auf, die nur Frau Bachhofer beantworten konnte - und musste.

Gleich nach dem Essen drängte der Kommissar zum Aufbruch. Er stand unter Zeitdruck, weil er spätestens um

17 Uhr in Ehingen sein wollte, wenn Frau Vukovic zurückkommen würde. Vorher musste er noch mit dem Buben sprechen, der am Mordabend mit seinem Großvater unterwegs war und ein verdächtiges, bisher unbekanntes Fahrzeug davonrasen sah.

Als sie durch die geschmiedete Gartenpforte des Bachhofer-Hauses traten, murmelte er vor sich hin:

„Ein großer Vogel braucht ein großes Nest."

Frau Bachhofer empfing die beiden in einem auffallenden, gelb-grünen Seidenkleid, das Oberteil glatt, der Rock plissiert, über die Stirn ein hellblaues Samtband und Schuhe, die laut Hänles späterer Aussage nur aus einem Absatz bestanden. Bei ihrem ersten Besuch war sie zwar auch elegant gekleidet, wie man das von einer Boutiquenbetreiberin erwartet, aber viel schlichter, unauffälliger. Warum sie jetzt so auf Schau machte, so prätentiös auftrat, blieb schleierhaft. Sie war eine stattliche Frau, ohne Zweifel, und ihr Outfit unterstrich dies noch vorteilhaft. Konzessionen von Seiten der Ermittler durfte sie deshalb aber nicht erwarten.

Kommissar Herrmann begann seine Befragung nicht, wie von Hänle befürchtet, mit einem Paukenschlag, vielmehr fragte er freundlich, jede Schärfe vermeidend, als wolle er die Dame einlullen, um dann zuschlagen zu können.

„Frau Bachhofer, bei unseren Recherchen sind Fragen offen geblieben, die wahrscheinlich nur Sie beantworten können. Es geht vor allem um die Rolle die Herr Schrott bei Heizung & Wasser gespielt hat. Der Mann verdiente gut wie wir wissen, war aber finanziell immer auf der Hefe. Nun gibt es Zeugenaussagen, nach denen bestand ein… ja, ein eigentümliches Verhältnis zwischen Ihrem Mann und Schrott, einerseits kumpelhaft, andererseits gespannt. Ihr Mann soll Schrott gefürchtet haben."

Es war nicht zu übersehen, dass der Name Schrott Frau

Bachhofer in eine gewisse Erregung versetzte. Insgesamt machte sie aber einen viel gefassteren Eindruck als beim ersten Besuch. Sie schien gut vorbereitet. Vorsichtig antwortete sie:

„Dass Herr Schrott ein schwieriger Mensch war, oder sagen wir sein konnte, ist ja hinlänglich bekannt. Aber dass sich mein Mann vor ihm fürchtete, das glaube ich nicht. Gelegentlich hat er sich schon einmal wegen seiner Arroganz aufgeregt, aber Angst? Nein."

Die beiden Herren konnten aus der Körpersprache der Dame keine Schlüsse ziehen. Sie hatte sich unter Kontrolle.

„Wir wissen, dass Ihr Mann in der Schweiz mindestens einmal eine größere Summe bar kassiert hat. Das ist absolut unüblich heutzutage. Als Kriminalbeamter drängen sich einem da sofort ganz bestimmte Vermutungen auf. Was wissen Sie darüber?"

„Da kann ich Ihnen gar nichts sagen. Die Geschäfte meines Mannes haben mich nicht interessiert. Meine Boutiquen warfen immer mehr ab als Heizung & Wasser. Die beiden Firmen waren total getrennt."

Herrmann machte eine Pause, zog ein Tempo aus der Tasche und begann seine Brille zu putzen. Es entstand eine eigentümliche, verwirrende Situation. Hänle fühlte sich bemüßigt, die Vernehmung fortzusetzen.

„Frau Bachhofer, wir glauben, dass Ihr verstorbener Mann mit Schwarzgeld aus der Schweiz Herrn Schrott… ja, unterstützt hat."

„Ich weiß davon nichts, wie gesagt. Aber angenommen, es wäre tatsächlich so, was spielt das heute noch für eine Rolle?"

„Das spielt eine große Rolle." Herrmann schaltete sich wieder ein.

„Wenn Schrott wusste, und danach sieht es aus, dass in der Firma Ihres Mannes umfangreiche schwarze Geschäfte getätigt wurden, hätte er Sie erpressen können. Vielleicht hat er schon Ihren Mann erpresst."

Hier wurde Frau Bachhofer sichtlich nervös. Sie fingerte aufgeregt an ihrem bis fast zur Taille herabhängenden Bernsteinanhänger herum.

„Ich wiederhole mich: von solchen Dingen weiß ich nichts."

So richtig überzeugend hörte sich diese Antwort nicht an.

„Hat Schrott vielleicht in der Schweiz widerrechtlich fällige Rechnungen kassiert? Vielleicht erst nach dem Tod Ihres Mannes?"

„Ich weiß es nicht, ich kann Ihnen da nichts sagen."

Für Herrmann war jetzt der Zeitpunkt gekommen, nachzulegen, den Ton zu verschärfen.

„Frau Bachhofer, dass Sie gar nichts wussten, glaube ich Ihnen nicht. Eheleute reden doch miteinander, wenn sie in Schwierigkeiten sind.

Und Ihr Mann war in Schwierigkeiten." „In jedem Geschäft geht es mal auf mal ab. Von solchen Hochs und Tiefs haben wir schon gelegentlich kurz geredet. Es ging mir um meinen Mann. Das Geschäftliche interessierte mich nicht. Aber von Erpressung hat er nie gesprochen."

„Ich muss noch deutlicher werden. Die Bilanzauswertung hat ergeben, dass der Betrieb zwar Gewinn erzielte, aber ziemlich illiquid war. Die Firma hatte hohe Außenstände und noch höhere nicht abgerechnete Bauten. Warum wurden die Forderungen nicht eingetrieben? Bestanden sie möglicherweise gar nicht, oder nicht mehr? Man schreibt doch nicht einige Hunderttausend einfach so in den Kamin. Ich sage Ihnen, was wir vermuten: Ihr Mann hat die Forderungen schwarz kassiert, vielleicht schon im Hinblick auf die in zwei Jahren beabsichtigte Geschäftsaufgabe. Die Frage ist nun: wo ist dieses Schwarzgeld geblieben? - Sie wissen es."

„Nein, ich weiß nichts!"

„Gut, helfen wir ein bisschen nach. Wenn Schrott ein Erpresser war, dann könnte die Versuchung groß sein, ihn zu beseitigen oder beseitigen zu lassen."

Das war zu viel. Erregt schrie die Angesprochene:

„Das ist doch Unsinn! Was glauben Sie eigentlich!"

„Ich glaube, dass Sie mehr wissen als Sie sagen."

„Sie wissen offensichtlich mehr als ich", konterte sie trotzig.

Hänle verfolgte den Schlagabtausch mit zunehmender Irritation. Die Bilanzinterpretationen Herrmanns verwirrten ihn. Außerdem behagte ihm die harsche Vorgehensweise seines Kollegen gegen eine allseits geachtete Frau nicht.

„Vielleicht weiß ich tatsächlich mehr als sie", Herrmann ließ die Zügel wieder etwas schleifen. „Wir haben eine Aussage, wonach Schrott einen größeren Geldbetrag besaß, Bargeld wohlgemerkt, daheim, in der Wohnung. Er hat dies wenige Tage vor seinem Tod einem Zeugen anvertraut. Der chronisch klamme Schrott besitzt Tausende? Schlecht vorstellbar. Wenn es aber stimmt, woher hatte er das Geld, wo hatte er es... es organisiert?"

„Ich weiß es nicht. Vielleicht weiß es Ihr Zeuge", antwortete Frau Bachhofer etwas schnippisch. Sie glaubte offenbar, der Schraubstock, in den sie Herrmann gespannt hatte, habe sich gelockert. Aber sie wurde gleich eines Besseren belehrt.

„Frau Bachhofer, sagen Sie endlich die Wahrheit! Wenn Sie weiter die Unwissende spielen, werden wir in der Schweiz recherchieren und dann kommt die Wahrheit ans Licht, verlassen Sie sich drauf. Sie und Ihr verstorbener Mann werden dann wochenlang in den Zeitungen herumgeschmiert. Und am Ende sehen Sie alt aus, stehen schlechter da, als wenn Sie jetzt endlich beichten würden."

Diese massive Attacke Herrmanns wühlte die Dame auf bis hinab in ihre hohen Absätze; sie verlor völlig die Fassung. Ihre mühsam aufrecht erhaltene Fassade brach zusammen. Ihre Augen flackerten, ihr Mund bewegte sich ruckartig, verzog sich, und ihre Hände wussten nicht, wohin sie greifen sollten. Tränen kullerten ihr über die Wangen. Unschlüssig liefen ihre umflorten Augen von einem zum andern. Aber Hilfe fand sie nicht. Sie entnahm einem bestickten Täschchen ein Tüchlein und tupfte ihre Tränen ab. Dann begann sie stockend zu reden:

„Sie verdächtigen mich, hinter dem Mord an Herrn Schrott zu stecken, das… also das ist ungeheuerlich. Ich habe damit nichts, aber auch gar nichts zu tun."

Hänle glaubte die aufgebrachte Frau beruhigen zu müssen.

„Niemand will Ihnen einen Mord anhängen. Aber wir müssen natürlich in alle Richtungen ermitteln. Erzählen Sie uns, was Sie über Schrott und Schwarzgelder wissen, dann geht für Sie alles gut aus."

Die Blusenlady, wie sie Herrmann später oft betitelte, beruhigte sich nur langsam. Tränen kullerten ihr weiterhin über die Wangen, und nicht immer gelang es ihr, die Tropfen mit dem Taschentuch abzufangen, bevor sie auf das Seidenkleid tropften.

Die beiden Herren warteten jedes Mal geduldig, bis das Häufchen Elend wieder in der Lage war, normal zu sprechen. Vorsichtig, unsicher redete sie weiter, unterbrach ihre Aussage häufig, trocknete ihr Gesicht, zupfte das Kleid zurecht und nestelte in den Haaren trotz des Stirnbandes.

„Ob mein Mann von Schrott erpresst wurde, weiß ich nicht. Er schimpfte oft über … ja, das Schwein, so nannte er ihn meistens, besonders in den Wochen vor seinem Tod. Irgendetwas stimmte nicht, denn er war damals abends oft nicht ansprechbar. Das war gar nicht seine Art. Gut möglich, dass es um Geld ging."

Hier machte sie eine längere Pause und stierte vor sich hin.

Hänle sprach behutsam auf sie ein, sie könne die Aussage verweigern, wenn sie sich selbst belaste, und sie könne selbstverständlich auch einen Anwalt hinzuziehen.

Herrmann hielt sich zurück. Er beobachtete die Bemitleidenswerte, notierte dazwischen ein paar Worte, nagte an seinem Bleistift und wartete, bis Frau Bachhofer wieder reden, bis sie auspacken würde. Wenn nötig, war er entschlossen nachzuhelfen.

Obwohl ihr das Reden weiterhin schwer fiel, versuchte sie es nach geraumer Zeit erneut.

„Einen Rechtsanwalt brauche ich nicht, wozu auch, ich habe nichts Ehrenrühriges getan. Und mein Mann auch nicht. Ich lasse ihn nicht in den Dreck ziehen. Er war ein Ehrenmann. Wenn er tatsächlich in Schwarzgeldgeschäfte verwickelt gewesen sein sollte, dann geschah dies nicht freiwillig. Wie gesagt, Schrott könnte ihn reingeritten haben. Und dann war es ja immer wieder so, dass Bauherren einen Teil der Rechnung unbedingt schwarz bezahlen wollten. Sie versuchten so, ihre schwarzen Gelder zu legalisieren. Der Handwerker will das in der Regel gar nicht, weil er sein Geld in der Firma benötigt, um Löhne und Material zu bezahlen. Und Schwarzgeld wieder in den regulären Geldkreislauf zurückzuführen, ist außerordentlich schwierig, wie mir mein Mann versichert hat."

Sie schaute die Beamten an, nippte dann an ihrem Wasserglas und lehnte sich zurück. Die Zeremonie konnte nur bedeuten: O.k. ich habe alles gesagt, ich bin fertig.

Herrmann war noch nicht zufrieden. Er musste sich diesen Engel in Seide, der jetzt doch ziemlich abgetakelt, ziemlich ramponiert aussah und der ihm auch ein bisschen leid tat, noch einmal zur Brust nehmen. Es ging um Mord. Und er war Kriminalbeamter.

„Frau Bachhofer, Sie haben uns noch nicht alles gesagt. Herr Schrott hat unserem Zeugen wenige Tage vor dem Mord gestanden, dass er einen großen Geldbetrag im Hause habe. Eine Woche vorher hat er ihn noch angepumpt. Also muss er in den wenigen Tagen dazwischen zu Geld gekommen sein. Wie? Von Raub und Diebstahl in dieser Zeit ist uns nichts bekannt. Ergo…? - Sie wissen mehr. Wir wollen alles hören."

Das war ein erneuter Schlag in die Magengrube der armen Frau. Ihre Mimik verriet ihr Entsetzen, sie rutschte unschlüssig auf ihrem Stuhl hin und her, fasste sich mit der linken Hand immer wieder ans Kinn, während die Finger der rechten auf ihrem Schoß herumtanzten oder den Bernsteinanhänger bearbeiteten. Die Tränen konnte sie dieses Mal zurückhalten.

Hänle, der mit dem rauen Ton, den Herrmann angeschlagen hatte, gar nicht einverstanden war und die Frau am liebsten entlassen hätte, weil er nicht glauben wollte, dass jemand aus einem ihm bekannten, honorigen Hause krumme Sachen machen könnte, Hänle also musste, nach der Reaktion der Dame auf Herrmanns letzten Vorstoß, diesem insgeheim recht geben. Auch Polizisten entwickeln Sympathien und Antipathien und sie reagieren gelegentlich auch emotional.

Frau Bachhofer, die sichtlich mit sich kämpfte und die sich mit zunehmender Dauer von den erwartungsvollen Blicken der beiden Herren zusätzlich unter Druck gesetzt fühlte, spürte, dass sie reden musste, wenn sie nicht ins Gerede kommen wollte. Sie quälte sich nach einer schier endlosen Weile zum Sprechen, holprig, und häufig von kurzen Pausen unterbrochen.

„Ja, das war so. Eines Abends läutete es an meiner Haustür. Es war schon ziemlich spät, circa 21 Uhr. Draußen stand Schrott und fragte, ob er eintreten dürfe. Er kam dann schnell zur Sache. Im Kassenschrank in der Firma liege eine große Summe Schwarzgeld. Von diesem schwarzen Geld wolle er die Hälfte für sich. Ich solle mit ihm in die Firma fahren, das Geldfach aufschließen, dann die Hälfte des Geldes mit nach Hause nehmen.

„Moment", unterbrach sie Herrmann, „Sie verwahren den Schlüssel für den Kassenschrank im Geschäft Ihres Mannes daheim?"

„Ja und nein", erwiderte sie, „ der Schlüssel für die Außentür, wenn Sie so wollen, lag im Geschäft. Frau Obermann verwahrte ihn nicht besonders raffiniert. Meines Wissens kannte außer ihr und meinem verstorbenen Mann niemand den Code. Aber Schrott kannte ihn auch, wie ich zu meinem Entsetzen feststellen musste. Im Kassenschrank gab es noch ein Fach, das auch nur mit einem Code geöffnet werden konnte – mein Mann hatte damals explizit darauf bestanden – und zu diesem Schließfach lag der Schlüssel immer schon hier in der Wohnung. Die Geheimzahlen kannte nur mein Mann und sicherheitshalber waren sie auch in meiner Privatschatulle hinterlegt. Wenn nun Schrott versucht hätte dieses Fach aufzubrechen, hätte das Frau Obermann sofort bemerkt und die Polizei verständigt. Deshalb wählte er den vermeintlich sichereren Weg.

Ich habe sein Ansinnen selbstverständlich kategorisch abgelehnt. Da drohte er mir, er werde sofort Anzeige erstatten wegen Betrug und Steuerhinterziehung. Dann werde ich gar nichts bekommen, höchstwahrscheinlich im Gefängnis landen, zahlen müssen für mögliche Unregelmäßigkeiten in den letzten zehn Jahren und ganz Ravensburg wisse dann, was die Familie Bachhofer für zwielichtige Geschäfte getätigt habe."

„Er hat Sie also erpresst", konstatierte Hänle.

„Ja, massiv."

„Das ist wahrscheinlich auch bereits die Antwort auf meine nächste Frage, warum Sie die Polizei nicht eingeschaltet haben.“

„So ist es. Ich wollte unsere Familie auf keinen Fall zum Stadtgespräch machen lassen. Um dies zu verhindern, hätte ich alles, wirklich alles getan. Ich war mir auch keiner Schuld bewusst.“

Frau Bachhofer schien jetzt endgültig reinen Tisch machen zu wollen.

„Wie gesagt, ich wollte unbedingt vermeiden, dass das Andenken an meinen Mann besudelt wird. Er war ein geradliniger, aufrechter Mensch. Darum ließ ich mich nach einer langen Diskussion schließlich breitschlagen. Wir fuhren also ins Geschäft, jeder mit seinem Wagen. Der Rest ist schnell erzählt. Schrott schloss die Türe zum Büro auf, holte den Kassenschlüssel, gab den Code ein und öffnete den Tresor. Mir gelang zu meiner Überraschung auf Anhieb die Öffnung des Geheimfaches. Schrott griff gierig nach den Geldbündeln und legte sie auf den Schreibtisch. Er zählte ein paar Bündel durch; sie enthielten jeweils die aufgedruckte Summe. Deshalb ersparte er sich weiteres Zählen und teilte stattdessen die Bündel sofort korrekt auf, jedem die Hälfte. Bemerken möchte ich noch, dass er nur mit der Taschenlampe arbeitete; es war ja fast 23 Uhr. Niemand durfte auf uns aufmerksam werden.“

„Und wie hoch war der Schwarzgeldbetrag?“, fragte Hänle neugierig.

„320 000 Euro, 160 000 für mich. Ob es Schwarzgeld war, bezweifle ich, vielleicht ein Teil, bestimmt nicht alles.“

„Und woher wusste Schrott, dass im Geldschrank eine Menge Geld lag?"

„Das fragte ich mich auch. Vielleicht hat mein Mann einmal unvorsichtigerweise eine falsche Bemerkung fallen lassen.“

Nach dieser Beichte wirkte Frau Bachhofer erleichtert. Jetzt fielen ihr auch die Antworten auf weitere Fragen der Kriminaler nicht mehr so schwer.

Die Herren interessierte noch die Person Obermann. Eine alleinstehende Frau um die 60, seit etwa 30 Jahren im Betrieb, zuverlässiger als zuverlässig. Für sie wollte ihre Chefin die Hand ins Feuer legen. Nachdem sie den Betrieb verkauft hatte, habe sie die Dame bei sich angestellt. Nein, sie scheide vollkommen aus.

Herrmann stellte noch eine in den Augen der Frau Bachhofer ziemlich abwegige Frage. Ob sie mit den 160 000 Euro eigene Schulden bezahlt habe? Dies empfand sie als unerhörte Zumutung und es brachte sie richtig in Rage. Die ganze Summe liege noch unangetastet auf einem Konto. Sie habe keine Schulden, weder geschäftlich noch privat. Das Haus habe sie von ihrem Vater geerbt, einem Direktor in einer der größten Firmen im Oberland.

Herrmann machte der Frau weiter klar, dass sie ein klares Motiv gehabt hätte, Schrott zu liquidieren oder liquidieren zu lassen. Sie gehöre jetzt zumindest zum erweiterten Kreis der Verdächtigen. Dieser Verdacht regte sie jetzt allerdings nicht mehr so auf als noch zu Beginn des Verhörs. Auch wies er sie darauf hin, dass möglicherweise Steuernachzahlungen auf sie zukämen, aber das sei nicht das Metier der Polizei. Darauf meinte sie, die Firma sei liquidiert, es sei nichts mehr zu holen und sie habe nie etwas unterschrieben.

Eine weitere Frage lautete, ob sie nie bedacht habe, dass Schrott sie weiterhin erpressen könnte. Nein, hatte sie nicht. Nach einer Weile fiel ihr ein, dass sie zu Hause eine Überwachungskamera im Eingangsbereich installiert hat. Das wäre eventuell ein Beweismittel gewesen, wenn er sie weiter erpresst hätte. Aber natürlich hätte sie dann das Video sichern müssen.

29

Die beiden Beamten verabschiedeten sich und fuhren zurück Richtung Innenstadt. Herrmann war sehr zufrieden mit dem Ergebnis der Vernehmung. Raub als Mordmotiv zeichnete sich immer deutlicher ab. Hänle wollte immer noch nicht glauben, was er soeben gehört hatte. Er kannte die Familie seit Jahren, gehörte nicht gerade zu ihren Freunden, verkehrte aber in denselben bürgerlichen Kreisen. Verständlich, dass einen da solche Enthüllungen noch unmittelbarer, noch härter treffen. Auch als Kriminalbeamter. Erschütternd, was sich hinter prächtigen Fassaden abspielen kann!

Kurz bevor sie das Revier erreichten, klingelte das Handy. Ehingen war am Apparat. Die Ankunft von Frau Vukovic sei um einen Tag auf Sonntag verschoben worden. Sie werde zwischen 17 und 18 Uhr in Ehingen erwartet. Eine Begründung für die Verschiebung gab es nicht.

Diese Nachricht schlug Herrmann mächtig auf den Magen. Er verstummte augenblicklich. Ursprünglich hatte es geheißen Freitag oder Samstag, jetzt plötzlich Sonntag. Warum? Und so kurzfristig? Hatte er zu hoch gepokert? Noch wollte er nicht glauben, dass hinter dieser Verschiebung eine Strategie stecken könnte. Wenn sie wirklich nicht zurückkäme… Er wollte diese Möglichkeit und deren Folgen nicht zu Ende denken.

Auf dem Revier warteten schon Krumbiegel, sein Kollege und ein paar weitere Beamte auf Neuigkeiten aus der Bachhofer-Boutique.

Hänle begann sofort ganz ostentativ zu berichten. In allen Einzelheiten zelebrierte er förmlich die überraschenden Aussagen der Boutiquenbesitzerin. Die Anwesenden hatten den Eindruck, er will sich von einer Last befreien. Für alle waren es echte, auch schockierende Neuigkeiten, die Hänle vorzutragen wusste, und es war klar, dass sich daraus neue Ermittlungsansätze ergeben würden.

Herrmann hielt sich zurück und überließ seinem Kollegen gerne die Bühne. Die Nachricht aus Ehingen belastete ihn.

Nachdem Hänle geendet hatte, berichteten Krumbiegel und sein Kollege von ihrem Besuch im „Seepferdchen". Erwartungsgemäß war das Ergebnis äußerst mager. Der Betreiber hatte gewechselt. Auch das Personal war neu, bis auf eine Küchenhilfe. Das Allermeiste, was sie erfuhren, war praktisch secondhand, gefiltert, von Dritten erzählt. Schrott sei immer als der große Macker aufgetreten. Häufig zahlten andere für ihn, ob freiwillig oder gezwungen, blieb offen. Er war Stammgast, kam aber meist mit seiner Entourage, lauter ähnlich gestrickten Typen. Die Aushilfskraft wusste, dass es in der Zeit vor dem Mord vermehrt zu Schlägereien kam, in die auch Schrott verwickelt war. Damals tauchten plötzlich Ausländer auf, die man vorher nie gesehen hatte. Es sollen Männer vom Balkan, aus Italien und Österreich gewesen sein, von denen viele auf einer Baustelle in Friedrichshafen arbeiteten. Das alles war weitgehend bekannt. Etwas substanziell Neues erfuhren sie nicht.

Nach den Ausführungen der beiden fühlte sich Hänle bemüßigt, zum wiederholten Mal darauf hinzuweisen, dass die Soko damals, ohne im Besitz der Erkenntnisse von heute zu sein, davon ausgehen musste, dass Schrotts Mörder im Dunstkreis des „Seepferdchen" zu suchen war. Er räumte allerdings ein, dass man die Fahndung hätte breiter anlegen müssen.

Mittlerweile war auch Keim mit einem Kollegen aus Konstanz zurück, wo sie Kozielny vernommen hatten. Sie konfrontierten den Häftling gleich zu Anfang mit dem Heroinfund im Riedlinger Schließfach. Zu leugnen gab es da natürlich nichts. Woher er den Stoff bezog? Von der Konstanzer Szene. Nach vielen Fragen gewannen sie den Eindruck, dass der Mann ein Neuling und nur eine Randfigur im Drogenmilieu war, dass er mehr der Not gehorchend als mit krimineller Energie und großen Plänen zu dealen begann. Genauso hatte es Keim auch erwartet. Er brauchte Geld für seinen Lebensunterhalt.

Wer ihm den falschen Pass besorgte, sagte er trotz hartnäckigem Nachfragen nicht. Er glaubte als ehemaliger Knasti einen Ausweis mit einem unbelasteten Namen zu benötigen. Angeblich wollte er wieder zurück in die Legalität. Dealen und Bürgerlichkeit passt allerdings nicht gut zusammen.

In der Mordsache Schrott gab er sich völlig unwissend. Er fiel auch auf keine Fangfrage herein. Die Beamten glaubten ihm, dass er in dieser Angelegenheit tatsächlich absolut unbedarft war.

Gehörte er zur Oberland-Einbrecherbande? Dazu sagte er nur: er sei kein Schwerverbrecher, das sei nicht sein Metier. Aber er widersprach sich im Laufe des Verhörs. Die Polizisten glaubten ihm in diesem Fall nicht alles. Er könnte zumindest eine Randfigur, ein Mitläufer, der Bande gewesen sein. Dann erklärten sie ihm, er stehe im Verdacht, die Volksbank in Riedlingen überfallen zu haben. Er sei zur Tatzeit in der Stadt gesehen worden, was er bei seiner Vernehmung anders dargestellt hatte. Ja, er war in der Stadt. Er habe eine Batterie gekauft in seinen Rasierapparat. Er konnte auch das Geschäft nennen. Auf die Frage, warum er das nicht gleich gesagt habe, fiel ihm nichts ein. Den Überfall aber wies er weit von sich und nannte den Verdacht lächerlich.

Über den Betrugsvorwurf in der Schweiz wollte er nur mit der dortigen Polizei reden.

Das Resümee der Beamten: ein – oder je nach Standpunkt auch kein – ganz gewöhnlicher Betrüger, höchstwahrscheinlich aber kein Mörder und kein Bankräuber.

Nach dem Bericht Keims und seines Kollegen diskutierte die Runde noch eine Zeitlang über den Gentleman-Ganoven Kozielny.

Bevor sich Herrmann dann mit Hänle zu dem Buben aufmachte, sagte er Krumbiegel noch, dass die Fahrt nach Ehingen heute ausfalle, weil Frau Vukovic einen Tag später zurückkäme. Diese knappe Information zwischen Tür und Angel überraschte Krumbiegel, obwohl er von Anfang an skeptisch war. Er schaute seinen Chef mit einem Blick an, der deutlich sagte: ich habe es ja immer gewusst.

30

Die Fahrt zum neuen Einsatzort dauerte länger, weil sich Hänle einmal in der Straße irrte und eine Umleitung ihn durch enge Gassen zu fahren zwang. Herrmann saß stumm auf dem Beifahrersitz, während sich der Fahrer über die komplizierte Streckenführung ärgerte.

Die fünfköpfige Familie des „Kronzeugen“ erwartete die beiden schon im Wohnzimmer. Nach dem üblichen Vorgeplänkel bat Herrmann, den Jungen allein sprechen zu dürfen. Er sollte ohne jede Beeinflussung aussagen können. Als Vater von drei Söhnen war ihm der Umgang mit Kindern nicht ganz fremd.

„Du bist der… ?“

„Felix.“

„Also der Felix und und du bist jetzt neun Jahre alt.“

„Ja, im März werde ich zehn.“

Der Knirps war hellwach, von Befangenheit keine Spur, und Herrmann traf bei ihm den richtigen Ton.

„Du gehst jetzt in die dritte Klasse.“

„Ja, in der Kuppelnau-Schule.“

„Und gefällt es dir in der Schule?“

„Ja ja, ist schon in Ordnung.“

„Du musst nur fleißig lernen, dann wirst du bestimmt einmal ein berühmter Mann."

„Ich will Fußballprofi werden", konterte der Neunjährige.

„Aha, Fußballprofi. Ein zweiter Schweinsteiger?"

„Nein, Messi."

„Oh, der Beste. Wenn du fleißig lernst und übst, dann schaffst du das bestimmt."

Das Lob des Kommissars freute den Kleinen sichtlich. Er strahlte wie die Morgensonne. Jetzt wurde Herrmann eine Spur ernster.

„Du weißt sicher, warum wir hier sind?"

„Ja, wegen dem Auto." Die Antwort kam spontan.

„Richtig. Du warst damals mit deinem Großvater unterwegs und du hast den Wagen wegfahren sehen?"

„Ja, es hat richtig gequietscht."

„Hast du auch gesehen, was es für eine Automarke war?"

„Ein Audi oder ein Mercedes oder so, gelb oder braun." Dieses Mal kam die Antwort zögerlicher.

„Also genau kannst du es nicht sagen?"

„Audi oder Mercedes, glaube ich."

„Gut." Herrmann griff in seine Mappe, holte einen Briefbogen heraus und zeigte ihn dem Buben.

„Hast du das schon einmal irgendwo gesehen?", fragte er ihn, und der Junge explodierte förmlich.

„Das war auf der Tür von dem Auto. Das hab ich gesehen."

„Bist du da ganz sicher?"

„Das war auf der Tür, ja."

Hänle hakte nach.

„Damals war es doch dunkel."

„Es war schon dunkel, aber es brannte eine Straßenlaterne."

Herrmann hatte dem Buben einen Bogen Briefpapier der Firma Fröhling, Autovermietung in Ehingen, mit einem stilisierten Pkw als Firmenlogo gezeigt, den er bei seinem Besuch mitgenommen hatte. Der Großvater damals redete immer nur von einem Haus oder einem Schiff an der Autotür. Jetzt bekam die Sache ein anderes Gesicht. Er sah seine Vermutung bestätigt; er konnte seinen Plan konsequent weiterverfolgen. Ob vor Gericht die Aussagen eines Neunjährigen Bestand haben würden, interessierte ihn weniger.

„Du hast uns sehr geholfen, du kannst stolz sein. Du bist ein großartiger Beobachter", lobte Herrmann den Drittklässler und bedauerte, dass er heute ausnahmsweise keine Süßigkeiten in der Tasche hatte. Das Bürschchen hätte eine kleine Belohnung verdient gehabt.

Sie verabschiedeten sich von Felix und seiner Familie und fuhren zurück aufs Revier. Herrmanns Laune hatte sich nach der spontanen Reaktion des Kindes wesentlich gebessert.

Weil die Fahrt nach Ehingen ausfiel, drängten die Biberacher nicht sonderlich zum Aufbruch. Sie saßen mit Hänle und dem Ravensburger Bereitschaftsdienst noch gemütlich zusammen und diskutierten über die neueste Entwicklung im Fall Schrott. Herrmann hörte sich die verschiedenen Meinungen an, nickte hin und wieder zustimmend oder schüttelte zweifelnd den Kopf. Ganz selten nur mischte er sich ein. Immer schon handelte er nach der Devise: erst legen, dann gackern. Es dämmerte schon, als sie schließlich den Kollegen ein schönes Wochenende wünschten und heimfuhren.

31

Dieser Tag hatte es in sich gehabt. Vor allem das Geständnis der Frau Bachhofer brachte etwas Licht in den Mordfall Schrott. Aber auch die Vernehmungen der beiden Frauen zeigten interessante Einblicke in die Welt des

Ermordeten, insbesondere für die Biberacher Ermittler.

Nach Baienfurt, als sie den Ballungsraum Ravensburg hinter sich hatten, mokierte sich Krumbiegel leicht vorwurfsvoll:

„Morgen, Sonntag, schon wieder Einsatz."

„Ja, morgen könnte es spannend werden. Ich denke die Götterdämmerung ist in diesem Fall angebrochen. Vielleicht steigt morgen das große Finale. Wir fahren um 16 Uhr los, damit wir die Dame „aus den Schluchten des Balkan" gebührend empfangen können", antwortete Herrmann aufgeräumt.

„16 Uhr, der Nachmittag ist wieder gelaufen", so Krumbiegels wenig begeisterte Reaktion.

„Nächste Woche sollte der Fall… die Fälle abgeschlossen sein. Dann wird es vermutlich leichter. – Sie wollen ja nicht auf Dauer an vorderster Front als Polizist arbeiten. Was streben der Herr Jurist eigentlich an?"

Der lustigironische Ton vertrieb Krumbiegels Missmut.

„Na ja, Schreibtischpolizist, am liebsten in einem Landratsamt, einem Regierungspräsidium oder, wer weiß, im Ministerium."

„Endstation Polizeipräsident", grinste Herrmann.

„Mindestens." Sie lachten und beendeten das Thema.

Nach einer Weile begann Krumbiegel vorsichtig den Tag zu analysieren. Als er feststellte, dass der Chef nichts dagegen hatte, entwickelte sich ein lebhafter Dialog.

Was hatten sie Greifbares, Zählbares, Konkretes in der Hand? Eine kritische Bestandsaufnahme folgte. Sie gingen chronologisch vor.

Herbert Rogalla. Einschlägig vorbestraft, viele Parallelen zu seinem Banküberfall in Bad Buchau, notorisch klamm, Bilder der Überwachungskamera zeigen einen Mann von seiner Statur; Kumpel des zwielichtigen „Frosch"-Wirts; möglicherweise total abhängig von ihm und… verschuldet; hat kein Alibi; war laut Frau Funk mit dem Ermordeten bekannt.

Krumbiegel fügte noch verschmitzt hinzu:

„Und ein untrügliches Bauchgefühl des Kommissars Peter Herrmann, das Herbert Rogalla als Täter identifiziert hat.“

„Stimmt so nicht“, widersprach Herrmann, „ich weiß, dass Rogalla mit der Sache zu tun hat. Ob er der Täter ist? - Ich weiß es nicht.“

„Bei Rogalla haben wir im Grunde gar nichts vorzuweisen“, stellte Krumbiegel etwas despektierlich fest.

„Ganz so ist es nicht.“ Herrmann war mit der negativen Feststellung seines Kollegen nicht einverstanden.

„Wenn wir nichts gegen ihn in Händen hätten, würden wir heute noch ohne einen Verdächtigen dastehen. Wir haben nichts Gerichtsverwertbares, da gebe ich Ihnen recht. Aber warten wir einfach die Rückkehr dieser Frau Vukovic ab.“

Krumbiegel hätte gerne ergänzt: wenn sie denn kommt, aber er verkniff sich die Spitze.

„Mit Gefühlen und scheinbaren Gewissheiten können wir leider nichts anfangen. Das ist unsere Crux. Selbst wenn wir uns absolut sicher sind, es aber nicht beweisen können, winkt der Richter ab“, stellte er abschließend zum Thema Rogalla fest.

Der Kommissar ergänzte noch:

„Er kannte den ermordeten Reiner Schrott. Wie gut, wissen wir nicht. Nach allem, was bisher bekannt ist, glaube ich nicht, dass er in den Mordfall verwickelt ist.“

Als nächsten nahmen sie sich Ralf Gerber vor, den „Frosch“-Wirt.

Vorbestraft, wenn auch nicht einschlägig; undurchsichtiger Typ; besitzt oder besaß die „richtige“ Pistole; war drei Tage vor dem Mord in Ravensburg, konnte aber nicht sagen, warum; machte Sondertilgung auf sein Darlehen, vermutlich mit geraubtem Geld; mit größter Wahrscheinlichkeit wurde sein Wagen beim Riedlinger Überfall benutzt; könnte Rogalla zu Überfall gezwungen haben; das in Riedlingen geraubte Geld lag mit an Sicherheit grenzender Wahrscheinlichkeit in seinem Kassenschrank;

Krumbiegel meinte noch:

„Zu diesem Ralfi fällt einem eine Menge ein. Ich traue ihm einiges zu."

„Ich alles", ergänzte Herrmann. „Dass er Dreck am Stecken hat, zentnerweise, wissen wir. Wir haben einen ganzen Sack voller Indizien, belastbare Indizien. Zufälle, wie er es darstellt, sind das ganz sicher nicht. Wenn seine Dame wieder auftaucht, kommt es zum Showdown. Dann wird seine Geißbockvisage noch einen Kilometer länger. Dieser Strauchdieb!"

Krumbiegel amüsierte sich über den emotionalen Ausbruch seines Chefs. Dass er den Wirt überhaupt nicht ausstehen konnte, war schon bei den Vernehmungen zu spüren. Er behandelte Rogalla sehr viel netter, freundlicher, als den schmierigen Kneipier.

Was aber war mit den Damen, mit Frau Ziesche und Frau Harm?

Eigentlich unverdächtig. Eigentlich. Natürlich wussten sie aus Erfahrung, dass bei fast allen nicht ganz koscheren Geschäften auch Frauen ihre Finger im Spiel haben, wenn auch meist nur mittelbar. Frau Ziesche, Ralfis Ex-Geliebte, hatte sich umgebracht. Warum? Gab es einen Zusammenhang mit dem Überfall in Riedlingen? Steckte Ralfi dahinter? Es war kein Motiv erkennbar, höchstens ihr wenig beneidenswertes Dasein im Dunstkreis des Froschwirts. Sie stellten überrascht fest, dass sie eigentlich gar nichts von ihr wussten. War sie eine Frau mit Vergangenheit? Ihre kryptische Aussage, dass Ralfi nicht erfahren dürfe, dass sie das mit der Pistole verraten hatte, gab weiter Rätsel auf.

Und Elfriede Harm? Solide, zuverlässig; wusste auffallend viel über die private Situation Rogallas; absolut unverdächtig.

Aber hatte nicht Frau Zeller in Riedlingen davon gesprochen, dass der Täter auch eine Täterin sein könnte? So sehr sie auch suchten, sie fanden keine Hinweise auf eine mögliche Verstrickung der beiden Frauen in den Überfall. Hausfrauen schießen nicht. Aber vielleicht sah alles anders aus, wenn sie mit Frau Vukovic gesprochen hatten.

Dann kam Robic an die Reihe, Miodrag Robic, Kumpel des Ermordeten; von Anfang an verdächtig; besaß entsprechende Pistole und einen Siegelring des Ermordeten; wusste Details vom und um den Mord; machte Geständnis und widerrief es; zweifelhaftes Alibi; Sexpartner von Schrott;

Robic war ein unbeschriebenes Blatt für beide. Sein mysteriöses Outing hatte Herrmanns Strategie kurzfristig ins Wanken gebracht und ihn verunsichert. Nach dem Bericht Hausers über Robics Vernehmung war er sich aber ziemlich sicher, dass das Geständnis falsch war. Hinzu kam, dass der Verdächtige nach dem Raubmord nicht durch große Ausgaben auffiel. Allerdings hatten die Ravensburger Kollegen vermutlich das Ausgabeverhalten Robics nicht besonders beachtet, da man nicht davon ausging, dass der Ermordete Geld gehabt haben könnte.

„Ich denke, der scheidet aus", meinte der Kommissar abschließend.

Nach Robic nahmen sie sich Frau Bachhofer vor, die Boutiquenbesitzerin.

Sie wurde vom Opfer erpresst; war oder stellte sich oft unwissend; beurteilte den Rüpel Schrott positiv.

Ernsthaft dachte niemand daran, Frau Bachhofer zu verdächtigen. Ein Mord, das passte ganz einfach nicht zu ihr. Auch wenn letztlich nur harte Fakten zählen, Bauchgefühl, Intuition, Erfahrung konnte und durfte man aber nicht ausblenden. Natürlich war beiden klar, dass gerade im Beruf des Kriminalbeamten Dinge geschehen, die selbst den lieben Gott überraschen dürften.

„Diese Frau Bachhofer ist eine echte Lady." Herrmann war von der Dame angetan. Das war deutlich zu spüren.

„Es tut mir im Nachhinein fast leid, dass wir sie bei der Vernehmung doch ziemlich zerzaust haben. Wenn eine solche Frau mordet, dann mit Gift. Arsen, das klassische Mittel unverdächtiger Damen, geruch- und geschmacklos."

Blieben noch die beiden Frauen, Melinda Rogowski und Vera Funk, Geliebte und Ex-Frau des Opfers. Letztere schied nach übereinstimmender Meinung von vorne herein aus. Und warum sollte Frau Rogowski Schrott umbringen? Er hielt sie schließlich aus, auch wenn er sie ansonsten nicht immer wie ein Gentleman behandelte.

Krumbiegel fügte noch hinzu:

„Eine aufregende Frau, aber kalt wie Zitronensorbet. Man könnte sich durchaus vorstellen, dass sie jemanden ein Messer in den Bauch rammt, es vorsichtig wieder herauszieht, sorgfältig reinigt, nicht um Spuren zu verwischen, nein, damit alles wieder sauber und ordentlich aussieht. Anschließend könnte sie zur Arbeit gehen."

Über Dana Vukovic zerbrachen sie sich die Köpfe nicht. Erst wollten sie mit ihr reden, dann, so hofften sie, würden sich einige Rätsel von selbst lösen.

Auch über Martin Kozielny verloren sie nicht viele Worte. Sie glaubten nicht an sein unmittelbares Mitwirken, weder in Riedlingen noch in Ravensburg. Krumbiegel sah in ihm eher einen Fall für den Psychiater.

Mittlerweile war es dunkel geworden. Es begann leicht zu schneien, die Straßen wurden glatt. Bei Oberessendorf war ein Lastzug vor ihnen in den Straßengraben gerutscht. Sie mussten eine gute Stunde warten, bis sie weiterfahren konnten.

Als sie die lange Gerade vor dem Jordanbad erreicht hatten, stellte Krumbiegel noch eine Frage, die er unbedingt loswerden musste.

„Und… wer ist jetzt der Täter, die Täterin oder wer sind die Täter?"

Herrmann ließ geraume Zeit verstreichen, ehe er antwortete:

„Über den Mörder in Ravensburg sind wir wohl einer Meinung. Im Fall Riedlingen tappe ich noch im Dunkeln. Morgen, wenn Frau Vukovic hoffentlich wieder auftaucht, sollte Licht in dieses Dunkel kommen. Das in Riedlingen geraubte Geld lag im Kassenschrank, im „Frosch." Von allein ist es nicht dahin gekommen. Logischerweise muss es jemand hineingelegt haben. Zwei Personen nur kennen den Code. Eine davon, Ralfi, sagt, er habe keine Ahnung. Bleibt Frau Vukovic. Sie ist im Moment die Hauptverdächtige. Ich bin in diesem Fall völlig unsicher. Aber, wie gesagt, morgen um diese Zeit müsste die Dame zurückkommen und dann… ."

Was Herrmann nicht sagte, was ihn aber die ganze Zeit beschäftigte: Hoffentlich kommt sie zurück. Er bedachte aber auch die Kehrseite. Wenn sie zurückkommt, ist sie womöglich gar nicht die Täterin, denn sonst hätte sie Ralfi sicher gewarnt. Selbst ein Typ wie er dürfte seine Geliebte wohl nicht einfach so ans Messer liefern. Er schwankte zwischen Scilla und Charybdis. Trotzdem wünschte er sich sehr, dass sie zurückkäme, um wieder Bewegung in die festgefahrene Situation zu bringen.

Lange hatte er gezittert und gebibbert, war mit engen Hosen herumgelaufen. Was, wenn sie nicht zurückkäme? Wie würde er dastehen? Wertvolle Tage wären verloren. Sein Renommee wäre angekratzt. Inzwischen sah er die Sache gelassener. So oder so für ihn kein Waterloo. Das Geld im Kassenschrank musste sie weiterbringen.

Wenn sie nicht zurückkommen sollte, ging es Ralfi an

den Kragen. Dann wollte er ihm zeigen, was auch bei humaner Strafverfolgung möglich ist.

Krumbiegel hoffte ebenfalls auf die Rückkehr dieser Vukovic, um den Fall endgültig lösen zu können. Am liebsten hätte er noch einen weiteren Gedanken ausgesprochen: Ich hätte es nicht darauf ankommen lassen, ich hätte sie sofort zur Fahndung ausgeschrieben. - Aber das hatte er den Kommissar doch schon zu oft deutlich genug wissen lassen.

Damit beendeten sie ihre Exegese eines komplexen Verbrechens, das sich überraschend ausweitete und schon einige Überraschungen geboten hatte.

Sie bogen von der Waldseer Straße ab und erreichten das Revier. Krumbiegel verabschiedete sich sofort nach Hause. Der Chef ging in sein Büro, um noch ein paar Protokolle abzuhören und in einigen seiner Notizen nachzulesen, ehe er ziemlich spät die Valenceallee hoch ebenfalls heim, nach Rißegg, fuhr.

32

Am Sonntagmorgen besuchte er mit seiner Frau den Gottesdienst in Sankt Martin. Diese Konstante am Sonntag gehörte bei ihnen, wenn irgend möglich, einfach dazu. Sie gab dem wenig planbaren, unregelmäßigen Leben des Kriminalbeamten Rhythmus und Struktur. Nach dem Mittagessen – Schweinebraten mit Spätzle, Erbsengemüse und Bohnensalat – legte sich der Kommissar in seinen Sessel. Er drückte auf einen Knopf und die Lehne fuhr langsam nach hinten, das Fußteil nach oben, ähnlich wie beim Zahnarzt, nur dass man dort immer das Gefühl hat, der will dich auf den Kopf stellen, was die Angst vor dem letzten Folterknecht in der zivilisierten Welt noch verstärkt.

Am Nachmittag machte er mit seiner Frau einen Spaziergang am Bach entlang ins Wolfental. Das Wetter war ideal. Die Sonne blinzelte schläfrig aus einem Milchglashimmel. Die Schneedecke verunzierten schon einige dunkle Flecken, obwohl das Thermometer die ganzen Tage Minusgrade angezeigt hatte. Herrmann schritt zügig aus. Seine Frau vermochte ihm kaum zu folgen. Sie liebte es zu reden, sich zu unterhalten, während ihr Mann am liebsten seine Gedanken fliegen ließ. Es war wie immer. Und wie immer fanden sie einen Kompromiss.

Die Magenschmerzen des Kommissars waren wieder verschwunden. Vor Jahren diagnostizierte ein Arzt bei ihm einen nervösen Magen. Seit damals hatte er keinen Mediziner mehr konsultiert. Heutzutage ist ja ohnehin alles nur psychisch bedingt oder vegetativ, pflegte er zu sagen, und wenn jemand Probleme hat, dann hat er seit Neuestem keine Probleme mehr, sondern dieses myste-riöse Burn-out. Und egal welche Krankheit der Arzt diagnostiziert, die Ratschläge sind immer die gleichen: bewegen, Ernährung vorzugsweise auf Obst und Gemüse umstellen, trinken, Wasser vorzugsweise, das Rauchen aufgeben.

Den Sonntagsspaziergang beendeten die Eheleute heute etwas früher als sonst. Um 16 Uhr wollte sich der Kommissar bereits nach Ehingen aufmachen und er hasste alle Hektik. Sie tranken noch gemütlich ihren Kaffee und genossen die Sahnetorte, die Frau Herrmann gebacken hatte. Dann packte er seine Sachen zusammen und fuhr aufs Revier in der Erlenstraße. Krumbiegel erschien pünktlich. Beide waren ziemlich euphorisiert. Heute musste sich einiges entscheiden. Herrmann warnte zwar vor zu hohen Erwartungen, aber ein gewisses Hochgefühl ließ sich nicht unterdrücken – auch nicht nach über dreißig Jahren Polizeidienst.

Sie lagen genau im Zeitplan, als sie in der Panorama Straße in Ehingen ankamen. Die Ehinger hatten, wie abgesprochen, das Vorleben von Frau Vukovic durchleuchtet. Spektakuläres gab es nicht zu berichten.

Geboren in Deutschland, in einem kleinen Dorf in Nordhessen. Nach der Hauptschule machte sie eine Lehre in einem Schuhgeschäft. Nach Beendigung der Ausbildung arbeitete sie zunächst noch einige Zeit im Lehrbetrieb und wechselte dann in eine Pharmafabrik in Melsungen, vermutlich wegen der besseren Bezahlung. Irgendwann tauchte sie in Stuttgart auf. Bekannt wurde sie als Gefährtin eines polizeibekannten Mannes, der gute Beziehungen ins Rotlichtmilieu unterhielt. Ob sie auch anschaffen ging, ließ sich auf die Schnelle nicht klären. Als ihr Lover ins Gefängnis wanderte, verschwand sie aus Stuttgart. Wie und wo sie Ralfi Gerber kennenlernte, konnte nicht mit letzter Sicherheit festgestellt werden, sehr wahrscheinlich aber in Gerbers früherem Lokal in Riedlingen. Vorbestraft war sie nicht.

Ein Lebenslauf, wie man ihn von der Partnerin eines Ralf Gerber erwarten durfte. Für die Ermittler ergaben sich keine neuen Aspekte.

Der Papierfetzen, den die Spezialisten bei der Untersuchung des mutmaßlichen Tatfahrzeugs gefunden hatten, lag jetzt vor. Zu lesen waren die Worte abbiegen, wenden, 20 Uhr und daheim. Herrmann steckte den Fetzen ein. Im „Frosch" wollte er ihn dem Personal vorlegen. Wenn er Glück hatte, erkannte jemand die Handschrift.

Der Beamte, der bei der Firma Fröhling ermittelt hatte und einige Kopien erstellen konnte, legte Herrmann seine Papiere vor. Der schaute die Unterlagen durch und zeigte sich höchst zufrieden. Er lobte den Polizisten für seine saubere Arbeit.

Dann besprachen sie den Einsatzplan und legten fest, wie sie nach dem Eintreffen von Frau Vukovic vorgehen wollten - wenn sie denn eintraf! Eine latente Unsicherheit lag über den Gesprächen. Allen geisterte sie im Kopf herum, aber keiner sprach darüber.

33

Kurz nach 17 Uhr brachen sie auf Richtung „Frosch", Herrmann, Krumbiegel und ein Ehinger Beamter. Zwei weitere Beamte bezogen Stellung auf dem etwa 150 Meter entfernten Parkplatz an der Schmiech.

Im „Frosch" lief der Betrieb um diese Zeit nur mäßig. Elfriede Harm bediente. Der Wirt stand mürrisch hinter der Theke. Ein Mann, groß, hager, mit Hitlerfrisur, schwarzem Schnurrbart und stechenden, dunklen Augen. Heute trug er ausnahmsweise einmal eine Jacke, dass seine rundum tätowierten Arme nicht zu sehen waren. Es fehlte nur noch der Schlapphut, um aus ihm eine Figur aus dem Chicago der 20er-Jahre des letzten Jahrhunderts zu machen. Wenn er redete, bleckte er sein beeindruckendes Pferdegebiss – leider ohne Kandare, wie Krumbiegel später zynisch bemerkte. Herrmann dachte, ich möchte den einmal lachen sehen, dann sieht er bestimmt aus wie Rosinante, das Pferd Don Quichotes, des Mannes aus la Mancha.

Als die Polizisten eintraten, zogen sie sofort alle Blicke auf sich, obwohl alle in Zivil waren. Herrmann grüßte kurz und winkte dann Frau Harm zu sich, zog den Papierfetzen aus der Tasche und fragte sie, ob sie die Schrift kenne. Sie betrachtete das Fragment intensiv und meinte dann:

„Das könnte Herbert Rogalla geschrieben haben. Sicher bin ich mir aber nicht."

Herrmann steckte das Papier wieder ein.

Der Wirt verhielt sich abweisend wie immer. Er führte die drei ins hinlänglich bekannte Hinterzimmer mit dem bunt bemalten Kassenschrank. Offensichtlich wollte er sie nicht im Gastraum belassen, um die unvermeidlichen Spekulationen seiner Gäste in Grenzen zu halten.

In Anbetracht des bevorstehenden Finales hatten die

Herren einen besonders aufgeregten Ralfi erwartet, eventuell auch einen, der demonstrative Gelassenheit zur Schau trug. Aber es war alles wie immer. Kehrte Frau Vukovic möglicherweise doch nicht zurück? Wusste er Bescheid? Oder sah er die zu erwartende Konfrontation weniger dramatisch? Es blieb den dreien nichts anderes übrig als zu warten.

Bevor sich Ralfi wieder seiner Arbeit zuwenden konnte, zeigte ihm der Kommissar noch den Papierfetzen. Aber er schüttelte nur den Kopf und sagte, er kenne die Schrift nicht.

Die Herren mussten lange warten. Es war schon nach 18 Uhr, als der Posten vom Parkplatz signalisierte, dass eine Frauensperson beim „Frosch“ vorfahre.

Herrmann schlich aus dem Hinterzimmer, lief einen schmalen Gang entlang bis zur Garderobe, wo er, von ein paar Jacken geschützt, auf Eingang und Theke spähen konnte. Er hoffte aus der Begrüßungszeremonie vielleicht schon Rückschlüsse ziehen zu können.

Frau Vukovic erschien, schaute sich um, grüßte zu den Gästen, ging zu Ralfi an die Theke und gab ihm einen flüchtigen Kuss. Ein ziemlich kühler Empfang von beiden Seiten nach zwölf Tagen Abwesenheit. Überhaupt nichts Auffälliges. Abzulesen war aus dieser kurzen Szene gar nichts. Wie konnte man nach all diesen Verdächtigungen so cool bleiben?! Für Herrmann war das Verhalten Ralfis unerklärlich. Sollte etwa Frau Vukovic diese ganze… ja, die ganze „Transaktion“ bei der Volksbank in Riedlingen in Eigenregie durchgeführt haben? Eigentlich nicht vorstellbar. Vielleicht waren beide tatsächlich so supercoole Typen. Oder zeigte man in diesen Kreisen grundsätzlich keine Gefühle?

Herrmann zog sich wieder ins Hinterzimmer zurück. Dort warteten die Beamten, bis nach etwa einer Viertelstunde Ralfi mit seiner Partnerin erschien.

„Das ist Dana, Dana Vukovic, meine Frau", so stellte er sie vor. Die Dame gab jedem der Herren die Hand und stellte sich dann unbefangen den Fragen der Beamten. Sie hatte sich umgezogen, trug jetzt eine zartgelbe Bluse, darüber eine lange, rote Strickjacke, einen schwarzen Rock und hohe Schuhe. Neben dem Riesen Ralfi, dem sie gerade bis zur Schulter reichte, wirkte sie grazil und schmächtig. Man hatte aber nicht den Eindruck, es nur mit einem unbedeutenden Anhängsel dieses Hünen zu tun zu haben.

„Frau Vukovic", begann Herrmann die Befragung, „Sie wissen, worum es geht?"

„Nein, ich weiß gar nichts." Die Antwort kam sofort und unmissverständlich.

„Ich habe ihr nichts gesagt", ergänzte Ralfi seine „Frau", die er so titulierte, obwohl sie nicht verheiratet waren. „Das war doch ganz in Ihrem Sinne."

Wenn das stimmte, dann war dies schon die erste Überraschung. Eine extreme Situation, bedrängt von allen Seiten, auch die Frau unter schwerem Verdacht, und kommunizieren nicht miteinander? Normal ist das sicher nicht. Eine SMS zumindest hätte man erwarten können. Entweder war sie ihm gleichgültig, wollte sie gar loswerden oder aber er war sicher, dass weder ihm noch Frau Vukovic etwas angehängt werden konnte.

„Es geht um den Banküberfall in Riedlingen", klärte sie Herrmann auf.

„Und was habe ich damit zu tun?"

„Eine ganze Menge. Die Beute ist hier in diesem Kassenschrank gelandet."

„Wie kommen Sie darauf?" Die Frau gab sich völlig unwissend.

„Ganz einfach. In diesem Kassenschrank riecht, oder roch es zumindest bis vor Kurzem nach Fisch, nach Nordsee. Der Geruch, oder sagen wir besser der Gestank, kam aus einer Plastiktüte. In diese Tüte stopfte der Bankräuber das erbeutete Geld. Und dieses Geld hatte kurz zuvor eine Fischverkäuferin einbezahlt. Und diese Tüte lag noch hier im Kassenschrank?"

„Woher wollen Sie wissen, dass in dieser Tüte das Geld war, das in Riedlingen geraubt wurde?"

„Fragen wir anders herum: Woher wollen Sie Geld aus einem Fischladen bekommen haben?"

Jetzt wurde die Dame doch unsicher. Sie zuckte mit den Schultern und schaute hilfesuchend zu Ralfi. Aber der war genauso unsicher.

Nach langen Sekunden Ratlosigkeit sagte sie schließlich:

„Wieso Geld aus einem Fischladen? Sie behaupten das einfach."

„Wir sind uns da absolut sicher", erwiderte Herrmann. „ Mein Kollege und ich haben in Riedlingen... ja, Fischladengeld gerochen und in diesem Kassenschrank roch es genauso. Außerdem befand sich das Geld in einer Plastiktüte und der Räuber in Riedlingen hat seine Beute in einer solchen Tüte verstaut. Für uns gibt es keinerlei Zweifel."

Die Wirtsleute standen nach den klaren Aussagen Herrmanns ziemlich unschlüssig da. Die herausfordernden Blicke der Beamten verstärkten noch ihre Unsicherheit. Frau Vukovic hielt dem Druck nicht lange stand. Sie musste reagieren.

„Wir holen das Geld immer von der Bank. Vermutlich auch das, was Sie als Fischladengeld ausgemacht haben wollen."

Auf diese Antwort konterte Krumbiegel schnell:

„Keine Bank gibt derart kontaminiertes Geld an die Kunden. Außerdem würde das keiner nehmen. Sie bestimmt auch nicht."

Herrmann ergänzte seinen Kollegen noch:

„Beschädigtes oder so... so anrüchiges Geld tauscht die

Bank bei der LZB um. Und von dort bekommt sie nur druckfrische Noten. Aber eine andere Frage stellt sich: Wozu wollen Sie Papiergeld auf der Bank geholt haben? Normalerweise zahlen Sie doch Ihre Einnahmen dort ein. Dass sie Münzgeld brauchen - in Ordnung, aber Papiergeld? Das wäre ein Novum."

Frau Vukovic erkannte, dass sie es mit einem ausgefuchsten, erfahrenen Profi zu tun hatte. Sie versuchte deshalb die Sache ins Lächerliche zu ziehen.

„Sie nehmen an, dass es sich um Geld aus einem Fischladen handelt, speziell um in Riedlingen geraubtes Fischgeld. Aber sicher ist das nicht. Der Geruch oder der Gestank kann von allem Möglichen herrühren. Wir haben noch nie etwas Unangenehmes gerochen. Haben Sie besonders feine Nasen oder haben Sie Spürhunde eingesetzt?"

Jetzt zog Herrmann die Zügel an. Er wunderte sich, dass Ralfi an ihrer Seite so merkwürdig ruhig blieb.

„Frau Vukovic, wir spielen hier nicht Katz und Maus. Wenn Sie glauben, uns an der Nase herumführen zu können, täuschen Sie sich.

Aber gut, wenn Sie so wollen, fangen wir ganz vorne an. Wo waren Sie am vorletzten Dienstag, dem Tag des Überfalls?"

„Ich… also ich… wo war ich da? Um 17 Uhr hatten wir hier eine Geburtstagsfeier, zwischen ja… zwischen 21 und 22 Uhr bin ich dann nach Ulm gefahren, habe bei meiner Schwester übernachtet und bin dann am Morgen mit dem Zug weiter nach München. Von dort bin ich nach Bosnien geflogen."

„Das wissen wir. Wo waren Sie am Nachmittag?"

„Also da… da muss ich nachschauen, das muss ich mir überlegen. Auf Anhieb kann ich das nicht sagen."

„Ihre Angestellten sagen, sie seien an diesem Dienstagnachmittag ab circa 15 Uhr etwa eine Stunde außer Haus gewesen. Wo waren Sie da?"

„Wo war ich da... beim Einkaufen vermutlich, bei Aldi. Wo sonst?“

Herrmann griff nach seiner Tasche, holte einen Lippenstift heraus hielt ihn der Frau vors Gesicht und sagte:

„Das ist Ihr Lippenstift.“

Sie fasste den Stift mit spitzen Fingern, drehte ihn hin und her, beäugte ihn von allen Seiten und meinte schließlich:

„Möglich, kann sein.“

Dann zeigte er ihr den Fetzen. Nachdem sie ihn genau betrachtet hatte, meinte sie:

„Könnte... könnte von Happy sein, von Rogalla.“

Erstaunlich, wie sich die Frau wieder unter Kontrolle hatte. Sie antwortete so unbefangen, als hätte man sie nach dem Wetter gefragt. So war ihr also nicht beizukommen. Aber sie hatten ihr Pulver ja noch nicht verschossen.

„Dieser Happy, dieser Rogalla, hat bei Ihnen oder bei Herrn Gerber Schulden. Wie hoch sind diese Schulden, wieso hat er überhaupt Schulden und wie setzen sie sich zusammen?“

„Wie hoch?“, die Dame wirkte ziemlich ratlos. „Also ich glaube so um die 3000 Euro. Woher Sie kommen? Ich weiß nur das, was mir Ralf sagt, sie müssen ihn fragen.“

Jetzt wurde Herrmann ironisch.

„Soso 3000. Jetzt haben wir schon drei verschiedene Summen. Genaue Zahlen kennt hier anscheinend niemand. Sie sollen der Finanzminister sein und wissen nur ein bisschen etwas, quasi vom Hörensagen. Ihre Buchhaltung würde mich interessieren. Da wird doch nur verschleiert und verschoben. Nach unseren Informationen hat Herr Gerber Herrn Rogalla unter Androhung von harten Konsequenzen ultimativ aufgefordert seine Schulden zu begleichen. Und Sie, seine Lebensgefährtin, dachten, die beiden spielen Monopoly. Wie rührend.“

„Wenn ich nichts weiß, kann ich nichts sagen“, entgegnete sie trotzig.

„Uns würde schon genügen, wenn Sie uns sagen was Sie wissen. Wenn Sie es noch nicht gemerkt haben sollten, Sie beide stecken in dieser Geschichte drin bis an die Nasenlöcher. Ihr Spiel auf Zeit und die Hoffnung auf ein Wunder, die gehen nicht mehr lange auf. Und Sie wissen das. Normalerweise löst dies die blockierte Zunge und auf wundersame Weise kehrt das Erinnerungsvermögen wieder zurück…"

Er machte eine Pause und schaute die Frau fragend an. Aber sie schwieg und zuckte nur mit den Schultern.

Herrmann griff in seine Tasche, holte eine Tüte mit Sahnebonbons heraus und bot allen an zuzugreifen. Aber nur die beiden Polizisten nahmen das Angebot an. Es war eine jener überraschenden Aktionen, die der Kommissar in heiklen Situationen immer wieder inszenierte und damit Freund und Feind irritierte. Dann setzte er die Befragung fort.

„Noch einmal zum Lippenstift. Wir haben ihn in dem Wagen gefunden, den der Täter oder die Täterin, genau wissen wir es noch nicht, beim Überfall benutzt hat. Es war der Wagen Ihres Lebensgefährten; das ist so gut wie sicher. Unter anderem stimmte das Reifenprofil, das Amulett am Rückfenster, und der Audi stand zur Zeit des Überfalls in der Nähe des Tatorts. Außerdem fanden wir im Papierkorb neben dem Wagen die Wirtszeitung."

Und dann schickte er noch eine Spitze hinterher.

„Sie haben ja eingeräumt, dass der Lippenstift Ihnen gehören könnte. Wenn es nicht der Ihrige wäre, müsste Herr Gerber eine andere Frau im Auto gehabt haben."

Jetzt regte sich Ralfi aber auf.

„Sie behandeln uns hier wie Schwerverbrecher", schrie er. „Wo sind wir eigentlich! Sie wollen die Frau fertigmachen. Unverschämtheit!"

„Wir wollen nur die Wahrheit hören und sonst gar nichts."

Und jetzt klang Herrmanns Stimme wieder scharf und schneidend.

„Den ganzen Zirkus hier können wir uns sparen, wenn Sie endlich sagen, wer die Plastiktüte mit dem geraubten Geld in den Kassenschrank gelegt hat. Sie beide haben ja belastbare Alibis - soweit wir das bisher klären konnten. Es gibt aber andere Verdächtige, Herrn Rogalla zum Beispiel. Eines wissen wir sicher: Zwei Personen kennen den Code zu diesem Kassenschrank. Oder kennt ihn noch ein Dritter, kannte ihn Frau Ziesche vielleicht, als sie noch lebte?"

„Nein, nur wir beide", antwortete Ralfi.

„Gut. Wenn nur Sie beide bleiben, müssen wir entweder Sie, Frau Vukovic oder Sie, Herr Gerber, festnehmen, wenn Sie nicht endlich auspacken. Vielleicht sogar beide."

Jetzt wurde Ralfi unruhig. Er schaute unschlüssig zu seiner Frau. Es brodelte in ihm, wie deutlich zu sehen war. Auch die Frau kämpfte nun sichtlich mit sich. Beide rangen um den für sie besten Weg. Beide standen unter Hochspannung. Hin- und hergerissen schauten sie einander an und immer wieder den Kommissar. Endlich, nach einer Ewigkeit, forderte Ralfi seine Partnerin mit einer unmißverständlichen Geste auf zu reden. Angesichts der Beweislage wohl die einzig sinnvolle Entscheidung.

Frau Vukovic räusperte sich, schaute den Kommissar jetzt fast ängstlich an, gab sich dann aber einen Ruck und bekannte:

„Der... der Happy, der Herbert Rogalla hat mir das Geld in der Plastiktüte gebracht."

34

Für einen Moment stand die Zeit still. Die Spannung fiel ab. Aufatmen bei allen.

„Der Herr Rogalla also. So, so... Eine Überraschung ist das nicht", sagte Herrmann, nachdem er die Aussage der Wirtin verdaut hatte. Er machte nicht gerade einen glücklichen Eindruck. Krumbiegel wusste, dass ihm ein anderer Täter lieber gewesen wäre.

Dann beauftragte der Kommissar seine Begleiter, die Kollegen auf dem Parkplatz anzuweisen, den mutmaßlichen Täter Rogalla abzuholen, ihn gegebenenfalls zu suchen.

Im Hinterzimmer befragten die Beamten unterdessen Frau Vukovic nach dem Verbleib des geraubten Geldes. Zunächst verweigerte sie eine Antwort, erst auf energisches Drängen der drei Herren gab sie zu, die ganze Summe mit nach Bosnien genommen zu haben. Sie arbeite hier um Kost und Logis, die 5000 Euro habe sie sich als Lohn für zwei Jahre harte Arbeit genehmigt. Außerdem seien ihre Verwandten arme Leute, denen sie helfen müsse. Von gesetzwidrigem, unrechtem Tun wollte sie nichts wissen.

Mittlerweile fuhren die Polizisten mit Herbert Rogalla vor. Sie führten ihn unauffällig ins Hinterzimmer. Er trug keine Handschellen und er bewegte sich zwischen den Beamten auch so, dass niemand auf den Gedanken gekommen wäre, es handle sich hier um einen Bankräuber. Bekleidet war er wie immer mit Jeanshose und Vliesjacke.

„So trifft man sich wieder", begann der Kommissar und sah den Sünder an mit einer Mischung aus Enttäuschung, Mitleid und Ich-hab-es-ja-gewusst-Attitüde.

„Herr Rogalla, ich muss Sie festnehmen wegen des dringenden Verdachts, in Riedlingen die Volksbank überfallen und dabei 5000 Euro erbeutet zu haben."

„Ich habe die Bank nicht überfallen. Ich habe ein wasserdichtes Alibi."

Rogalla sprach klar und bestimmt.

Wütend fuhr ihn Herrmann an: „Verschonen Sie mich mit Ihrem Alibi!

Jetzt ziehen Sie gleich noch den großen Unbekannten aus der Tasche! Sie haben die Beute hier abgeliefert. Die 5000 Euro hat Ihnen wohl eine gute Fee zugesteckt, Weihnachtseinkäufe machen!"

„Frau Römer, Anna Römer, kann mein Alibi bestätigen. Ich habe sie an diesem Dienstag kurz nach 16 Uhr um ein paar Teebeutel gebeten und extra noch betont: jetzt ist es fast 16 Uhr 30, bis 17 Uhr muss das Vesper auf dem Tisch stehen. Sie erinnert sich ganz bestimmt daran."

Rogallas Behauptung klang überzeugend und er machte auch einen zufriedenen, selbstsicheren Eindruck.

„Wir haben alle Nachbarn befragt und niemand hat Sie an besagtem Dienstag gesehen", mischte sich Krumbiegel ein.

„Es war auch nicht bei mir daheim, in der Allensteiner Straße."

„Sondern...?" Gespannt warteten alle auf diese Antwort.

„In der Oberbuchstraße 13."

„Da... da wohnt doch... da wohnt doch Elle...!" Frau Vukovic stockte der Atem.

„Waaaas...?!!", schrie Ralfi, „du und Elle...!"

„Hab ich dir nicht kürzlich gesagt, da läuft etwas. Ich seh das doch."

Die Wirtin nickte wissend, irgendwie befreit, zufrieden und Ralfi konnte nur noch völlig überwältigt stammeln:

„Mir bleibt die Spucke weg."

„Sie sind mit Frau Harm liiert?", fragte der Kommissar Rogalla.

„Ja. Wir wollten gemeinsam ein neues Leben beginnen, bürgerlich, ganz bürgerlich. Elle hat von Anfang an gesagt, dass für sie nur ehrliche Arbeit in Frage kommt. Krumme Dinger sind mit ihr nicht zu machen. Alles sauber und solide, sonst wäre keine Beziehung zustande gekommen."

„Du und solide", lästerte der Wirt.

„Lassen sie Herrn Rogalla reden“, fuhr ihm Herrmann in die Parade.

Und der erzählte, dass sie ganz ernsthaft neu beginnen wollten, dass er als ungelernter Knasti nur ganz schwer eine Stelle bekomme, dass er aber jetzt ganz sicher sei, demnächst geregelt und tariflich bezahlt arbeiten zu können.

Herrmann gratulierte ihm – wenn es denn tatsächlich klappen sollte. Jetzt ginge es aber erst einmal darum, den Täter dingfest zu machen.

„Alle drei, die sie hier sitzen, sind mehr oder weniger in den Fall verwickelt. Sie, Herr Rogalla, haben die Volksbank in Riedlingen überfallen, das glaube ich immer noch, bis Sie mir einen andern Täter präsentieren. Sie standen unter Druck, weil Ihnen Herr Gerber wegen Ihrer Schulden die Pistole auf die Brust gesetzt hat. Sie, Herr Gerber, haben die ganze Logistik besorgt und den Wagen mit der falschen Nummer zur Verfügung gestellt. Und Sie, Frau Vukovic, haben die Beute in Empfang genommen und für ihre Zwecke verwendet, obwohl Sie genau wussten, dass das Geld geraubt war, es Ihnen also nicht gehörte. Auch das natürlich ein strafbarer Tatbestand. Fehlt nur noch ein Geständnis. Rufen Sie einmal Frau Harm herein.“

Der Ehinger Beamte begab sich ins Gastzimmer und kam gleich darauf wieder mit Elfriede Harm zurück.

„Frau Harm, Sie haben am vorletzten Dienstag die Volksbank in Riedlingen überfallen“, so überrumpelte Herrmann die Bedienung.

Und die nahm die Beschuldigung überraschend gefasst auf.

„Ja, ich habe es getan.“ Es klang, als sei sie erleichtert, nachdem sie gestehen konnte.

„Das gibt es nicht! Elle… du… eine Bankräuberin!“ Der Wirt verlor fast die Fassung. Er brachte den Mund nicht mehr zu.

„Diese Stillen haben es faustdick hinter den Ohren", setzte die Wirtin nach.

Herrmann hatte sich nach seiner blitzartigen Erkenntnis wieder gefangen und sagte erleichtert zu Frau Harm:

„Das ist nun doch eine Überraschung. Sie hatte ich bis vor zehn Minuten nicht auf der Rechnung. Wirklich nicht. Obwohl, Frau Zeller, die Angestellte in Riedlingen, die Vermutung äußerte, dass auch eine Frau die Täterin gewesen sein könnte. Aber Sie? Nein."

„Sie ist auch keine… keine Kriminelle. Sie hat es nur für mich getan", schaltete sich Rogalla ein.

„Wenn ich das alles richtig einordnen kann", redete der Kommissar weiter, „dann wussten weder Sie, Herr Gerber, noch Sie, Frau Vukovic, dass Frau Harm die Bank überfallen hat. Sie gingen von der Täterschaft Ihres Stammkunden Herbert Rogalla aus, der bei Ihnen dick in der Kreide stand und noch oder wieder steht."

„Wir hatten keine Ahnung. Unglaublich!", bestätigte Ralfi, noch ganz im Banne dieses Geständnisses.

„Die Forderung wird Ihnen natürlich bleiben", belehrte der Kommissar den Wirt. „Die Beute ist selbstverständlich wieder an die Bank zurückzuzahlen. Und wenn Sie Ihre Ansprüche später vielleicht einklagen wollen, müssen sie eine detaillierte, überprüfbare Abrechnung vorlegen. Aber ich denke das werden ihre geringsten Sorgen sein die nächste Zeit. – Frau Harm, jetzt erzählen Sie mal. Wenn Sie sich dadurch belasten, brauchen Sie natürlich nichts zu sagen. §55 StPO."

Und Frau Harm erzählte, sie sei so froh, dass jetzt endlich alles zu Ende sei. Sie habe es fast nicht mehr ausgehalten. Und der Überfall? Einfach nur schrecklich. Nie zuvor habe sie eine Waffe in der Hand gehalten, sie wundere sich heute noch, dass sie überhaupt die Decke getroffen habe. Und das mit Herbert, ja, sie seien sich nähergekommen, besonders als sie ihm erzählte, dass sie seine Auseinandersetzung mit Ralfi mitgehört habe.

Hier griff Rogalla ein. Ralfi habe ihm ein Ultimatum gestellt. In vier Monaten sollte er seine Schulden tilgen, sonst… Er wusste, was das bedeutete.

Der Wirt schrie immer wieder dazwischen, alles sei erstunken und erlogen. Die Beamten hatten alle Mühe ihn zum Schweigen zu bringen.

Elle Harm erzählte weiter, wie sie überlegten, was sie tun könnten, um aus dem Schlamassel herauszukommen. Wenn beide gearbeitet hätten, wäre ein Abstottern möglich gewesen. Aber das Ultimatum! Ralfi hätte sich mit kleinen Raten nicht zufriedengegeben. Er habe immer eine billige Hilfskraft gebraucht, einen 15. Nothelfer. Herbert war immer von ihm abhängig und das sollte auch so bleiben. Sie sei Gott sei Dank immer unabhängig gewesen. Aber den Herbert habe er für ein Butterbrot zu allem Möglichen und Unmöglichen missbraucht. Vielleicht käme ja im Laufe der Ermittlungen noch einiges zutage.

Hier schrie der Wirt wieder dazwischen, Happy, dieser Waschlappen, habe immer eine Mami gebraucht, das Sensibelchen, das verletzliche. Nie habe er etwas bezahlt. Und er nannte Frau Harm ein Miststück.

Der Kommissar drohte ihm mit Rauswurf, wenn er nicht sofort mit seinen Beleidigungen aufhöre. Ganz konnten sie ihn aber nicht zum Schweigen bringen.

Frau Harm berichtete weiter, dass sie reinen Tisch machen wollten. Sie habe Herbert klar gemacht, dass sie das geraubte Geld wieder zurückzahlen müssten, ihren Möglichkeiten entsprechend in Raten.

Hier warf der Kommissar ein, nachdem Gerber von dem Überfall wusste, hätte er sie wieder in der Hand gehabt, sie wären von einer Abhängigkeit in die nächste geschlittert.

Dem widersprach Rogalla. Er hätte ein Alibi gehabt und Elle hätte niemand verdächtigt. Außerdem habe die Aushilfe einen Streit zwischen ihm und Ralfi mitgehört. Also auch eine Zeugin. Dann besitze er noch eine vom Wirt gefertigte einfache Skizze des Tatortumfelds, zwar nur eine zerknittertes DIN A 4 Blatt, aber immerhin. Und natürlich hätte er das Geld wieder herausrücken müssen, wenn er uns in die Pfanne gehauen hätte.

Hier rastete der Wirt beinahe aus. Er tobte, bewarf die beiden mit übelsten Schimpfwörtern, bezeichnete ihre Aussagen als erlogen, als Märchen aus Tausend und einer Nacht. Nur mit äußerster Kraft und Mühe gelang es den Beamten, den Tobenden zur Räson zu bringen.

Herrmann konnte nicht umhin, den beiden für ihr überlegtes Vorgehen seinen Respekt zu zollen.

Rogalla präzisierte ihre strategischen Überlegungen noch.

„Weil Elle immer anständig war, arbeitete, keine Schulden hat und nie hatte, nie mit dem Gesetz in Konflikt gekommen ist, hat sie angeboten, für mich das... das Ding zu... zu drehen. Sollte die Sache schief gehen, hätte sie mit einer milderen Strafe rechnen können." Er sprach immer noch im Konjunktiv, obwohl die Täterschaft mittlerweile eindeutig feststand.

„Die Rechnung könnte sogar aufgehen", bestätigte Herrmann, „Bankraub aus Liebe und nicht vorbestraft stimmt die Richter sicher milde. – Aber warum, um alles in der Welt, haben Sie geschossen?"

„Der Ralfi hat mir eingebleut: Sofort einen Warnschuss abgeben, dann sind die Angestellten verängstigt, spuren und kommen nicht auf dumme Gedanken", begründete Rogalla das Vorgehen. „Aber Elle hat erst geschossen, als Angestellte auf der Bildfläche erschienen."

Hier wollte sich Ralfi wieder auf Happy stürzen, aber Krumbiegel und der Ehinger Kollege hielten ihn fest. Er schrie:

„Du elendes Würstchen, du Jammerlappen, du und deine Schlampe..."

Weiter kam er nicht. Die Beamten hinderten ihn mit Gewalt an seiner Schreierei und Herrmann drohte unmissverständlich, ihn festnehmen zu lassen.

„Den Happy, dieses Nichts, fassen sie mit Glacehandschuhen an. Wer hat denn die Bank überfallen? Doch der und sein Flittchen!“

Herrmann explodierte:

„Raus jetzt! Mir reicht es!“ Die beiden Polizisten schoben Ralfi hinaus in die Gaststube.

„Frau Harm, wo ist die Pistole geblieben?“, setzte der Kommissar die Befragung fort, nachdem der Störenfried endlich entsorgt war.

„Sie liegt bei mir daheim in einer Schublade. Ich bin froh, wenn ich sie endlich wieder los werde. So ein Ding im Haus aufzubewahren ist eine psychische Belastung. Und niemand kann sich vorstellen, was es für ein Horror, für ein Druck, für eine Extremsituation ist, eine Pistole in der Hand zu halten und eventuell schießen zu müssen. Wenn Sie an der Theke stehen, einem Menschen gegenüber, droht ihnen die Kontrolle über ihre Physiologie zu entgleiten. Das Gehirn hat ohnehin längst auf Automatik geschaltet. Sie reagieren unwillkürlich, mechanisch. Sie befinden sich in einer irrealen Welt. Ein pathologischer Zustand. Erst wenn Sie die Bank wieder verlassen haben, kehren Sie langsam in die reale Welt, in die Wirklichkeit zurück. Das ist bei Profis sicher anders, bei mir war es die Hölle, die mit Abstand schlimmste Situation in meinem Leben. Ich würde es nie, nie wieder tun! Wie ich das alles und bis heute durchgestanden habe, ist mir selbst ein Rätsel.“

Frau Harm weinte, ein befreiendes, erleichterndes Weinen. Sie hatte eine Last abgeschüttelt. Die Anwesenden hatten nie den Eindruck, sie suche nach einer Entschuldigung, nein, es war eine schonungslose Beichte, eine Selbstanklage, weil sie eine unverzeihliche Dummheit begangen, weil sie sich überschätzt hatte.

Es klopfte an der Tür. Ralfi streckte den Kopf herein und fragte, ob er wieder teilnehmen dürfe.

„Nur, wenn Sie sich zu benehmen wissen," beschied ihm Herrmann. Er trat ein und platzierte sich neben der Tür.

„Frau Harm, wie haben Sie es damals eigentlich geschafft, durch alle Straßensperren und alle Kontrollen zu kommen? Die Riedlinger Kollegen haben doch sofort alle Ausfallstraßen gesperrt und auch weiträumig wurden überall die Kontrollen verstärkt", fragte Krumbiegel.

„Ich bin da eine Straße vorgefahren bis zur B 311. Genau da, wo diese Straße endet, befindet sich ein Autohaus. Die Angestellten machten gerade Feierabend. Ich habe auf dem Nachbargrundstück ein paar Minuten gewartet, bis alle Beschäftigten das Firmengelände verlassen hatten. Dann habe ich den Wagen zu den andern vor das Autohaus gestellt. Unter den schätzungsweise gut eineinhalb Dutzend Fahrzeugen fällt der meinige nicht auf, dachte ich. Dann habe ich den Sitz zurückgeklappt und mich ganz klein gemacht. So zusammengekauert quälte ich mich aus den Klamotten, Herberts Klamotten, und arbeitete mich wieder in meine eigenen. Es wurde bitterkalt mit der Zeit. Zum Schluss konnte ich die Finger kaum mehr bewegen. Gegen… ja, halb neun bin ich dann nach Hause gefahren. Herbert hat das Geld in Empfang genommen und sofort samt dem Auto im ‚Frosch' abgeliefert."

„Diese Schlampe", motzte Ralfi gehässig, „gibt sich wie eine Heilige und raubt dann Banken aus. So ein hinterfotziges Luder! Und ich, ein Unschuldiger, werde verdächtigt."

„Halten Sie jetzt die Klappe! - Eine letzte Frage, Frau Harm: Sie sagten, um halb fünf seien Sie noch in der Bäckerei gewesen?"

„Es war um vier. Ich dachte, die Verkäuferin erinnert sich nicht mehr so genau."

Hermann schaute zufrieden in die Runde.

„Ich denke, der Fall ist geklärt bis auf Kleinigkeiten. Genau genommen sind die Herrschaften über das Fischgeld gestolpert. Welche Ironie. Damit konnten sie nun wirklich nicht rechnen. Ich sage das zu ihrer Ehrenrettung. Irgendwann hätten wir den Fall gelöst. Ich wusste, dass wir auf der richtigen Spur waren, aber nach dieser überraschenden Wende muss ich ehrlicherweise gestehen, es hätte noch einige Zeit dauern können. Frau Harm in die Buchauer Klamotten zu stecken, war clever ausgedacht.

Diese ganze … ganze Aktion lief trotzdem unter dem Motto: Versuchen wir es einfach einmal. Es wird schon schief gehen. Es ging dann beinahe gut. Beinahe!

Der römische Kaiser Vespasian sagte einst: Pecunia non olet – Geld stinkt nicht. Diese These ist nachdrücklich widerlegt worden. – Weder ich noch meine Kollegen verstehen etwas vom Angeln, von Fischen und Fischzucht. Trotzdem haben wir einen ordentlichen Fang gemacht."

„Petri Heil", brummte Ralfi abfällig.

„Danke." Herrmann war jetzt die Liebenswürdigkeit in Person. Er musste aber gleich wieder auf Ernst umschalten.

„Frau Harm, wir nehmen Sie vorläufig fest wegen des dringenden Verdachts, die Volksbank in Riedlingen überfallen zu haben."

Krumbiegel übergab die Frau den Beamten, die draußen vor der Gaststätte Stellung bezogen hatten. Rogalla folgte ihnen.

Ralfi schimpfte hinter ihr her, aber Herrmann erklärte ihm, dass gerade er am wenigsten Grund habe, sich so aufzuspielen. Unter Umständen sitze er länger ein als Frau Harm. Eine ganze Latte von Delikten käme bei ihm zusammen: Anstiftung zum Bankraub, Beihilfe, Nötigung, illegaler Waffenbesitz und wer weiß was noch alles, wenn man einmal unters Bett schaut.

Ralfi nahm die Anschuldigungen schweigend zur Kenntnis.

Seine Frau schaute irritiert. Ihr Blick wanderte von Ralfi zum Kommissar und wieder zurück. Vielleicht dachte sie an mögliche Konsequenzen. Antworten fand sie keine. – Dann redete Herrmann weiter.

35

„Wir sind noch nicht fertig mit einander, Herr Gerber. Noch nicht. Wir haben noch einen ungeklärten Fall: den Mord in Ravensburg am 26. Oktober vor drei Jahren. Und Sie sind der Hauptverdächtige."

„Der Mörder hat doch ein Geständnis abgelegt. Kam heute Morgen im Radio," entrüstete sich Ralfi.

„Das Geständnis war falsch, vergessen Sie's. Nach wie vor sind Sie der Hauptverdächtige."

„Natürlich ich. Erst wollen Sie mir einen Bankraub anhängen und jetzt auch noch einen Mord in die Schuhe schieben. Anscheinend bin ich für Sie der Mann für alle Fälle, für alle Lumpereien. Nein, nein, ohne mich!"

Herrmann gab sich ganz entspannt, nachdem der Fall Riedlingen geklärt war. Frau Harm tat ihm zwar leid, aber er musste seine Pflicht tun. Gerber in die Mangel zu nehmen, bedeutete für ihn mehr Kür als Pflicht. Zunächst ließ er ihn schmoren. Er putzte umständlich seine Brille und kramte dann in seiner Mappe. Krumbiegel fühlte sich bemüßigt, die Vernehmung fortzusetzen.

„Tun Sie nicht so hochnäsig!", blaffte er den Wirt an. „Wir haben erdrückende Beweise, die eindeutig für Ihre Täterschaft sprechen. Ich rate Ihnen dringend die Wahrheit zu sagen. Gelogen haben Sie im Riedlinger Fall genug."

„Ich verteidige mich nur gegen ungerechtfertigte Verdächtigungen. Sie würden mich doch am liebsten lebenslänglich einsperren und möglichst noch foltern."

Der Ton zwischen den beiden war von der ersten Silbe an aggressiv. Herrmann schaltete sich wieder ein.

„Reden wir Tacheles. Sie besitzen die Waffe, mit welcher in Ravensburg Reiner Schrott erschossen wurde. Sie haben dies lange geleugnet, mittlerweile wissen wir aber, dass Sie uns angelogen haben."

„Damals besaß ich den Revolver noch gar nicht. Ich kann also gar nicht geschossen haben", wehrte sich der Wirt.

„Fangen Sie nicht mit solch hanebüchenen Ausflüchten an", ärgerte sich der Kommissar. „Auch wir glauben nicht mehr an den Osterhasen."

„Es ist aber so. Ich habe die Waffe vor einem Jahr in Tschechien gekauft!"

„Da schau her. In Tschechien. Und wo in Tschechien?"

„In Prag."

„In Prag. Natürlich in Prag. Vermutlich die einzige tschechische Stadt, die Sie kennen. Und wo in Prag?"

„Wo in Prag", äffte Gerber den Kommissar nach, „nicht auf dem Rathaus."

„Hätten Sie aber tun sollen und den Kauf am besten gleich vom Bürgermeister beglaubigen lassen, dann könnte ich Ihre Aussage ernst nehmen."

„Sie wollen die Wahrheit ja gar nicht hören. Sie wissen alles besser. Ich brauche gar nichts mehr zu sagen."

„Doch, die Wahrheit. Auf Ihre Märchenstunde können wir verzichten."

„Sie akzeptieren ja nur die Wahrheit, die Ihre Version stützt. Die wahre Wahrheit, wenn Sie so wollen, interessiert Sie gar nicht."

„Oh doch. Die wahre Wahrheit, wie Sie sagen, und meine Wahrheit, sind in diesem Fall identisch. Davon bin ich überzeugt. - Vergessen Sie die Prager Nummer, sie ist einfach zu billig.

Werden wir konkret: Sie waren drei Tage vor dem Mord in Ravensburg. Warum? Was haben Sie dort getan? Bis heute konnten Sie diese Frage nicht beantworten."

„Das ist doch lächerlich. Wie soll ich nach drei Jahren noch wissen, was ich an einem stinknormalen Tag in Ravensburg erledigt habe? Sie haben mich diesen Quatsch schon einmal gefragt. Was wollen Sie damit erreichen?"

„Dieser 23. Oktober war eben kein stinknormaler Tag wie jeder andere. Ihr Besuch damals hatte etwas mit dem Mord zu tun. Mit Sicherheit! Und nur deshalb fällt Ihnen nicht mehr ein, warum Sie damals in Ravensburg waren. –Aber wir haben noch mehr Dinge in petto: Sie haben vor zwei Jahren auf ihr Hausdarlehen eine Sondertilgung in Höhe von 120 000 Euro vorgenommen. Woher kam das Geld?"

Diese Frage traf Ralfi sichtlich. Um Zeit zu gewinnen, zerlegte er sie und wiederholte sie noch einmal.

„120 000 Euro… damals… vor… vor….zwei Jahren? – Erbteil von meinem Vater. Klar. Er besaß in Söflingen ein Haus."

„Ja, er besaß ein Haus, aber sie bekamen nichts oder nichts mehr, nach allem, was wir von Ulm gehört haben. Geerbt können Sie damals sowieso nicht haben, weil Ihr Vater erst vor Kurzem gestorben ist."

„Dann wissen Sie ja mehr als ich", erwiderte Ralfi begleitet von einem gekünstelten Lächeln.

„Wir wissen vielleicht mehr, als Sie uns sagen. Natürlich wollen Sie nicht zugeben, dass Sie uns wieder angelogen haben. Ganz offensichtlich können Sie uns nicht sagen, woher die Tilgungssumme stammt. Und warum nicht? Die Erklärung ist einfach. "

„Warum fragen Sie dann?" Ralfi war angeknockt. Mit flatternden Blicken und zuckenden Mundwinkeln stand er vor den Beamten. Immer wieder griff er wie Halt suchend nach der Klinke am Kassenschrank.

Herrmann setzte nach:

„Wir können natürlich die ganze Indizienkette durchdeklinieren. Das Ergebnis kennen wir schon jetzt. Es wäre an der Zeit, Herr Gerber, ein Geständnis abzulegen. Sie könnten Ihre Situation nur verbessern."

„Was soll ich gestehen? Ich kenne den Ermordeten gar nicht. Ich war nicht in Ravensburg."

„Gut, dann helfen wir Ihnen eben ein bisschen auf die Sprünge. Unsere Beweise würden doppelt und dreifach für einen Haftbefehl reichen. Aber vielleicht kommen Sie doch noch zur Einsicht. Dass Sie bis zu den Haarwurzeln im Dreck stecken, dürfte Ihnen klar sein. –

Sie waren bei der Bundeswehr?"

„Ja, in Nagold."

„In Nagold. Schön." Der Kommissar kramte einen Zettel aus seiner Tasche. „Dann waren sie beim 3. Fallschirmjägerbatallion und bei den Kameradschaftstreffen sind Sie immer mit Schrott zusammengekommen."

„Woher wissen Sie das?" Das Wissen des Kommissars machte den Wirt so perplex, dass er sich unvorsichtigerweise verplapperte, die Feststellung des Kommissars indirekt bestätigte.

„Woher ich das weiß? Das ist jetzt uninteressant. Viel interessanter ist, dass Sie das Mordopfer kannten und – fast schon vorhersehbar – uns erneut angelogen haben."

„Ich habe Reiner nicht umgebracht."

„Sie waren auch nicht in Ravensburg. Wir haben uns bei der Autoverleihfirma Fröhling schlau gemacht. An diesem 26. Oktober hat kein Ralf Gerber einen Wagen gemietet und keine Dana Vukovic."

„Sag ich doch. Aber Sie glauben mir ja nichts!", erregte sich der Wirt und gab sich sofort wieder aggressiv und anmaßend.

„Langsam", der Kommissar zelebrierte jetzt geradezu seine faktische Überlegenheit, „die Ehinger Kollegen haben später noch einmal nachgeforscht. Auch sie fanden am 26. Oktober nichts, auch am 25. hat kein Ralf Gerber einen Wagen gemietet."

„Sehen Sie jetzt, dass Sie auf dem Holzweg sind?" Ralfi triumphierte. Herrmann redete ruhig weiter.

„Vielleicht hat Frau Vukovic am 25. einen Wagen gemietet?"

„Ich? Wie kommen Sie da drauf! Ich habe noch nie ein Auto gemietet", entrüstete sich die Frau.

„Das wollte ich hören, genau das. Ich glaube Ihnen, Frau Vukovic."

Herrmann fingerte einen DIN A 4-Bogen aus seiner Mappe.

„Das ist die Kopie des Mietvertrags vom 25.10. Mieter: Dana Vukovic. Die Unterschrift ist unleserlich. Wenn wir sie mit dem Signum auf Ihrem Ausweis vergleichen, Frau Vukovic, braucht man bestimmt kein Graphologe zu sein, um zu erkennen, dass beide nichts mit einander zu tun haben. Die Unterschrift auf dem Vertrag hier ist gefälscht. Und den Fälscher kennen wir. – Herr Gerber, es wird eng für Sie. Sie können sich einen Anwalt nehmen. Wenn Sie sich selbst belasten, können Sie die Aussage verweigern."

„Ich habe Reiner nicht umgebracht", wiederholte Ralfi stereotyp. „Ich brauche keinen Anwalt. Ich habe nichts Unrechtes getan."

Nach dieser trotzigen Antwort des Wirts redete der Kommissar unaufgeregt weiter. Die Party war wohl gelaufen.

„Vielleicht können Sie uns sagen, warum Sie damals unter dem Namen Ihrer Frau den Wagen gemietet haben. Ist doch ungewöhnlich, oder?"

„Wissen Sie noch, warum Sie vor drei Jahren Ihren… Ihren Wagen gewaschen haben?", echauffierte sich Ralfi. Es war ein verzweifeltes, letztes Aufbäumen.

„Ich besaß illegal eine Waffe. Da wollte ich vorbeugen… für alle Fälle…

Herrmann reagierte gelassen.

„Aha, denkt man in Ihren Kreisen immer voraus? Aus guten Gründen. Clever, sehr clever. – Aber Sie sollten uns nicht für dumm verkaufen. Was Sie uns hier auftischen ist gelogen. Kennen wir inzwischen zur Genüge."

Herrmann machte eine Pause. Er blätterte sichtlich uninteressiert in seinen Unterlagen, um Ralfi noch unsicherer zu machen, ehe er weitersprach.

„Wenn ich Sie frage, wo Sie mit dem gemieteten Fahrzeug gewesen sind, werden Sie sagen, in Stuttgart oder Karlsruhe oder Hinterhausen. Was haben Sie da getan? Spätestens da werden Sie ins Schleudern kommen. Ihre Ausflüchte führen alle in eine Sackgasse. Und noch etwas: Der Schüler, der damals am 26. mit seinem Opa unterwegs war und gesehen hat, wie Sie davonrasten, hat auf dem Auto das Emblem der Firma Fröhling erkannt. Es war der einzige Wagen der Firma, der zu der Zeit unterwegs war. Die Schlinge um Ihren Hals wird immer enger. Übrigens: der Wagen wurde am 27. Oktober wieder zurückgebracht. Es passt also alles. Was sagen Sie jetzt?"

„Ich wiederhole mich: ich habe ihn nicht umgebracht."

Erstmals registrierten die Beamten, wie sich die Wirtin von ihrem Gefährten absetzte. Mit einem potenziellen Mörder wollte sie offensichtlich nichts zu tun haben.

Ralfi rang mit sich. Was sollte er tun? Dass er aus diesem Indizien-Kompendium nicht mehr heil herauskommen würde, musste ihm klar sein. Aber er stand sich selbst im Weg. Eine Seite wollte reden, für die andere kam aufgeben nicht in Frage.

Krumbiegel versuchte, ihm den letzten Anstoß zu geben:

„Sie leugnen wahrscheinlich noch, wenn man Sie mit blutigem Messer neben dem röchelnden Opfer ertappt."

„Ich habe es nicht getan." Es klang wie eine Pflichtübung. Ralfis Stimme hatte jede Schärfe und jeden Trotz verloren. Kein Aufbäumen mehr. Er schien in hoffnungsloser Lage resigniert zu haben, war aber immer noch nicht bereit zu beichten.

Herrmann ärgerte sich.

„Jetzt brauchen Sie uns nur noch die Story von der Pistole aufzutischen, die einen Wagen gemietet, nach Ravensburg gefahren, Schrott erschossen, heimgefahren und am andern Tag das Fahrzeug wieder abgeliefert hat, dann glauben wir das eben auch noch."

Eine gespannte Stille entstand. Nach einer Weile raffte sich Ralfi auf, schaute halb entschlossen, halb zweifelnd in die Runde und begann zu reden.

„Ich habe Reiner Schrott nicht erschossen. – Ich möchte jetzt mit meinem Anwalt, mit Herrn Pohl, sprechen."

„Das ist Ihr gutes Recht. Fällt Ihnen aber reichlich spät ein. Glauben Sie wirklich, dass er Ihnen noch helfen kann? Sie stecken so tief im Dreck, dass Sie niemand mehr herausholen kann. Nur Sie selber können Ihre Lage noch verbessern, indem sie einen Schlussstrich ziehen und endlich bekennen."

Herrmann sprach eindringlich auf ihn ein.

Ralfi überlegte kurz und begann dann zu reden.

„Ich sage Ihnen wie es wirklich war.

Ich war am 23. Oktober vor drei Jahren am Bodensee, in Hagnau, wie immer. Auf dem Heimweg entschloss ich mich – warum, weiß ich selber nicht –, meinen Kollegen aus der Bundeswehrzeit, Reiner Schrott, in Ravensburg zu besuchen. Reiner kam gerade von der Arbeit. Wir setzten uns zusammen, palaverten und tranken ein Bier. Ursprünglich wollten wir ein Lokal besuchen, aber Reiner leerte eine Flasche nach der andern; der Lokalbesuch wurde daher stillschweigend fallengelassen.

Kurz vor meinem Besuch hatte ich in Ulm von einem Tschechen eine Pistole gekauft, rein zufällig nur, nicht geplant. Wir kamen irgendwann auf diese Waffe zu sprechen. Reiner wollte sich ebenfalls eine Pistole zulegen, wusste aber noch nicht, welches Fabrikat. Er war höchst interessiert. Im Laufe des Gesprächs bat er mich, ihm doch die Waffe einmal vorzuführen. Als Termin vereinbarten wir den 26. Oktober."

Hier unterbrach der Wirt seine Beichte. Er schnaufte schwer, blickte auf die Uhr, schaute dann die Anwesenden an mit einem Blick, der sagte: Jetzt kommt's.

„Am frühen Abend des 26. Oktober habe ich ihm dann die Waffe gezeigt. Er nahm sie immer wieder in die Hand, probierte alle Funktionen aus, studierte sie buchstäblich und stellte hundert Fragen. Natürlich tranken wir Bier, ich eine Flasche, denn ich wollte ja noch heimfahren, er eine nach der andern. Nach einer gewissen Zeit läutete es zwei Mal. Ich wollte die Pistole sofort verschwinden lassen, aber er meinte, die könne ruhig liegen bleiben, das sei nur Lena, also Milena. Sie war es dann auch. Ein ganz normaler Besuch, ohne besonderen Anlass. Reiner hatte um diese Zeit schon einiges zu viel intus.

Milena setzte sich ans Kopfende des Couchtisches. Ich saß rechts von ihr in einem Sessel, Reiner links auf der Couch. Wie gesagt, Reiners Pegel stand um diese Zeit schon einiges über normal Null. Trotzdem trank er weiter, unbeeindruckt von den Bitten Milenas endlich aufzuhören. Er grapschte ständig an ihr herum, erzählte zotige Witze und gab ihr wenig salonfähige Titel. Als er immer zudringlicher wurde, flüchtete sie auf meine Seite. Im Sessel neben mir lag immer noch die Pistole. Das Zurückweichen, die Flucht Milenas brachte Reiner in Rage. Er beschimpfte sie aufs Übelste. Dann wollte er sie über den Tisch zu sich herüber ziehen. Sie wich zurück und schrie: Bleib mir vom Leib, sonst schieße ich! Sie hatte tatsächlich die Pistole in der Hand. Reiner gurgelte: Du feige Schlampe und wollte sie packen. Da drückte sie ab."

Hier hielt Gerber erneut inne. Er musste alles sitzen lassen. Ganz gefühllos war er also doch nicht.

Niemand sprach ein Wort. Man wartete höchst gespannt, bis die Beichte weitergehen würde. Frau Vukovic stand mit offenem Mund neben dem Kassenschrank. Auch für sie waren diese Enthüllungen ganz offensichtlich neu. Der Kommissar beendete die Stille. Er bezweifelte die Aussagen des Wirts.

„Sie wollen uns allen Ernstes weismachen, dass neben Ihnen im Sessel die geladene und entsicherte Pistole lag? Die Vorführung der Waffe war doch beendet."

„Ich sagte ja schon, dass Reiner die Pistole ganz genau und immer wieder untersucht und begutachtet hat. Wir haben sie ge- und entladen, gesichert und entsichert. Jedenfalls lag sie schussbereit neben mir, sonst hätte Milena ja nicht schießen können."

Zweifel blieben. Nach einer kurzen Pause redete Ralf Gerber weiter.

„Der Schuss traf Reiner in den Hals, in die Kehle. Er fiel vornüber auf den Tisch. Blut quoll ihm aus Mund und Hals. Er röchelte kurz. Dann war Stille. Wir wussten sofort: er ist tot.

Das war natürlich ein Schock – für mich wie für Milena. Dass für ihn jede Hilfe zu spät kam, sahen wir mit einem Blick. Was tun? Hatte jemand den Schuss gehört? Würde gleich die Polizei erscheinen?

Milena nahm dem Toten das Goldkettchen ab, das mit dem Schwert, das sie ihm anscheinend einmal geschenkt hatte. Reiner besaß eine ganze Sammlung solcher Dinger. Aber das Kettchen mit dem Schwert trug er angeblich immer. Nachdem sie ihm den Halsschmuck abgenommen und seinen Kopf wieder vorsichtig auf die Tischplatte gelegt hatte, sagte sie: Los, wir gehen. Hier können wir nichts mehr tun. Und wir sind gegangen, ich zu meinem etwa 100 Meter weiter unten geparkten Wagen, sie in die entgegengesetzte Richtung, vermutlich nach Hause. – So war es, genau so."

36

Nach dem Bericht Ralfis blieb es zunächst ruhig. Alle mussten das Gehörte erst einmal verarbeiten. Mit einer solchen Wendung hatte wohl niemand gerechnet.

Der Kommissar begann als Erster wieder zu reden.

„Jetzt kennen wir also Ihre Version vom... vom Tod Reiner Schrotts. Sie kann stimmen – oder auch nicht. Wenn sie stimmt, dann ist Ihnen wirklich ein Coup, eine Überraschung gelungen. Ob Sie tatsächlich die Wahrheit gesagt haben, werden wir heute Abend nicht mehr klären können. Wenn eine geladene und entsicherte Pistole in der Wohnung bereit liegt, keimt logischerweise Misstrauen auf. Den Wagen zu mieten auf einen andern Namen, könnte darauf hindeuten, dass Sie die Pistole nicht nur zeigen wollten."

„Ich habe die Wahrheit gesagt. Hundertprozentig", bekräftigte Ralfi.

Krumbiegel mischte sich ein.

„Ich habe mit Frau Rogowski gesprochen und ich kann mir ein Verhalten so, wie Sie es beschrieben haben, durchaus vorstellen. Ihre Schilderung klingt glaubhaft. Natürlich gibt es noch viele Imponderabilien, viele Unwägbarkeiten. Eines aber scheint sicher zu sein: als Täter kommen nur sie oder Frau Rogowski in Frage. Ein gewaltiger Fortschritt! Ich bin gespannt, wie sich die Beschuldigte äußern wird."

„Sie hat geschossen, ganz klar", beharrte Gerber. „Sie wird es sicher auch zugeben. Was hat sie zu verlieren? Sie hat in Notwehr gehandelt. Gut, Reiner hätte sie wahrscheinlich nicht umgebracht, aber in seinem Rausch übel zugerichtet. Milena ist unschuldig."

„Im schlimmsten Fall wäre es Totschlag", konstatierte Krumbiegel, „immer vorausgesetzt, Sie erzählen uns keine Märchen. Aber wenn sie so eindeutig in Notwehr geschossen hat, hätten Sie doch auch die Polizei verständigen können. Notwehr ist schließlich nicht strafbar."

„Wir standen beide unter Schock. Unser gemeinsamer Bekannter tot! Da wollen Sie nur fort, nichts wie fort. Ein anderer Gedanke kommt da gar nicht auf.

Gut, sie... oder wir hätten auch am andern Tag die Polizei verständigen können, aber auf den Gedanken kam zumindest ich nicht. Miliena dachte vielleicht, so Damen wie sie haben nicht den besten Ruf bei Gericht und sie wollte sich deshalb in nichts einlassen."

Aus der Wirtschaft riefen Gäste nach dem Wirt. Jetzt, nach der Festnahme Elfriede Harms und dem Tod von Frau Ziesche fehlten alle Bedienungen. Die Gäste nahmen darauf keine Rücksicht, sie wollten trotzdem ihr Bier. Ralfi forderte daher seine Frau auf, nach dem Rechten zu sehen.

Herrmann nahm nach dieser Unterbrechung wieder das Wort.

„Irgendwelche Beweise, welche Ihre... Ihre Erzählung stützen könnten, haben sie natürlich nicht."

„Ich habe nicht geglaubt, dass jemand auf mich als Täter kommen könnte, aber ausschließen konnte ich es eben auch nicht. Ich bin ja nicht blöd. Deshalb habe ich mir in den letzten Tagen intensiv Gedanken gemacht, wie ich meine Unschuld gegebenenfalls beweisen könnte. Es ist mir nichts wirklich Überzeugendes eingefallen. Aber ein Nachspielen des Geschehens müsste die Wahrheit so, wie ich sie Ihnen gerade geschildert habe, bestätigen. Ich kann mir keine Situation vorstellen, wo ein Toter so auf dem Couchtisch liegt, wie Reiner gelegen ist, es sei denn, es ist alles so abgelaufen, wie es tatsächlich abgelaufen ist."

Ralfi schaute den Kommissar erwartungsvoll an. Aber der ließ sich Zeit. Frau Vukovic, die wieder zurückgekommen war, öffnete ein Fenster. Es war unerträglich heiß und stickig in dem kleinen Raum. Die aufgeheizte Atmosphäre trug zusätzlich mit zur giftigschwülen Luft bei.

Herrmann lockerte seine Krawatte und schaute dann aufreizend langsam und scheinbar völlig entspannt von einem zum andern, ehe er auf Ralfis Auslassungen einging.

„Eine Rekonstruktion der Tat könnte tatsächlich einige Fragen klären. Unsere Spezialisten würden rasch feststellen, ob die Tat so abgelaufen sein kann, wie von Ihnen geschildert. Detailfragen blieben natürlich offen. Vielleicht liegen auch in der Ravensburger Asservatenkammer noch Dinge, die Ihre Version stützen. Ich habe die Ergebnisse der damaligen Ermittlungen jetzt nicht vorliegen, es ging ja alles so schnell, aber mit Sicherheit wurde eine Autopsie vorgenommen und mit Sicherheit wurde dabei auch der Alkoholspiegel festgestellt – wenn wirklich einer festzustellen war. Wenn Frau Rogowski gestehen würde, wäre die Sache natürlich einfach. Das allerdings muss sich erst herausstellen."

Ralfi atmete auf, als Herrmann geendet hatte. Aber der nächste Tiefschlag folgte postwendend.

„Herr Gerber, Sie sind noch nicht fertig mit ihrer Geschichte."

Der Angesprochene stutzte.

„Doch, eigentlich schon. Was geschah, nachdem wir gegangen waren, wissen Sie so gut wie ich."

„Darum geht es auch nicht. Aber Sie haben wesentliche Dinge verschwiegen, Ihre Beichte ist unvollständig," antwortete der Kommissar. „Ich sage Ihnen jetzt einmal meine Version: An diesem 23. Oktober haben Sie mit Schrott nicht nur über Ihre Pistole gesprochen. Er erwähnte auch – möglicherweise im Suff – dass er einen größeren Geldbetrag im Haus versteckt halte und davon einen tollen Wagen kaufen wolle. Das haben Sie uns unterschlagen. Am 26. sind Sie dann zu Schrott gefahren. Ob Sie ihm nur die Pistole zeigen wollten oder ob Sie mit der Absicht hinfuhren, diesen Geldbetrag… ja, umzuverteilen, bleibt zunächst Ihr Geheimnis. Wenn Frau Rogowski tatsächlich geschossen hat, spielt das bei der Aufklärung der Tat zunächst auch keine Rolle. Nehmen wir an, dass sonst alles so gelaufen ist, wie Sie es geschildert haben. Aber Sie haben den Fall nicht zu Ende erzählt. Über den weiteren Verlauf spekuliere ich jetzt einfach einmal. Nachdem Frau Rogowski in der Nacht verschwunden war, schlichen Sie wieder zurück ins Haus, die Tür war ja nicht verschlossen. Sie suchten und fanden das Geld und rasten dann mit Ihrer Beute davon. Der alte Herr und sein Enkel haben Sie dabei beobachtet.

Sicherheitshalber ließen Sie einige Monate verstreichen und zahlten dann den größten Teil der Beute auf Ihr Darlehen bei der Sparkasse ein. Das war die Sondertilgung in Höhe von 120 000 Euro, deren Herkunft Sie bis jetzt nicht schlüssig beantworten konnten. Vom Rest haben Sie vermutlich Ihren Audi gekauft oder Schulden bezahlt, was weiß ich. Spielt auch keine Rolle. Sie ersparen sich und uns viel Arbeit und Unannehmlichkeiten, wenn Sie dies zugeben. Ansonsten müssten Sie sich wirklich etwas Hieb- und Stichfestes einfallen lassen. – So, oder so ähnlich muss es gewesen sein.“

Nachdem Herrmann geendet hatte, schaute alles gespannt auf Ralfi. Dieser kämpfte mit sich: zugeben oder leugnen?“

Krumbiegel ermunterte ihn.

„Geben Sie es zu. Das Gericht könnte Ihre Tat als schweren Diebstahl einstufen. Dann kämen Sie billig davon, kein Vergleich mit Mord oder Raubmord.“

Der Wirt bestätigte schließlich, das mit dem Geld stimme, der Ablauf sei allerdings etwas anders gewesen. Aber das interessierte jetzt nicht. Sie nahmen Ralf Gerber vorläufig fest unter anderem wegen des dringenden Verdachts, 160 000 Euro gestohlen zu haben. Der Haftrichter würde am Montag entscheiden: Haftbefehl ja oder nein.

37

Nach diesen schnellen und unerwarteten Erfolgen im „Frosch“ mit überraschenden, nicht zu erwartenden Ergebnissen, saßen Herrmann und Krumbiegel noch mit den Ehinger Kollegen in bester Stimmung zusammen. Thema waren natürlich die Fahndungserfolge. Die örtliche Polizei sah jetzt den „Frosch“-Wirt wesentlich kritischer, nach allem was ans Tageslicht gekommen war. Und noch waren ja nicht alle Ermittlungen abgeschlossen. Möglicherweise förderten sie noch andere krumme Dinge zu Tage. Außerdem gab es um den Suizid von Frau Ziesche noch Klärungsbedarf – die Ehinger zumindest sahen dies so. Aber alle sonnten sich zunächst im raschen Fahndungserfolg. Der Bankraub in Riedlingen war geklärt. Der Mord an Reiner Schrott in Ravensburg ging den Ehingern begreiflicherweise nicht so nahe. Die Biberacher aber freuten sich, dass auch dieser Fall zwar noch nicht endgültig gelöst war, aber so gut wie.

„Eines würde mich schon noch interessieren“, fragte der Ehinger Beamte, der im Riedlinger Fall am meisten involviert war, die Runde:

„Hätte dieser Ralfi in Ravensburg Reiner Schrott erschossen, um an das Geld zu kommen, wenn ihm nicht diese Milena die Arbeit abgenommen hätte?“

Darauf wusste zunächst niemand eine Antwort. Nach einer Weile antwortete Herrmann langsam, bedächtig, jedes Wort abwägend:

„Er hat die Unterschrift auf dem Mietwagenvertrag gefälscht. Warum hat er die Fahrt nach Ravensburg so geheim und... ja... so kriminell organisiert, wenn er Schrott nur die Pistole zeigen wollte?“

Hier machte er eine kurze Pause, ehe er weiterredete.

„Natürlich wäre es ein gewaltiger Sprung von seinen bisherigen Gaunereien zu einem Mord, aber...“ Der Rest blieb offen.

Es ging schon gegen Mitternacht, als die beiden den Heimweg nach Biberach antraten. Es war bitterkalt geworden, eine sternklare Winternacht. Das Autothermometer zeigte 15.5 Grad. Die beiden waren bester Stimmung. Aus dem Radio dröhnte „Everythings Counts“ heute lauter als gewöhnlich. Herrmann tolerierte den „Krach“, wie er diese Art von Musik abfällig betitelte, ausnahmsweise.

Sie wärmten noch einmal Einzelheiten der Doppelfahndung auf.

„Es waren irgendwie eigentümliche Ermittlungen. Wir sind gar nicht zur Detailarbeit gekommen. Die Analyse der Fasern aus Ralfis Pkw beispielsweise mussten wir gar nicht abwarten. Morgen erst sollen die Ergebnisse vorliegen. In der Schweiz haben wir gar nicht recherchiert, obwohl es gerade dort interessant gewesen wäre, einmal unters Hemd zu schauen. Aber vielleicht holen das die Leute von der Steuerfahndung noch nach. Wir sind besonders gegen Ende ständig von neuen Entwicklungen überrollt worden. Der Arbeitsaufwand für die Klärung zweier solcher Fälle war deshalb überschaubar“, stellte Herrmann zufrieden fest.

Krumbiegel rätselte über das Verhalten des „Frosch“-Wirts.

„Also dieser Mann ist mir ein bisschen unheimlich, er ist absolut undurchschaubar. Da stehen er und seine Gefährtin in dringendem Verdacht in einen Banküberfall verwickelt zu sein, und er informiert seine Partnerin nicht über gegen sie laufende Ermittlungen. Dann nimmt sich seine Angestellte und Exgeliebte das Leben und er verschweigt dies den ermittelnden Polizisten. Auch dass er das geraubte Geld, beziehungsweise die Tüte, in seinem Kassenschrank liegen ließ, bis wir sie gefunden haben, ist schwer zu verstehen. Dass er von der Beute gewusst hat, steht für mich absolut fest. Wenn er nicht zum Schluss noch arg ins Schlingern gekommen wäre, müsste man annehmen, er sei ein Mensch ohne Nerven."

Herrmann nickte zustimmend. Danach schlief die Unterhaltung ein. Erst als sie sich Biberach näherten, sagte Krumbiegel plötzlich:

„Da fällt mir gerade ein, bei dieser Mil… dieser Milena, dieser Rogowski, stand auf dem Sideboard die Fotografie ihres neuen Freundes, dieses Österreichers, ein Bild, etwa in DIN A 5-Größe. Es zeigte einen Mann um die 50, sportlich, mit offenem Hemd. Wenn ich mich nicht ganz täusche, dann trug dieser Herr ein Goldkettchen mit Schwert um den Hals. Das könnte doch… also das könnte… Ich nehme nicht an, dass sie diese nicht gerade alltäglichen Schwertkettchen im Dutzend gehortet hat."

„Das wäre natürlich ein Ding," entfuhr es Herrmann. „Wenn sie die Tat leugnen sollte, könnte dies ein wichtiges Glied in einer Indizienkette sein. Ich halte die Schilderung von Ralfi aber ausnahmsweise einmal für glaubhaft."

Die Blitzidee Krumbiegels verlieh der ohnehin guten Laune der beiden noch einmal einen Schub. Sie waren sich sicher, den Fall gelöst zu haben.

Herrmann wurde wieder nachdenklich und sagte dann plötzlich:

„Manchmal ist man wie vernagelt. Da wundere ich mich über die Veränderung dieses Herbert Rogalla, in Buchau noch ein schüchterner, unsicherer, offensichtlich fremdbestimmter Ganove, und jetzt, in Riedlingen, präsentiert er sich als selbstsicherer, schlagfertiger Hartzer, der – so hat es zumindest den Anschein – erstmals seit Langem ein versicherungspflichtiges, tariflich bezahltes Arbeitsverhältnis eingeht. Ich staune und rätsle über die Ursache dieser wundersamen Verwandlung. Dabei hätte es doch gleich zu Anfang klingeln müssen: eine Frau. Was denn sonst? Nie und nimmer hätte ein Herbert Rogalla ohne Frau auch seine Wohnung so sauber, so aufgeräumt präsentieren können."

„Ja, die Frauen…" ergänzte Krumbiegel tiefsinnig und fuhr dann fort:

„Damit wären wohl alle offenen Fragen geklärt."

„Fast", erwiderte Herrmann nachdenklich. „Der Suizid von Frau Ziesche ist mir immer noch schleierhaft. Ich kann mir nach wie vor nur einen Grund denken: ihre bedauernswerte Lage, quasi Dienstmagd bei Ralfi, von ihm abhängig, ohne die Kraft, sich aus dieser Abhängigkeit zu befreien, gezwungen, täglich mit Frau Vukovic zusammenzuarbeiten, der Frau, die ihr den Liebhaber abspenstig gemacht hatte, keine Chance, Ralfi wieder zurückzugewinnen, keine Freunde, keine Verwandten. Warum aber nahm sie gerade zu diesem Zeitpunkt das tödliche Valium? Ihr Verhalten vorher deutete nie auf eine solche Tat hin. Eher hätte man annehmen können, sie wolle sich im Rahmen ihrer bescheidenen Möglichkeiten an Ralfi rächen. Aber warum sollte der nicht erfahren, dass sie ihn wegen der Pistole verpfiffen hatte? Dazu fällt mir auch heute noch nichts ein. Vielleicht genügte ein für Außenstehende unbedeutender Anlass, um bei ihr eine Kurzschlusshandlung auszulösen. So ein Anlass könnte der Besuch Ralfis bei seiner Ex gewesen sein. Diese Stippvisite ist nach wie vor ziemlich mysteriös. Neben ihrer hoffnungslosen Lage könnte hier ein Grund für ihr unerklärliches Verhalten zu suchen sein. Vielleicht stoßen wir im Laufe der abschließenden Ermittlungen noch auf Überraschungen."

„Ja, die Frauen…“, sinnierte Krumbiegel wieder.

„Und dieser Herr Kozielny“, redete der Assistent dann weiter, „genau genommen haben wir – zumindest indirekt - auch wesentlich zu seiner Festnahme beigetragen. Also zweieinhalb auf einen Streich. Rekordverdächtig.“

„Er ist nicht mehr unser Mann“, stellte Herrmann kühl fest. „Vielleicht gelingt es den Psychiatern, etwas aus ihm herauszuquetschen oder ihn wieder ordentlich aufs Gleis zu stellen.

Imponiert hat mir ja Frau Harm. Sie übernimmt dieses Höllenkommando für ihren Freund. Ein Auftrag mit höchst unsicherem Ausgang. Sie weiß natürlich, dass sie für Jahre im Knast landen kann. Respekt! Danach gelingt es ihr mit unbändigem Willen und eiserner Disziplin, sich ganz unbefangen zu geben, als wäre nichts geschehen, obwohl es in ihr kocht und brodelt, obwohl es sie fast zerreißt. Unglaublich, wie sich die Frau unter Kontrolle hatte! Eine bemerkenswerte Leistung und eine tolle Frau! Und nicht zu vergessen, ihr scheint es zu gelingen, aus diesem labilen Kleinganoven Rogalla einen ziemlich selbstbewussten, arbeitenden Mann zu machen. Hoffentlich bleibt er auf Kurs, wenn sie einsitzt. Aber er wird natürlich auch nicht ungeschoren davonkommen.“

„Und Hausfrauen schießen doch“, schloss Krumbiegel die Eloge des Kommissars ab.

„Ja“, bestätigte Herrmann, „Löcher in die Decke.“

„Na ja, ohne diesen Schuss wäre der… der Mord an Reiner Schrott wahrscheinlich nie geklärt worden.“

Der Kommissar nickte zustimmend und sagte dann nicht ohne Stolz:

„Wir waren von Anfang an auf der richtigen Spur.“

„Sie waren auf der richtigen Spur“, korrigierte ihn Krumbiegel mit anerkennenswerter Ehrlichkeit.

„Und morgen präsentieren wir den Ravensburgern

ganz cool den – in Anführungszeichen – Mörder dieses sauberen Reiner Schrott. Da gibt es lange Gesichter." Beide lachten wie kleine Buben.

Nach einer Weile grinste Krumbiegel:

„Noch eine Frage bleibt offen: wie kam der Lippenstift der Wirtin in den Beifahrersitz? Die mit der Überprüfung beauftragten Beamten erklärten, er steckte so in der Polsterung, dass er eigentlich nur bei der Herstellung hineingekommen sein konnte oder durch ein Wunder. Aber er gehörte dieser Frau Vukovic. Und Wunder, man weiß es, sind selten."

„Das ist jetzt ungefähr so interessant wie die Antwort auf die Frage, kommen wir heute um 23 Uhr 58 oder 59 ins Bett."

Als sich die beiden verabschiedeten, sagte Krumbiegel fast beiläufig, aber mit dem gebotenen Ernst:

„Übrigens, wir heiraten im Mai."